好運綿綿

1

風文創 867

采采 著

風 文創 867

目錄

序文

采采

一個上輩子識人不清、下場悲慘的女主，重生後大開「金手指」，靠著自己的好運氣，帶著一家人過上了幸福美滿的日子，順便收穫了一個好相公……

最開始構思這個故事時，是在一個下雪天。

當時腦海裡忽然冒出這麼個畫面，三代同堂的人家，爺爺寡言少語，奶奶粗嗓護短，父母輩各司其職，三、四個小豆丁在院裡堆雪人，其中有一個胖胖的小姑娘，躲在屋簷下剝熱呼呼的栗子。

我當時就想：啊！這就是我下一篇文的主角了。再給她取個名好了，叫姜錦魚吧。

就這樣，我花了大概三、四個月的時間，構思了這篇文章。

命中帶福、總能化險為夷的姜錦魚，清冷淡漠卻極其寵妻的顧衍，「五好」爹爹姜仲行，嚴母何宛，刀子嘴豆腐心的護短姜老太，寡言少語的姜老爺子，人高馬大卻性格各異的姜家叔叔、伯伯們，偶有私心的嬸子、伯母們……一個個人物的樣貌，都在那個寒冷的冬天，逐漸清晰起來。

九月初的時候，終於克服拖延症，挑了個良辰吉日，動筆寫下這個故事。

一開始寫得很順利，越到結尾卻越「艱難」，其他作者的瓶頸期在開頭，筆者的瓶頸期在結尾，拖拖拉拉到今年四月，終於完結了！

敲下「完結」二字的時候，感慨萬千，在此不一一贅述，只感謝陪我走過的讀者，和深夜敲字的自己。

另外，也感謝「傾情演出」的姜錦魚、顧衍以及一眾書中人物。書完結了，他們卻沒「完結」，他們回到書裡的世界，在大家看不到的地方，過著平安無憂的日子……

第一章

夏縣，靈水鎮，雙溪村。

村中大榕樹下，殺豬的陳老二和兒子合力將豬抬到殺豬架上，拿起卷刃的刀在磨刀石上磨幾回，咧嘴道：「嬸兒，我動刀了啊！看熱鬧的人都躲遠點，弄髒衣服我可不管洗。」

正中間的姜老太點頭。「大郎，把木桶放底下接著，豬血可是好東西，別灑了。」

姜老太的大兒子姜大郎聞言趕忙上去，木桶一放好，陳老二咬牙「嘿」一聲，眼看著大肥豬就要「壽終正寢」，老遠卻傳來了一句吆喝。

「娘！二嫂……二嫂生了！生了個丫頭！」來人身材壯碩，喘得像頭牛似的，正是姜老太的三兒子，姜三郎。

姜三郎這話一出口，陳老二趕忙止住了刀勢，大肥豬刀口逃生，哼哼起來。

陳老二道：「嬸兒，那妳家的豬還殺嗎？」

雙溪村有老規矩，添丁的人家不好見血，雞鴨什麼的還能放外頭殺了，但豬這麼大的家畜要是殺了，就怕冒犯送子娘娘，讓祂以後都不來了。

姜老太就是看二兒媳的肚子鼓得厲害，生怕她要提早生，才急著把自家養了大半年的豬拖出來宰了，省得過年沒肉吃，結果千算萬算，還是沒算過送子娘娘。

這時一聽又是個丫頭，姜老太心裡不舒坦，連四周看熱鬧的婆娘們也開始指指點點了。

姜老太冷哼一句，扠腰環看四周，一雙狹長的眼睛掃過幾個多嘴的村婦，四周頓時就靜了下來。

她這才滿意，大手一揮吩咐道：「大郎把咱家豬趕回豬窩去，今兒不殺豬了。」

姜大郎趕忙去解繩子，姜三郎則傻愣愣湊上來。「娘，那我幹啥啊？」

姜老太沒好氣。「你傻啊？你哥正忙著，你還要我吩咐啊？不會過去幫忙嗎？真是少吩咐一句都不成，費勁兒！」

說著，她轉身就往家裡走。她腳程快，姜大郎兄弟還要趕豬，自然追不上。

姜老太很快回到家裡院子，一進門，就聽到一聲嬰兒啼哭，很響亮，嗓音卻是嫩嫩的，

姜老太動作一頓，自言自語道：「小丫頭片子，嗓子倒是挺甜的。」

正說著，她眼前忽然一花，好似被一道金光閃過。這是什麼？

姜老太納悶，四處找了一下，終於發現金光發出的地方，就在自家院子的井邊，姜老太走過去探頭一看，整個人都被震住了。

只見清澈的井水中，一尾通身金燦燦的錦鯉，甩著尾巴游動，波光粼粼中，金光險些把姜老太的眼睛閃瞎。

姜老太震驚得張大嘴，眼睜睜看著那一尾錦鯉搖頭晃腦游了幾個來回，然後往深處游去，片刻後就消失了。

目睹這一幕的姜老太好半晌才反應過來，又轉頭看了看二兒媳生產的屋子，心道：難不成這小丫頭片子是個有福氣的？這錦鯉看著就不像凡間的東西，早不來、晚不來，就挑老二家小丫頭片子出生的時辰來，可不就是跟著小丫頭片子來的嗎？

「娘，您盯著咱家井幹啥呢？」與姜大郎一起趕豬回來的姜三郎大著嗓子問道。

姜老太橫眉吩咐。「問東問西，還管起你娘來了？還不把豬關進豬圈，要是跑了，我要你好看！」

姜大郎憨憨一笑。「娘，您放心，跑不了。對了，娘，您看過二弟家的四丫了嗎？」

被他這麼一提，姜老太想起剛才那條金魚，趕忙拋下兩個蠢兒子，朝二兒媳生產的東屋去了。結果，二兒媳還沒看到，一眼就看見了在門口的大兒媳孫氏。

「老大家的，不去幹活，還在這兒杵著，是等我這個老婆子伺候嗎？」一看到孫氏臉上幸災樂禍的笑，姜老太心裡就來氣。都不是什麼安生東西！

孫氏本來還想看二弟妹的笑話，被婆婆這麼一訓，也有點怕，賠笑道：「娘，我來看看小姪女呢，四丫頭長得可像弟妹了，白白淨淨的，您肯定喜歡。」

喜歡個屁，一個丫頭片子，婆婆能喜歡就見鬼了！

嘴上這麼說，孫氏心裡可是等著看笑話，不過婆婆既然這麼說了，她也不敢繼續杵著，笑了笑，就打算去煮豬食了。

「娘，我去煮豬食去了，哎！要說啊，弟妹生孩子也真不是時候，遲生個一天，這豬不就殺成了嗎？」

像模像樣抱怨著，孫氏一轉身，就聽自己婆婆吩咐道：「讓老三家的去煮豬食，妳去外頭殺隻雞，熬了雞湯幫老二家的端來。」

孫氏懷疑自己聽錯了，掏了掏耳朵。「娘，您說啥，殺雞？」

姜老太才懶得理她，冷下臉呵斥。「還不快去？讓妳幹點活兒也要我三催四請，什麼大小姐！」

拍了拍身上的灰，姜老太理了理頭髮，才推開產房的門邁進去。

她道：「老二家的，我來瞅瞅孩子。」

姜二郎媳婦何宛躺在床榻上緩氣，忙答道：「娘來了啊。」

姜老太走到床邊，先是看了一眼二兒媳，見她只是有些脫力，但臉色還好，便又看向她身旁的那個小襁褓，一看便有些移不開眼睛了。

小襁褓裡的小女嬰，不像尋常剛出生的孩子那樣紅通通、皺巴巴，皮膚白白淨淨的，眼睛還沒睜開，但小花兒似的粉紅小嘴嘟嘟的，實在是太好看了。

「娘——」何宛小心翼翼喊了一句，心裡發虛，不明白為什麼婆婆會盯著自家閨女不放，她嫁到姜家多年了，早知道婆婆不喜歡丫頭，若是個小子才能在婆婆這兒討到好。

姜老太被這麼一喊，收回視線，看著二兒媳的目光也不像剛剛那麼嚴苛了，點點頭。

「嗯，妳替咱們老姜家生兒育女，辛苦了。等會兒老大家的端雞湯來，多吃點，別總是瘦巴巴的，孩子吃個奶都費勁。」

何宛摸不著頭緒，不明白為啥婆婆忽然變了，但還是答應下來。「娘，我知道了。」

姜老太一屁股坐下來，懶得理二兒媳，倒是對小孫女有點稀罕，鼻子、眼睛都打量了一番，問：「孩子的名兒取了嗎？」

何宛接話。「沒呢，二郎想了好幾個晚上，都說沒想著好的。」

姜老太一聽還沒名字，本來想訓上一句，可一聽事關自家二郎，倒是沒開口了。

無他，姜二郎是姜老太最看重的兒子，倒不是說她偏心，這四個兒子都是她肚子裡出來的，但姜二郎最有出息。

姜家在雙溪村算是人丁興旺的，姜老太嫁到姜家做新媳婦後，一年連著一年生，一口氣幫老姜家生了四個兒子。而且她有本事，四個兒子都養大了，又高又壯，下地種田、上山打獵，都是一把好手。四兄弟一起站出去，沒人不怕的！

所以姜老太在雙溪村潑辣起來，那是沒人敢惹的。

姜大郎叫姜伯誠，在種田上是一把好手，現在跟著姜老爺子管著家裡十來畝的田地。娶的媳婦是隔壁村裡孫家的大閨女孫梅，也就是被姜老太使喚去熬雞湯的孫氏。

夫妻倆膝下有兩個閨女，一個兒子。大丫九歲，三丫四歲，去年取了名字，大丫叫姜歡，三丫叫姜慧。長子小名虎娃，大名姜興，現在也快七歲了。

姜三郎叫姜叔孝，種田比不上老大，但勝在孝順，如今跟著老大種田，也是個老實能幹的，就是娶了個姜老太瞧不上的兒媳婦。三兒媳吳蓮花是個逃難過來的，家裡連一畝下等田都沒有，嫁過來就破破爛爛一身衣裳。

老三家就一個閨女，五歲，叫姜雅。

姜四郎姜季文還沒成家，但他小時候念過書，識字，於鎮上尋了個好差事，在酒肆裡做帳房，一年到頭還能攢個幾貫錢回家。

至於姜二郎，他和幾個兄弟們都不一樣。他小時候跟著兄弟們一塊兒進村學念書，兄弟們一念書就喊頭疼，唯有他坐得住，沈得下心念書，還因此得了村學教書秀才的看重，親自替他改了姜仲行這個名字，其他兄弟的名字也是那時跟著他改的。

他十七的時候考上了童生，後來便一直在考秀才，只可惜到底家裡底子薄，考了六、七年一直沒中，不過即便如此，他在家裡還是很得姜老爺子看重。

姜仲行的妻子，也就是剛剛生了孩子的何宛，是大柳村老童生家的次女，脾性溫和，只是姜老太一向不和幾個兒媳婦親，所以兩人關係也只是淡淡的。

孫氏將雞湯熬好了，端過來，見何氏舒舒服服躺在床上，旁邊坐著姜老太，酸溜溜道：「娘，您吩咐的雞湯，我端來了。您可真疼二弟妹，還特意殺雞來幫她補身子。」

姜老太聞言冷笑。「咋了？我餵的雞，殺一隻讓老二家的補補身子，妳也要管？這個家換妳孫氏作主了不成？」

孫氏哪敢跟婆婆正面交鋒，聞言立即萎了，話也不敢再多說。

姜老太見孫氏老實了，才道：「幫家裡男人每人舀一碗，一碗湯五塊肉，別胡亂糟蹋吃食。剩下的溫著，留給老二家的補身子。」

孫氏一聽就開心了，二弟如今不在家裡，這麼一來，能喝上雞湯的，就是他家大郎和三弟，反正自家占了便宜就行了。

過了會兒，眼瞅著太陽快落山了，姜老太把兩個兒媳婦喊了出來，一個個派活。

「老大家的，妳去把晚飯做了，到我屋裡拿三個雞蛋，去梁上割二兩肉。老三家的，去把豬草收一收，明兒豬還得吃。」

孫氏、吳氏聽了都趕忙動起來，不敢耽誤事。

這時，姜家小院的門突然被推開，進來個高大的男人，穿著讀書人才穿的袍子，微微喘著氣。「娘，宛娘生了？」

來人正是姜家二郎，姜仲行。

他平日都在夏縣裡念書，何宛這邊一發動，那頭得了囑咐的姜大郎就趕忙去找二弟遞信了。得了消息，姜仲行立刻同書院先生請了假，急匆匆趕路回來。

姜老太皺著眉迎上去。「急什麼？你娘我在家裡守著，你媳婦和孩子還能飛了不成？」

姜仲行氣喘勻了，笑道：「娘，我這不是擔心嗎？妳一個人照顧宛娘，把自己累著怎麼辦？」

姜老太一聽，果然臉色好了幾分，拍了拍二兒子衣裳上的灰，道：「何氏在屋裡呢，幫你添了個閨女。」

姜仲行心裡急著看媳婦，但也不好做得太明顯，以免冷落老母，乾脆攬著姜老太一塊兒往裡走，笑道：「閨女好，貼心孝順，日後讓她跟著娘學管家，定是一把好手。再說了，我有宣哥兒了，再來個閨女，兒女成雙，吉利得很。」

姜老太聽了心裡高興，面上卻還是板著張臉，不樂意道：「我都一把年紀了，還要幫你看孩子呀？要是四妞妞不聰明，我可懶得教她管家。」

「咋能不聰明呢？咱老姜家的孩子，還有娘您這樣伶俐的奶，肯定聰明啊……」

姜仲行三言兩語將老母哄得合不攏嘴，說話間，已進了自家屋子，便見到在床上歇著的妻子何氏，轉眼又瞥見妻子身旁的小嬰孩，軟軟的一小團，睡得正香，小手放在兩側，握成小拳頭。

姜仲行心中一暖，險些落下淚，好在還記著男兒有淚不輕彈。「宛娘，辛苦了。」

何宛仰頭見到相公，也輕輕喊了一句。「二郎。」

姜老太一看這場面，也不想當這多餘的人了，乾脆道：「二郎，好好陪陪你媳婦，我先出去了。」

姜老太出去了，姜仲行走到妻子身邊，輕輕攬著何氏單薄的肩，懷裡抱著妻子，眼裡瞧著軟軟小小的小閨女，一顆心簡直要軟成一團，滿腔柔情。

姜仲行道：「宛娘，真是辛苦妳了。」

何氏聽了丈夫柔情的話，眼睛一濕，忍著淚笑道：「有什麼辛苦的？有娘照顧著我呢，娘還讓大嫂熬雞湯給我喝。」

姜仲行沒繼續言語，靜靜抱著妻子。他雖然在外人面前能言善道，但對於自家人，還是覺得行動大過甜言蜜語。

接著兩人又聊了幾句，何氏想起了孩子的事情。「二郎，你幫四妞妞想好名字了嗎？娘今個兒還問了呢。」

姜仲行沈吟片刻，商量道：「宛娘，有件事我與妳商量商量。咱閨女的名字，我想，不如讓娘來取。我方才聽娘的語氣，不像是嫌棄咱家閨女的樣子，咱讓娘取名字，日後娘會多疼閨女一點。」

姜仲行是個讀書人，但卻不是個只知道死讀書的，人情世故上頗為精明，附近幾個村子，沒有哪一個說他一句不好的。其他兩個兄弟總夾在婆媳矛盾中左右為難，他卻是很能化解娘和妻子之間的矛盾。

何氏聽了沒有反對，點點頭道：「都聽你的。我就是怕娘不肯替咱閨女取，畢竟，娘她、她不是很喜歡丫頭。」

「不必擔心，我來同娘說。」

夫妻二人相擁說著話，離他們不遠處的小女嬰，卻是不知何時睜開了眼睛，正一臉驚訝的看著自家爹娘。

原來爹爹這麼會哄奶啊！怎麼上輩子自己就沒發現呢？

想想也正常，上輩子她一心想著要嫁給那渣男，對家中的事情都不大上心，雖然知道奶偏心自家，卻不知道這都是爹的功勞。

床榻上的爹娘說起了親熱話，小女嬰十分自覺地「非禮勿視、非禮勿聽」，放空了思緒，決定不做自家爹娘的「電燈泡」了。

電燈泡這個詞，她還是在那個奇怪的地方學到的。

上輩子，小女嬰也是姜家的女兒，名為姜意，從小到大雖然沒享什麼大福氣，但也沒受過啥苦。即便爺奶都重男輕女，偏心家裡的孫子，但好歹爹爹、娘親對他們兄妹一視同仁，比起大伯母和三嬸家的堂姐們，她的日子可舒服多了。

可惜，都怪她自己眼瞎，不顧家中長輩的反對，一意孤行嫁去了潘家，結果表面是個正人君子的潘衡，居然置了外室，還在她為他操持秀才宴的當日，領著那大肚子的外室上了門，說要納妾。

她那婆婆，進門之前說拿她當親閨女的表姑，不勸潘衡，反倒來勸她要賢慧，逼著她認下那個大肚子外室。

上輩子的姜意不是個好脾氣的，哪肯受這樣的氣？一氣之下在秀才宴上鬧大了，潘家落了好大的面子，也讓潘衡科舉這條路，走到秀才是到頭了。

在潘家大鬧後，姜意便收拾了自己的嫁妝，與潘衡簽了和離書，打算自己一個人好好過日子。結果一出門，還沒走出潘家那條街，肚子便痛得不行，裙上全是血，就那麼生生流掉孩子，痛暈了過去。

一睜眼，她發現自己身處一個陌生的地方，那裡的房屋十分怪異，從上到下有十幾層，還不是用黃泥起的，有各種顏色。房子裡進進出出的人也很奇怪，不管男女，全都露胳膊、露腿的，那白花花的肉體，把姜意的眼睛都閃花了。

在那裡待久了，姜意也就漸漸習以為常，知道自己所在的地方叫「某某大學」，類似書院，是教書的地方，那些露胳膊、露大腿的男女們是這裡的學生，她偶爾還會跟在那些年輕人身後，到他們嘴中的「教室」去聽先生上課。

剛開始，她半句話都聽不懂。不過，上課的先生也不會來點她的名，因為沒人能夠看到她，她也不怕。

在那裡待了很久很久，姜意扳著指頭算一算，差不多有十來年了，結果某日她一睜眼，就發現自己又投生到娘肚子裡了。

第二章

姜意嘆了一口氣，幸好還是原來的家、自己的爹和娘。這輩子，她一定不惦記著潘衡、一定聽爹爹和娘親的話，潘衡什麼的，還是有多遠滾多遠吧！

小嬰兒的身體很脆弱，姜意雖然有大人的意識，但多數時候還是迷迷糊糊的，打了個哈欠，又開始呼呼大睡了。

睡著睡著，也不知過了多久，她突然感覺自己的身子騰了空，睜眼一瞧，眼前赫然是爹那張笑得憨厚的大臉。

哇！爹你就不怕把你閨女嚇傻了啊?!

姜仲行還不知道自家閨女的心聲，一見閨女睜眼了，黑溜溜的眸子，晶晶亮亮的，簡直比城裡鋪子賣的西洋珠還要好看，頓時傻笑起來。「娘，您看，妳一來，四妞妞就睜開眼睛了。四妞妞這肯定是知道她奶來了呢！」

姜老太看兒子這副傻爹的樣子，沒好氣。「奶娃娃不就是吃了睡，睡了吃，你把她吵醒幹麼？惹哭了，遭殃的可是你媳婦。」

姜仲行笑咪咪，趁姜老太說著話，把懷裡的小閨女放進她懷裡，笑咪咪說：「娘，我跟宛娘商量了，四妞妞的名字，您來取唄。這孩子和您有緣分，我還指望著日後她跟娘您一樣，管家一把手！」

姜老太被哄得高興，但聽到取名，還是有些沒把握。「我來取？你咋想的，老二家的，妳也同意啊？」

姜老太雖然自認是管家一把手，整個雙溪村沒一個比得過，但她還是有自知之明的，她大字不識的，哪能幫孩子取名字？萬一取個土裡土氣的，還不害孩子被人笑話一輩子。

何宛早就同相公商量好了，此時自然點著頭，溫婉道：「娘，我聽相公的，您是孩子她奶，取個名字那是應當的。孩子日後還得孝敬您呢。」

「喲，二弟妹，妳這是說笑呢？」孫氏收了衣裳幫何氏送過來，剛好聽見這一句，笑道：「咱娘大字不識一個，連自己名字都不會寫，妳還讓她取名字？妳這不是存心看娘的笑話嗎？」

孫氏心裡覺得好笑，這何氏看著不聲不響的，居然也跟二弟一樣是個有心機的，還用四丫頭的名字來哄婆婆。也不想想，一個大字不識的老太婆，能取出什麼好名字？小心偷雞不著蝕把米！

雖然這是事實，但姜老太一聽，頓時不樂意了。哪有婆婆這麼被兒媳婦看輕的？她當即黑了臉。「老大家的，妳這話是什麼意思？我怎麼不能幫四妞妞取名字了？老二孝順，讓我來取名，怎麼就是看我笑話了？倒是妳，生了三個，可沒聽妳問過我一句！」

孫氏心裡冤死了，長子的名字是公公指定二弟取的，哪裡輪得到她來開這個口？至於兩個丫頭片子，姜老太連看都不想多看一眼，她哪裡敢去麻煩她。

見孫氏不吭聲，姜老太這才放過她，低頭看向懷裡的奶娃娃，只見一雙黑亮的眸子盯著自己，機靈極了，她心頭忽然想起那日見到的金色魚兒，一張嘴，便道：「金魚。」

姜仲行聞言把手一拍，道：「娘取的這名字可真好！錦是榮華富貴，說明咱四妞妞日後過的是好日子；魚是年年有餘，咱四妞妞日後吃穿不愁，好寓意！錦魚、錦魚，果然好名字！」

何氏也跟著一起道：「娘取的名字真好，朗朗上口，還吉利。」

姜老太一聽，樂壞了，也不管是金還是錦，反正是好名字。

就這樣，上輩子叫姜意的四妞妞，這輩子就換了個名兒，叫姜錦魚。

姜錦魚、姜錦魚……姜意在心裡默念了幾遍，對自己的新名字很滿意。

這可是她奶取的名。要知道，她奶可是家裡說一不二的存在，以後嘴饞了吃個蛋、嚼塊糖，都得指望她奶。

她這輩子，可得抱緊這條金大腿！

有了正式名字的姜錦魚當晚一覺睡到天亮，第二日醒的時候，她爹姜仲行已經早起趕回縣學去了，而她娘何宛還得坐月子，她就交由姜老太照顧了。

鄉下家裡添了孩子，鄰里們都會拿點紅糖、雞蛋之類的上門來嘮嗑。

姜錦魚昨天睡了一天，今天老早就醒了，她奶姜老太過來瞅兒媳婦，就順便把她抱出去見客。

外面天氣冷，早上太陽還不大，姜老太不敢胡亂帶她出門，只去了隔壁的堂屋。與她相熟的幾個老婆子來做客，見她抱了孫女來，都湊上來打量了一番，而後不禁倒抽一口氣說：「金花，妳這孫女長得可真好！小鼻子、小嘴，越看越討喜呢！」

這倒不是她們說話哄姜老太，姜錦魚的確長得好，也不知是什麼緣故，剛出生的奶娃娃卻是胎髮烏黑、眸子晶晶亮亮的，睜著眼睛的時候特別有神，迷迷糊糊的時候，又顯得很惹人憐。

姜老太被吹捧得高興，得意道：「那是，這孩子有福氣，一看就是我們老姜家的娃兒，跟她爹、她爺，簡直一個模子裡刻出來的。」

姜錦魚傻了，心道：她奶也太會自吹自擂了吧？她要是長得像她爹、她爺，恐怕要在家裡做一輩子的老閨女了！

老姜家的男人是出了名的彪悍魁梧，她爺年輕的時候扛得起三、四百斤，大伯、三叔、四叔也個個高大魁梧，而她爹姜仲行這個唯一的讀書人，也只是稍微好一點，但比起一般的書生，那看上去就不是一個世界的。

姜家人不光長得高大壯實，長相也是憨厚型的，不算俊朗，有著小麥色的皮膚，但看著很穩重憨厚，讓人覺得踏實。

所以啊，客觀來說，姜錦魚的長相，該是遺傳了她娘何氏的，她奶純粹是吹牛……

不過，與姜老太相熟的老姐妹們都知道她的脾氣，當然不會反駁她，都笑咪咪應和著。

「是像，我瞅著還有點像妳這個做奶的，一瞅就機靈得很……」

老姐妹幾個有說有笑，臨到中午的時候，幾個老婆子才說要走，她們雖然都是當婆婆的人了，但還是要盯著家裡的兒媳婦做事。

送走幾個老姐妹，姜老太又吩咐兒媳孫氏和吳氏去做午飯，自己搬了張板凳，抱著姜錦魚在屋簷下曬太陽。

掩著的院子大門傳來「砰砰」一聲響，嘎吱一聲，門被推開了，外頭站著個衣衫襤褸的老道士，手裡還拄著根枴杖，仔細一看，老道士眼裡灰濛濛的，似乎是個瞎的。

姜老太也不覺得奇怪，就快過年了，鄉下來找生意的道士、算命瞎子也多，就扯著嗓子說：「老道士，咱家不算命，你去別家吧。」

老道士擺擺手，喘著氣，看上去可憐得很，用沙啞的嗓音道：「老道只討口水喝……」

姜老太雖然潑辣，卻不是個狠心的，不過給一口水喝，也不是啥大事，便起身將姜錦魚放到一旁的搖床裡，舀了半碗涼開水，又去廚房兌了半碗熱水，將一碗溫水遞過去。

「喝吧。」

老道士顯然渴壞了，仰頭一飲而盡，感慨道：「好水！可否再給老道一碗？」

姜老太起身又兌了碗溫水，看那老道士把水喝了，將空蕩蕩的碗遞回來，又看他破破爛爛的好不可憐，好心好意說：「老道士，咱們雙溪村肯花錢算命的人家可不多，你去隔壁村轉轉，隔壁村有幾個財主，家裡光鮮，出門都不用踩泥巴的。」

老道士聞言哈哈一笑，捋著鬍子，搖頭晃腦道：「老太太，妳以後也不用踩泥巴……兒孫滿堂、子孫孝順，妳的福氣在後頭呢！」

算命的有幾個不說漂亮話的？姜老太聽了也就是一樂，沒當真，擺擺手。「你可別說了，我啊，沒錢算命！」

老道士捋著鬍子笑，一雙灰濛濛的眸子帶著笑意。「老道不收錢。」說著，在院子裡「看」了一眼，掐了掐指尖，方道：「妳家裡四個兒子，都是孝順的，皆是長壽之相，不過妳二兒子和四兒子最有出息。四兒子日後是從商的，家產不薄，就是子女緣分淺了些，孩子來得遲，也不用擔心。妳二兒子是個命好的，是官老爺的命。」

姜老太聽了半信半疑，追問他。「我二兒子會做官？那你說說，他這回能中秀才不？」

今年秋天的時候，姜二郎去縣裡參加了秀才試，不過這結果還沒那麼快出來，估計得過了這個年才知道。

老道士掐了掐指頭，神秘莫測說：「今年不行，時機未到。」

這話一出口，姜老太有點信了。畢竟算命哪有喜歡說壞話的？多半會回答今年肯定行，可老道士卻這麼說，還頭頭是道的，讓她不禁急急忙忙問：「老神仙多說些！」

「三年之後，福運加身。」老道士笑著摸摸鬍子，接著遙遙一指，明明是個瞎的，卻好似看得見，不偏不倚指到了搖床上的姜錦魚。

姜老太二話不說，把姜錦魚抱了過去。

姜錦魚就那麼被她奶抱在懷裡，捧著給個瞎了眼的老道士「看」，好在老道士只是看看，沒對她動手動腳。

老道士含著笑。「真是好命的孩兒。福多壽多，宜家宜室，在家旺家，出嫁旺夫，夫妻和睦，誥命加身，子孫滿堂。」

姜老太聽得一臉激動，倒是姜錦魚，內心無語，這老道士比她奶還能瞎編，她要是命好，上輩子能落了個不得善終的下場嗎？還子孫滿堂呢！她當初就一個孩子，還流了！

姜錦魚不當一回事，姜老太卻是信了七、八成，轉手把姜錦魚放回搖床，轉身去屋裡取錢。

但取了錢出來，還沒把錢遞出去，就聽老道士擺手說：「老道不用錢，可否將老道的水囊灌滿，裝這井裡的生水即可。」

姜老太趕忙灌了水，老道士接了水就要走，臨走前又飄乎乎留下一句。「明日有意外之財。」

送走老道士，姜老太一顆心七上八下的，好不容易熬到晚上，就聽大兒媳孫氏在門口大喊。「娘，爹和四弟回來了。」

姜老太聽到了，趕忙抱著孩子朝外走，見到一天未見的老伴和許久未見的小兒子，笑得合不攏嘴，忙問：「回來了，正好趕上吃晚飯。對了，老四，今天怎麼回來了？這還沒到過年放假吧？」

「還沒，二十五、六才放假。但我聽說家裡添丁了，正好爹也要回來了，就跟東家請了假，明天還回去。」姜四郎姜季文拍拍袖子，湊上來看了看姜老太懷裡的小姪女，笑咪咪道：「娘，這就是二哥家四妞妞吧？給我抱抱唄。」

姜季文小的時候調皮，有一回掉河裡了，是他二哥姜仲行一個人揹上來的，打從那時候起，姜季文就格外親自家二哥，今天也是聽說家裡二嫂生了，才匆匆跟爹一起回來的。

當然，順便也還有點別的事情要辦。

姜老太一邊把孩子遞給姜四郎，一邊說：「什麼四妞妞、四妞妞的，你二哥取了小名的，叫綿綿。」

姜仲行走之前，琢磨了一宿，才琢磨出這麼個小名來，寓意也好——福氣綿綿。

姜季文如願把小姪女抱到懷裡，順口問：「綿綿啊，這名字不錯，大名叫啥，姜綿？」

他這一問，問到姜老太心裡去了。

姜老太不自覺挺了挺胸脯，有些炫耀地說：「哎，還不是你二哥、二嫂非要我取，我做奶的，總不好連這種小事都不答應，不知道的還以為我不喜歡她呢。我就取了個名，叫姜錦魚。錦是錦繡的錦，魚是小魚兒的魚！」

錦繡這詞，姜老太還是從二兒子口裡學來的，直接就拿出來炫耀了。

姜四郎是個機靈的，一聽就明白二哥的打算，當即誇道：「娘這名字取得好！還是二哥、二嫂主意正，以後我的孩兒，也讓娘來取名字！」

姜四郎抱夠了，正打算把小姪女還給姜老太，低頭瞅了瞅不哭不鬧盯著他的姜錦魚，內心不禁感嘆：真乖啊！不愧是二哥、二嫂的閨女。

而此時的姜錦魚快激動壞了。她總算再見到四叔了，要知道，全家除了爹娘和大哥，對她最好的就數這個四叔。上輩子潘衡出去瞎混，四叔這個暴脾氣的，居然拎著棍子上門把潘衡狠狠揍了一頓！

姜錦魚現在想起來，覺得那真解氣。現在待在四叔懷裡，她表現得特別乖巧可人，要不是現在還沒法精確控制表情，就差露出一個燦爛的笑容了。

姜四郎不捨地把孩子還給姜老太，而姜錦魚在她奶懷裡沒多久，就被送進她爺懷裡了。

姜錦魚對她爺奶的感情其實一般，就是普通面對長輩那樣。不過那是上輩子，這輩子，她打定主意了，一定要牢牢抱住爺奶這兩條金大腿！

要知道，在鄉下，很少有人家會分家，一般都要等到孫子輩娶親，才會分家，除了某些壓根兒過不下去的人家。所以，上輩子一直到她嫁給潘衡，大伯母和三嬸兩人合力鬧了幾回，姜家才分家。

不過，那都是十多年之後的事情了，至少這十幾年，家裡還是爺奶作主，尤其是她爺，雖然平常沈默寡言，但在大事上從來都是說一不二的。
姜錦魚打定主意要抱她爺的大腿，一被送進姜老爺子的懷裡，立即乖乖巧巧，眼睛眨也不眨的盯著她爺，哪怕老爺子其實不太會抱孩子，抱得她不大舒服。
姜老爺子還是頭一回這樣抱孫女，他是個不大吭聲的，平時唯一的消遣就是坐在屋簷下抽旱煙，幾個孫女、孫子一向都怕他、敬他。
難得見到這麼一個乖乖巧巧窩在他懷裡的孫女，不鬧不哭，一雙烏溜溜的大眼睛還直直盯著他，彷彿知道他是爺爺，這讓姜老爺子心裡也生出了點喜歡來，啞著嗓子說：「嗯，是個乖的。」
三兒媳吳氏一看，心裡就不舒服了。同樣是丫頭片子，怎麼就不見她家二丫這麼招爺奶待見呢？老二家的這丫頭片子不就是生得好一點嗎？怎麼就人人見了都喜歡呢？真是奇了、怪了！
「爹、娘，咱趕緊進屋吃飯吧，菜都要涼了。」心有不甘的吳氏看不慣這麼個丫頭片子被眾人圍著，特意抬高聲音說話。
「行，進屋吃飯吧。」作為一家之主的姜老爺子一開口，眾人紛紛邁開步子。
「你說啥？你東家要給你漲月銀？還是每月三錢？」
聽完兒子姜四郎的話，姜老太喜得差點直接從凳子上蹦起來。

姜四郎在鎮上做帳房快要三年，剛開始是當學徒學手藝，白給東家幹活，雖包吃包住，但工錢就不用提了。

好在姜四郎他聰明機靈，又趕上老帳房年紀大了，急著回家抱孫子，熬了一年，就成了帳房。之前他的月銀一直是兩錢銀子，就在今日回來之前，東家明說了，要漲他月銀。

姜四郎為人沈穩又愛動腦，多少猜到了東家的原因，無非就是看他越來越上手了，再不漲月錢，怕是會被別的東家雇走，這才突然漲了月錢。

不過，姜老太卻是一下子聯想到了老道士的話，笑得合不攏嘴，看著被何氏摟在懷裡的姜錦魚，彷彿看到了什麼寶貝。

姜老爺子也難得露出笑臉，從懷中掏出個錢袋子來，哐啷啷、沈甸甸的，砸在桌上。

「這是這一回賺的，家裡獵來的都賣了，一共一兩一錢。讓你們娘收著。」

大兒媳孫氏嘴甜，忙不迭道：「娘管家，該是娘收著。」

吳氏也跟著應和。

姜老太接了錢袋子，自然要問上幾句。「我聽老牛家嫂子說，今年不好賣呢，她家都打算留著自己吃了。咱家的真都賣光了？」

雙溪村村子不大，但村後有片挺大的山地，山裡有野豬、山雞……村裡有些人家平時下田種地，農閒時候就上山打獵，一年到頭也能攢點銀錢。

姜家男兒個個人高馬大，打獵也是一把好手，這也算是家裡一項不小的收入了。按往常的時候，每年大概能賺個二、三兩銀錢，但今年鎮上富戶做生意虧了的不少，連帶著野味也不好賣了。

姜老太還以為今年野味都要砸自家手裡了，結果看老伴拿出來的錢袋子，居然賣了個精光？

姜老頭不愛吭聲，姜四郎便把情況說了。「本來是不好賣的，不過鎮上的朱大戶家裡生了個小少爺，總得要擺宴的。正巧我與朱家有個管事有些交情，請他傳了個話。朱老爺看了看咱家的東西，都是上乘的，就訂下了。」

說著，姜四郎又道：「提起這事，我又想起來一樁。娘，那朱管事私底下又與我說，朱家還打算買頭活豬養著，到時朱家小少爺滿月要設宴用，朱家大管家找了好久，就是不好買。一則大戶人家嘴挑，就愛那種農家割豬草餵大的，說肉質嫩。二來快過年了，這豬，家家戶戶都要留著自個兒吃。」

「咱家有豬啊！」姜老太忍不住打斷小兒子的話。「你二嫂生了綿綿，咱家的豬可不就殺不成了嗎？正好賣給朱大戶家！」

姜四郎也是這麼個想法，在他看來，倒不是圖一頭活豬賣的錢，而是朱家大管事的這個人情。

「爹覺得呢？」姜四郎又問。

姜老頭抽著旱煙，沒啥意見，擺擺手道：「聽你娘的。」

第三章

能多掙幾個錢，孫氏和吳氏當然也不會說什麼。

別人家打來的獵物都砸在手裡，偏偏自家賣個精光，連因為何氏生娃沒法殺的豬，都那麼巧被朱大戶家相中了，這下子姜老太更覺得小孫女是塊寶了。

那老道士果真沒說錯！

姜老太也是個偏心的，疼誰就可勁地疼，特意囑咐何氏。「老二家的，老二不在家裡，妳可得上點心。該吃吃、該喝喝，把身子養好了。綿綿正是吃奶的時候，妳這個做娘的可別餓著我小孫女。」

說著，又跟過來送雞湯的孫氏說：「明兒來我屋子裡取一個雞蛋，往後每天弄個蛋花給老二家的。」

「娘，還要雞蛋啊？這不是有雞湯了嗎！」孫氏簡直要嫉妒死了，怎麼何氏生個丫頭片子，婆婆也能當個寶呢？

「坐月子吃個雞蛋又咋了？妳坐月子的時候，我少妳一口吃的了嗎？」姜老太眼刀子飛過去，見孫氏乖覺了才作罷。

半夜，正當姜錦魚窩在搖床裡呼呼大睡時，隔壁正小院裡，姜老太翻來覆去，終於忍不住把老伴搖醒了。

「他爹……你醒醒啊，我有事跟你說。」

姜老頭迷迷糊糊。「啥事啊？這麼遲了，妳不睡啊？」

姜老太坐起身來，披了外衣，壓低聲音，跟說啥秘密似的。「孩子他爹，我跟你說啊，咱老二家的四妞妞，是個旺家的！」

「啥旺家？」姜老頭一聽，翻身坐了起來。「咋回事啊？」

姜老太把那瞎眼老道士的事情說了，然後說：「你瞧瞧，要不是老二媳婦提早生了，咱家的豬早都宰了，哪還輪得到賣啊？你再看野味，咋老牛家那麼難賣，輪到咱家，賣個精光。還有……還有老四，他東家無緣無故就漲月錢了，早不漲、晚不漲，剛好挑這個時候！這也太巧了！」

姜老頭聽了老伴的話，倒是沒覺得她胡思亂想，只是也不會就這麼信了，說道：「甭管是不是旺家，總歸是咱家裡的孩子，也不會少她吃喝的。」

姜老太嫁到姜家幾十年了，夫妻作伴這麼久，早就知道姜老頭的脾氣，見他嘴上說得輕鬆，心裡未必沒有把這當一回事，遂放心了。

躺下準備睡前，她還不滿的嘟囔了一句。「我啥時候少他們吃喝了？村裡哪個人家跟咱老姜家這樣，連個丫頭片子都能吃得上肉啊！」

姜老頭習慣了老妻的作派，聞言也沒搭話，兩人一齊入眠了。

這頭正小院安靜下來了，姜家還有個人，卻是輾轉反側，半宿沒睡著。

孫氏忍不住推搡了身旁打著響鼾的壯碩男人。「你醒醒！我有事和你說！」

「啥事啊？」姜大郎脾氣也還算好的，被晃醒了也不惱。

孫氏咂嘴，抓著姜大郎的胳膊。「你說，咱娘咋那麼喜歡四丫啊？連爹也是，也不知道老二給爹娘灌了什麼迷魂湯了！」

姜大郎撓撓胳膊，完全沒把自家婆娘的話當成一回事，含糊回話。「二弟家四丫合爹娘眼緣唄。行了，別琢磨了，快睡吧。我明天還得早起，去老叔家買兩條鯽魚回來。」

孫氏順口就問：「買鯽魚幹啥？」

姜大郎想也沒想。「娘吩咐的，我沒問。」說罷，又開始打鼾了。

孫氏一口氣險些順不上來，拍著鼓鼓囊囊的胸脯好一陣，才算是把那口氣嚥下去。每回問他啥，都是「娘吩咐的」一句話打發，自己怎麼嫁了個這樣的男人！

孫氏氣了個好歹沒睡好，但一到早上，雞叫了，還是得爬起來替一家子做早飯。

去廚房的時候，碰到了三弟媳吳氏。

跟吳氏比起來，孫氏過得好多了。她給老姜家生了兒子，又是帶著嫁妝嫁進來的，腰板都挺得直直的，她臉上得意，嘴上寒暄。「三弟妹起了啊。」

對於這麼個喜歡流露優越感的大嫂，吳氏自然也是心裡不舒服的，但她面上只是小心笑了笑，答應道：「欸，大嫂。」

兩妯娌心裡彼此不待見，但面上仍是一團和氣，甚至還說起了何氏的閒話來，連帶著睡得正香的姜錦魚，都被二人挑三揀四說了幾句。

半月很快過去了，姜家的豬已經被朱大戶家的下人拉走了，朱大戶家給的價實惠，賣了共一兩六錢。

臨近過年，縣學放假，姜仲行也從夏縣回來了，與他一起回來的，還有姜錦魚的二哥姜宣。

姜宣今年五歲，在縣裡開蒙。

姜錦魚眼巴巴等了半個月，總算等到她爹和二哥了，一見到風塵僕僕的父子倆，就咧嘴笑得歡，連口水都險些流下來。

娘幫他添了個妹妹這事，姜宣雖然聽爹說過，但他還以為就跟大伯三叔家的堂姐妹一樣，沒當一回事，但現在一看軟軟白白的小妹妹，被裹在大紅的襁褓裡，襯得白嫩的臉蛋都通紅，還咧嘴笑得特別可愛，心裡一下子就軟軟的。

姜宣走到小搖籃前，小心翼翼摸了摸妹妹的臉，對何氏說：「娘，妹妹真好看。」

何氏噗哧一聲笑了出來，倒是姜二郎聽見這話，特意走過來，把想了半個月的小閨女抱進懷裡，一手還攬著大兒子。「你妹妹隨你娘，是好看。喜歡妹妹啊？」

姜宣正捉著姜錦魚的小拇指，軟綿綿的，想也沒想就點頭說：「喜歡，妹妹好看，」頓了頓，補了一句。「還乖。」

姜錦魚眨巴眼，她這哥哥還真是一如既往的看臉，才見了一面，就能看出她乖了？

姜二郎乘機教導兒子。「宣哥兒以後就是哥哥了，要照顧好妹妹好不好？妹妹年紀小，又是個女孩兒，力氣也小，宣哥兒可得護著妹妹。」

小小的姜宣使勁點點頭。「嗯。護著妹妹。」

姜錦魚聽得眼眶都濕了，眼淚差點湧出來。

這才是她的血親，一心一意對她好的人！她上輩子是多眼瞎？才非要傷了家人的心，一意孤行嫁給潘衡那個混蛋。這輩子，她可不能重蹈覆轍了！

姜宣回來，最高興的人除了想念哥哥的姜錦魚，就是家裡的長孫姜興。因為總算有人能陪他四處野了，姜興一大早就扯著嗓子在院裡喊。「二弟，去河壩看撈魚不？」

論輩分，姜興是姜錦魚的堂哥，是姜大郎的兒子，今年七歲，小名虎娃。對於這個堂哥，姜錦魚的印象很不錯，平日憨憨的、大剌剌的，不像大伯母那樣小心思多，性子隨了大伯。

姜宣聽到堂哥的喊話，想把妹妹放回搖籃裡，可惜一撒手，妹妹就開始哼哼唧唧的哭了。她也不是那種嚎得響的那種，就是軟軟哼唧著，奶聲奶氣的，跟隔壁沒斷奶的奶貓崽似的，讓人狠不下心。

這一招，姜錦魚已經十分順手，無往不利，連家裡最凶的奶姜老太都受不住，更何況還是個小孩的姜宣。

果然，姜錦魚一哼唧，姜宣立刻就把人抱了起來，搖搖晃晃哄著。

「妹妹乖啊……」

說話間，等不及的姜興直接推門進來了，扯著嗓子問：「二弟，今天村裡撈魚，你去不去啊？」

雙溪村之所以叫這個名字，就是因為村裡有兩條河。接近年關，村長帶著全村鄉親一起撈魚，最後會將撈來的魚分給各家。對於孩子們而言，這可是難得好玩的事情，就連姜宣這麼沈穩的性子，都忍不住有點心動了。

姜興還在繼續遊說：「我跟你說啊，我們撈珍珠去。小小顆，亮晶晶的，可好玩了！對了，你不是說要弄一串珠子給四丫嗎？欸，你別說，四丫長得挺白的，可比我姐白多了，戴著肯定挺好看。」

話音剛落，原本還只是想黏著哥哥的姜錦魚一怔，猛然想起來了。上輩子聽娘何氏說過，哥哥姜宣不是一開始就體弱多病的，好像是小時候落水過，凍著了。

「哇啊——」

嬰兒的啼哭聲響徹小院，最先把何氏給引來了，看到驚慌失措的兒子和哭得可憐兮兮的閨女，驚得上前。「這是咋了？」

姜宣也被嚇到了，一邊試圖哄著妹妹，一邊說：「娘，妹妹是不是餓了？」

姜興沒當回事，拉著姜宣繼續說：「二弟，撈魚去！四丫就讓二嬸哄唄……」

姜宣卻是把袖子從堂哥手裡拉了出來，堅定搖搖頭。「虎子哥，我就不去了，我要陪著妹妹。」

何氏正把懷裡的姜錦魚給哄好了，聞言道：「沒事，娘在呢，你跟你虎子哥玩去吧。」

此言一出，姜宣正要搖頭，比他還著急的姜錦魚又嚎啕大哭起來，嗓子都快哭破了，哭得隔壁的姜老太都皺著眉頭過來問了。「這是咋了？綿綿咋哭了？」

姜老太最喜歡小孫女這一把甜甜的嗓子，見她哭成那個樣子也心疼，當即把姜錦魚給抱了過去，來來回回在屋裡哄。

等到姜錦魚不哭的時候，姜興早已等不住了，沒什麼義氣的拋下一句。「二弟你不去，我自個兒去了啊！」

姜錦魚這一哭，可是把她哥姜宣給嚇壞了，一上午都抱著她在屋裡逛，連中飯都多吃了一碗，看得何氏欣喜不已。

姜仲行還誇他。「多吃些才長身子。」

姜宣深以為然，點點頭。他要是不多吃點，不長高長壯些，以後都要抱不動妹妹了。妹妹這麼愛哭，肯定要人抱著哄的。

姜興回來吃過飯，又一溜煙的溜了，只拋下一句「我去看撈魚」。

孫氏看得來氣，抄起掃帚追了出去，可惜沒追上，氣急敗壞回院子，又是羨慕、又是酸溜溜向何氏說：「弟妹，還是妳家宣哥兒懂事。小小年紀就去縣裡開蒙了，我家虎娃可比不上。趁著過年二弟有空，讓他也教教虎娃唄。」

何氏笑了笑，幫忙收拾碗筷。大嫂的意思她明白，無非是覺得自家二郎給宣哥兒私下開小灶了，可是，捫心自問，還真沒有。

她不吭聲，孫氏心裡不是滋味，一旁的姜老太卻直接黑了臉。「胡說啥呢？妳這是覺得我們偏心老二家呢？」

孫氏一聳肩，討饒說：「沒有的事，娘您誤會我了。」

姜老太卻是不理會，一拍桌子，扠腰訓兒媳。「虎娃五歲的時候，二郎就跟我們說要讓虎娃去縣裡開蒙。結果呢？妳這個做娘的，哭哭啼啼、推三阻四，活生生把去縣裡的機會給拖沒了。現在又想念書？早哪裡去了？」

婆婆這麼說，孫氏瞬間沒了氣焰，她好不容易生了個兒子，當寶寵著，自然捨不得放他去縣裡讀書。那時候二弟說起開蒙，她當時想，都是鄉下人，讀不讀書的，有什麼要緊，以後還不是在田地裡討生計？那二弟讀了那麼多年，不也連個秀才都沒考上？

但開年的時候，老二家的宣哥兒去了縣裡開蒙，那氣度一下子就把她家虎娃給比下去了，連村裡都有婦人在她耳邊念叨，說她不送虎娃去念書實在糊塗。

孫氏是個耳根軟的，一聽就記在心裡了，這下一時沒忍住給說了出來，就被婆婆姜老太給抓住了把柄。

姜老太雖不滿孫氏這個眼皮淺的兒媳，但對孫子倒是很重視的，一頓訓斥過後，卻也開始琢磨虎娃念書的事情了。

下午的時候，姜錦魚還是黏著姜宣，寸步不離，惹得姜仲行都開始吃醋了，抱著何氏的腰低聲抱怨。

「綿綿怎麼這麼親宣哥兒？」

何氏正在補衣裳，聞言好笑道：「他們是親兄妹，自然親暱。就怕等宣哥兒去書院，綿綿又要鬧了。」

提起這事，姜仲行直起身子，正色道：「宛娘，有件事我要與妳商量。我打算讓宣哥兒回鎮上念書。」

見姜仲行神色正經，何氏放下針線，雙手擺在膝上，細細詢問：「怎麼突然讓宣哥兒回鎮上念書？縣裡書院不好嗎？」

雙溪村不大，也不算富裕的，請不起教書先生，因此並沒有村學。村裡的孩子，大多都不念書的，只有少數人家會把孩子送到鎮上去開蒙。

姜宣之所以會去縣裡上學，是因為姜仲行在縣裡念書，可以就近照顧。再來是縣裡的教書先生更有文采些，開蒙之事不像村學或是鎮上書院那樣粗糙。

而姜仲行這回提起要讓長子回鎮上念書，也是考慮良久之後做出的決定。

姜家人多，雖然個個都能幹，但開銷也不小，尤其是前些年，家裡幾個兄弟接連成家，更是讓家裡有些捉襟見肘。這幾年雖然緩了過來，但日子過得仍不寬裕。

再加上家裡大嫂時不時總說些酸話……姜仲行知道，爹娘嘴上不說，心裡還是覺得為難的，為了讓二老不再為難，也為了家裡兄弟和睦，姜仲行才做了這決定。

不過他雖念著大家，也並非不顧及自己的小家，長子基礎打得好，回到鎮上學習並不會影響他的前程，再者還有自己這個爹呢。

何氏聽罷，點頭道：「這事我聽你的。」

姜仲行垂眼看妻子柔順的側臉，又看了眼屋內的兄妹倆，心中覺得萬分柔軟和滿足，喟嘆一句，摟著妻子的肩感慨道：「得妻如此，夫復何求？」

何氏被他不正經的話弄得臉一紅，推了他一把。「別胡說八道！你閨女看著呢。」

姜仲行一回頭，果然見自家閨女睜著一雙大大的眼睛盯著這邊，搖頭一笑，又開始抄書了。

臨到傍晚的時候，夕陽映紅了天邊，冷風也開始吹了。

姜錦魚被她哥姜宣給抱回了屋子，正昏昏欲睡的時候，忽然聽到外邊一陣鬼哭狼嚎，伴隨著婦人的叱罵聲，那哭聲還萬分熟悉，正是堂哥姜興的聲音。

姜錦魚哼哼了幾句，打了個哈欠，只當沒聽見了。

不能怪她冷漠，實在是堂哥姜興從小被打到大，要是她哥被打了，她肯定哇的一聲大哭，救她哥於水火之中。但換成皮糙肉厚，還一天到晚攛掇她哥幹壞事的堂哥，姜錦魚表示：她早上哭得太狠了，現在還嗓子疼呢，還是算了。

第二天，姜錦魚才從自家奶奶口裡，得知了昨天大伯母為何揍堂哥的理由。

昨天吃過飯，姜興就跟著村裡幾個小子們去撈珍珠了，珍珠沒撈著，倒是險些被沖進河裡去了。他們站的位置不好，看著好像很結實，實則底下都被魚給鑽空了，幾個小子正在撈珍珠的時候，地就塌了，差點就被沖走。

這大冬天的落水可不是好玩的，就是堂哥這樣結實的身子骨，也要吃些苦頭，也難怪大伯母孫氏氣得連棍子都用上了。

聽完她奶的念叨，姜錦魚慶幸不已，上輩子哥哥鐵定是這一次落水，才落下體虛的毛病，還好她當時一下子想起來，哭鬧著沒讓哥哥去撈魚。

她正慶幸的時候，她奶姜老太也同樣拍著胸脯後怕。「綿綿真是個小福寶，啥也不知道，還知道哭著把宣哥兒給攔下。要是宣哥兒掉下去了，他那身子骨，可不敢想啊！看來老道士的話真對，咱們綿綿是個命好的。以後可得繼續保佑咱們一家子咧！保佑咱老姜家平平安安，越過越興旺。」

姜錦魚聽得一臉無奈。

奶，我就是個奶娃娃，可不是神仙、佛祖，您也太瞧得上我了！

過了幾日，雙溪村就開始下雪了，一下雪，原本還閒不住的男人們，也得老老實實在家裡待著了。

姜仲行自從回了家，大多時候都閉門溫書，姜錦魚一開始都跟著娘何氏，等何氏出了月子，也開始跟著幾個妯娌們一塊兒準備年貨，姜錦魚一下子就沒人看顧了。

姜老太倒是願意帶孩子，畢竟她一心覺得自家小孫女是個有福的，可她還得管著一家子吃吃喝喝，尤其過年忙，她不但要給幾個兒媳婦派活，自己也常常忙得暈頭轉向。

無奈之下，無人照顧的姜錦魚被丟給了姜老頭。

暖烘烘的屋裡，姜老爺子坐在門口吧嗒吧嗒抽著旱煙，身後擺了個小搖籃，搖籃裡臥著個裹成粽子的小女娃，爺孫兩人在一處還挺自在。

姜老頭舒舒服服抽著旱煙，時不時伸手搖一搖搖籃，搖籃裡的姜錦魚也乖得很，很少哼哼，大多時候都是呼呼大睡。

她倒是想抱爺的大腿，可惜自己還是個奶娃娃，又不能說話，乾脆還是睡覺吧。趕上姜老爺子心情好的時候，也會抱一抱姜錦魚，但大多時候，爺孫倆就是這樣待著。

幾天下來，姜錦魚不說，畢竟只是吃吃喝喝睡睡，沒啥大感覺，姜老頭就不一樣了。

姜老太一共給她生了四個孩子，都是耐打耐摔的兒子，他跟村裡大多數做爹的一樣，只管埋頭種地，帶娃的活兒都是交給家裡媳婦的，偶爾兒子不聽話了，就拎起棍子抽一頓，是個實打實的嚴父。

等孫子輩開始出生後，礙於他平日裡冷硬的作派，也沒哪個孫子、孫女親近他。小孫女綿綿可以說是第一個親近他的後輩，讓他嘴上雖然沒說什麼，但心裡還是頗為受用，對這個白白淨淨的小孫女，也下意識多喜歡了幾分。

姜錦魚不知道，自己這麼吃吃喝喝睡睡，就成功刷了姜老爺子的好感度，成功從一個「沒啥存在感的孫女」，變成「白白淨淨挺乖的小娃娃」。

第四章

姜錦魚睡得迷迷糊糊，忽然被什麼戳了一下臉蛋，她皮膚嬌嫩，被這下戳疼了，癟癟嘴睜開眼，就看見三個堂姐站在她的搖籃前。

對於這三個堂姐，姜錦魚還是挺樂意和她們處好關係的，畢竟都是姐妹，大人之間有齟齬矛盾，也跟孩子們沒什麼大關係。

出於這個心理，姜錦魚友好的朝堂姐們笑了笑。

姜錦魚是個模樣很周正的奶娃娃，白白淨淨的，這一個多月又被何氏餵養得很好，胖乎乎的，笑起來也格外招人喜歡。

姜家二丫姜雅不禁跟著笑了，小心翼翼的說：「妹妹真好看。」

她也不過才五歲，與姜錦魚的兄長姜宣同歲，前後腳出生，但養得極為膽小，說話都跟蚊蟲似的，不仔細聽都聽不清。

聽了她的話，一旁的姜大丫姜歡撇撇嘴，甩了甩小辮子。「有啥好看？二丫，等會兒替我弄頭髮。」

說話的姜歡九歲，是家裡最大的孩子，這個年紀的女孩兒，正是知道愛美、愛俏的時候，偏偏姜家條件一般，沒閒錢給她買首飾，她只好翻來覆去編辮子了。

姜歡很快拉著姜雅走了，這兩人一走，就只剩下三堂姐姜慧了。姜慧跟姜歡是親姐妹，今年四歲，生得一張圓圓的臉，眉毛很淡，不算好看，也不醜。

姜慧扒著搖籃，整個人湊上來細看，姜錦魚都被她看得有點不自在了，也不知道這小丫頭究竟在看啥。

「醜死了。」看夠了的姜慧丟下這麼一句，拍拍手跑開了。

這話讓姜錦魚目瞪口呆。

……我哪裡醜了？

鄉下人平日不過什麼節，在過年時便格外重視。等姜家小廚房裡炸好各色素丸子、肉丸子，連梁上掛著的醃肉也拿下來料理的時候，村裡就開始有人陸陸續續上門來了。

上門不是為了其他，正是為了姜錦魚她爹姜仲行來的。

自從姜仲行中了童生之後，便擔起了替全村人寫春聯的重責大任，這一寫就是好幾年，從沒有哪一年落下過。

何氏站在一邊磨墨，姜仲行提筆落字，正紅的紙上緩緩出現幾行漂亮的毛筆字，上書，「一家和睦一家福，四季平安四季春」。

得了春聯的鄉親連聲道謝，帶著春聯心滿意足走了，而他身後排滿了長隊，都是來姜家求春聯的。

就這樣，姜錦魚就待在她奶姜老太懷裡，看完爹給全村人家寫春聯的過程，村民們皆是一臉感激抱著春聯離開，臨走前都不忘誇一誇爹。

姜錦魚看得震驚至極，萬萬沒想到，自家阿爹居然這麼能收買人心，三言兩語就能將村民們哄得眉開眼笑，還個個都覺得自家的春聯是最好的。

這「左右逢源」的性格，不去當官簡直是可惜了！

到了夜裡，姜錦魚被她娘放到小搖床上，阿爹姜仲行拿著個木鈴鐺逗她。

阿娘就在背後替他按肩膀，有些心疼的說道：「也不必趕著一日寫完的，你這幾日不都待在家裡嗎？這麼急做什麼？」

姜錦魚知道她娘這是心疼她爹了，也跟著哼哼一聲，頗為配合傻爹爹的逗弄，然後就聽阿爹說道：「既要做好事，那就把事給做好了，我若是讓村裡人明日再來，他們心中必定不悅，心裡或許還覺得我看輕了他們。倒不如我辛苦些，一次都寫好了，免得我一番好心，反倒被村裡人誤會。」

聽了阿爹的回答，姜錦魚再一次被他震驚了，越發覺得，阿爹興許讀書不是最厲害的，但這對人情世故的理解，若是做了官，肯定不會比那些官家子弟差。

姜錦魚吃吃睡睡，順便拉哥哥強行鍛鍊身體，日子過得飛快，一下子就到了大年三十。

大年三十夜，一家子早早就歇了下來，全部圍著家裡的飯桌坐好，連姜錦魚都被她娘何氏抱在懷裡上桌。

桌上的菜比起尋常時候豐盛了許多，姜興等孩子們吃得滿嘴油光，就連最愛俏的姜歡都只顧著埋頭吃，唯獨姜錦魚這個連牙都沒長一顆的，只能飽飽眼福。

豐盛的年夜飯後，坐在主位上的姜老爺子就開始講話了。「今年咱老姜家也順順利利的，老二家添了個閨女，老四的東家給他漲了月銀，家裡的田地收成也不錯，老大和老三也肯吃苦，跟著我種地出了大力氣。」

姜大郎和姜三郎都格外激動，紅著臉搓手。「都是爹的功勞。」

姜老爺子接著又說：「再來，有件事我說一下。老大家的虎娃開年就七歲了，你們夫妻倆有沒有打算過？」

大兒媳孫氏本來想說話，但還沒開口，就被自家男人搶了個先。「都聽爹跟娘的，我們沒啥想法。」

孫氏一口氣強行憋了回去，險些氣得仰過去。

姜老爺子只當沒看見大兒媳的神色，「嗯」了一聲，道：「那行，你們既然沒意見，那我就作主了。大郎，你二弟一從書院回來就跟我商量了，你二弟說還是要讓虎娃讀書的，甭管讀得好不好，總不能當個睜眼瞎，走出去都被人糊弄。等開了年，就讓虎娃跟宣哥兒一起去鎮上念書。」

姜大郎感動壞了，一口答應下來。「欸，二弟懂得多，我都聽二弟的！」

原本還心有不甘的孫氏一聽，立即滿意了。雖說她也想送自家虎娃去縣裡念書，但畢竟家裡的情況就這樣，而且現在二弟家的宣哥兒也回鎮上念書了，她自然也沒有其他意見。

姜老爺子看了眼關係和睦的四個兒子，點點頭。「你們娘有本事，給我生了你們四個，雙溪村就數咱老姜家最有面子。你們兄弟們也得和和睦睦處著，都是一個爹娘生的，打斷骨頭連著筋，往後也得好好的。」

「爹，我們知道了。」兄弟四人皆點頭答應下來。

姜老太見姜老頭說完，也開始敲打幾個兒媳婦了，板起臉來立規矩。「男人的事兒說完了，那我接著說幾句。今年，老大家的、老二家的、老三家的，全都辛苦了，一年操持下來，妳們的功勞，我老婆子都記著，不會忘的。不過，有幾句話，我還是得提一提。既然妳們嫁進我們老姜家，就是我們老姜家的人了。一家人就得一條心過日子，力往一處使，才能把日子給過好。」

孫氏等人也都恭恭敬敬答應，至於心裡有沒有什麼意見，就不得而知了。

過完年，姜二郎又要回縣裡念書，去年的秋闈成績已經公布，就如那老道士所言，這回姜二郎又未考中。

他自己有些洩氣，家裡人卻都勸他別氣餒，尤其是姜老太更是一口咬定。「老二，你就是去年運道不好罷了！下回考試，你必定中得！」

何氏也私下勸慰相公，道：「相公，你不必喪氣。你看你，雖說是家裡出錢念書的，可這麼多年抄書、替人寫信，非但沒有給家裡增加什麼負擔，還能往回拿錢。宣哥兒馬上就去鎮上念書了，日後我空閒的時間更多，還能多做些繡花補貼家裡。」

被家人勸慰鼓勵，姜二郎又恢復了往常的沈穩，搖頭道：「宛娘，辛苦妳了。妳放心，我不會洩氣的。我還想讓我們閨女做秀才女兒呢！」

被她娘抱在懷裡的姜錦魚聞言瞇著眼睛一笑，噗噗吐了個口水泡泡，彷彿是在給她爹鼓勵，可愛的樣子，看得姜二郎忍俊不禁，感覺渾身又充滿了鬥志。

因著宣哥兒和虎娃是頭一回去鎮上念書，姜二郎決定推遲本來的行程，先把兒子和姪兒送到書院。

去書院那天，姜老頭特意借了村裡的牛車，還跟趕牛車的張老頭塞了幾十個大錢，讓他送幾人去鎮上。

張老頭和姜老太還有點拐來拐去的親戚關係，一路上頗照顧幾人，見何氏抱著孩子，說：「咋還帶了這麼小的娃兒？二郎，等會兒你可得讓你媳婦小心著點，別讓娃娃吹著風了。」

姜二郎也是無奈，他本來不打算帶上女兒的，偏偏今日女兒特別黏他，一撒手就哭，他又實在不忍心見女兒哭成那樣，只得讓妻子帶著女兒一塊兒去了。

好在今日天氣也好，沒什麼風，日頭照在人身上暖暖的，一路搖搖晃晃，姜錦魚瞇著眼呼呼大睡，等到睜眼的時候，人已經進到書院大門了。

她打了個小小的哈欠，哼哼幾聲，何氏很快低頭察看她，輕輕點點女兒的小鼻子。「小壞蛋，非要跟著來，來了又睡大覺，真是小懶蟲。等會兒娘去見院長夫人，妳可得乖乖的，不許哭哭啼啼的，聽到沒？」

姜錦魚心虛，眨眨眼，表情又甜又乖，一副乖寶寶的樣子。

何氏抱著孩子到了書院的後院，這裡住著院長及幾個夫子的家眷，一進門，就有婆子引著她去見院長夫人。

院長夫人娘家姓王，人稱王氏，不過她是謝院長的妻子，為表尊敬，大家都稱呼她謝夫人。謝夫人年紀比何氏還要大了十來歲，生得有一些豐腴，但皮膚很白淨，脾氣也很溫和，聽何氏自報家門，也絲毫沒有輕視她農家出身的態度，很客氣地請她坐下。

女人之間的話題不多，何氏雖然是童生家的女兒，但也就是識字而已，什麼詩詞自然是談不了，說來說去，倒是只能說孩子。

謝夫人聽何氏說，孩子是年前生的，一問日子，表情卻是有些變了，眉間露出哀色，道：「姜娘子，能讓我抱抱您家孩子嗎？」

何氏自然沒意見，謝夫人抱著姜錦魚，細細看她眉眼，見她明亮澄澈的一對眸子，一點也不怯地望著自己，雖知道這麼大的孩子不懂認人，但還是忍不住心裡覺得，這孩子與她實在有緣分。

姜錦魚對謝夫人當然沒什麼一見如故之類的感情，不過是覺得，這是自家哥哥的師娘，她可得替哥哥爭氣，搏些好感度也好。

謝夫人抱了一會兒，就把姜錦魚還給何氏，一臉真心說道：「我覺得我與妳家姑娘很有緣分，一見她便覺得面善，想同妳家姑娘認個乾親。」

「啊？」何氏哪裡想到謝夫人會這麼說，一下子沒反應過來。

謝夫人又真心實意道：「我知道有些唐突了。只是妳有所不知，我先前有個小女兒，身子弱、沒養住，與妳家孩子正是同一天生的，看見妳家孩子這般乖巧，身子骨也養得好，眼饞得緊。想來也是緣分，這才開了口，希望妳不為難。」

何氏知道謝夫人是個極出色的女子，她家也沒什麼可圖的，肯定沒有壞心思，忙道：「不為難，不為難，只是家裡大事小事一向由公婆和相公作主，這認乾親畢竟不是小事，我也不好隨意應下。您這般喜愛我家孩子，我也是受寵若驚。」

其實，認乾親在鄉下還是比較常見的。何氏也是做娘的人，對於謝夫人這般直白說出緣由，並沒有藏掖著，頗有好感。

謝夫人道：「是我著急了，這是大事，合該商量著來。」

安頓好宣哥兒和虎娃、交完束脩，姜二郎帶著妻兒回雙溪村，路上才聽妻子說了謝夫人要認乾親一事，沈吟片刻，道：「若是如妳所言，這謝夫人倒是個真性情之人。這乾親，倒不是認不得的。今日我見了謝院長，那也是個極有才識的人，不愧為人師表者。」

何氏也道：「謝夫人為人十分和氣，聽說也是個才女，今日聽她說話，我只覺得如沐春風。綿綿若是認她這樣的人做乾娘，並不吃虧，還占了便宜。」

姜二郎心裡雖覺得可以，但嘴上卻說：「這事我知曉了，也不必著急。」畢竟謝夫人只是嘴上一說，她若是真的正式提出來，再答應也不遲。他不是那等利用女兒的人，也不會上趕著去，還要看謝夫人是否誠心誠意結這門乾親。

姜二郎這麼想，因此回家倒也沒與家中眾人說。

隔日，謝院長帶著妻子王氏直接上門來了。

姜老太平日裡是個再大剌剌不過的婦人，此時見了院長夫婦這般斯文人，也是頗為侷促，生怕招待不周，謝夫人卻是擺出晚輩的姿態來，和和氣氣說話。

「大娘，我們喝茶就行，您別忙活了，快坐下吧！我方才進門，瞧見您家院子裡的樹，竟有抱臂粗，可是有好些年分了？」

姜老太見這院長夫人很和氣，也不慌了，鼓起勇氣接話。「這是我公公在世的時候種的，這麼多年，長得可好了，您別看它年分大，可如今還結果咧。等六、七月結果了，我讓虎娃跟宣哥兒給您送些。」

謝夫人笑得溫婉。「那敢情好。這天熱了，胃口就不好，還是果子清甜爽口。」

話題一打開，姜老太也大氣多了，姜二郎聞訊趕來的時候，姜老太還意猶未盡，開口邀請道：「今日就在這裡用飯吧。」

姜二郎拱手打招呼，眾人坐罷，姜老爺子等人也都跟著入座了，謝院長這才提起來意，說起想與姜家結乾親、認姜錦魚做乾閨女的事情。

姜二郎和何氏是事先知道的，可姜家其餘的人都是第一次聽說，聞言都嚇一跳。

謝夫人還在一邊特別誠心說：「我一見您家孩子，便覺得喜歡得不行。我膝下也只有兩個小子，閨女是沒有的，若是認了乾親，必是把您家孩子當親閨女寵著。」

姜老頭受寵若驚，他畢竟是個鄉下人，哪裡見過謝院長夫婦這樣有學識的人？如今還這般客客氣氣地要與自家結乾親，更是喜不自勝。

倒是姜老太反應快，很快拍手道：「這是好事哇！您與我家孫女有緣分，這定是天意！我瞧著您也格外面善，原是上天注定，咱們就是要做一家人的啊！」

眾人都被姜老太誇張的語氣逗笑了，謝夫人更是覺得今日上門是對的，她本來就是真心實意認乾女兒的，眼下看姜家人雖是鄉下人，可是卻十分質樸好客，乾女兒的阿爹也是個讀書人，不是什麼不講禮數的人家，心裡更是放心幾分。

姜老頭也沒多思索，就答應下來了。

姜二郎出面道：「承蒙二位厚愛，如此喜愛小女，那日後綿綿就喚二位一句乾爹、乾娘了。」

謝夫人喜得不行，連聲答應，又見新出爐的乾女兒被何氏抱過來了，連忙從袖裡掏出個小魚兒的青玉珮，道：「這是我跟她乾爹備的見面禮，綿綿名字裡正好有個魚字，倒也是巧得很。」

青玉珮貴重，姜家不大願意收，謝夫人卻說：「並非我與你們見外，這只是認乾親該有的見面禮，下回我必定不會如此了。」

姜二郎這才收下，可就是這樣，也忙讓娘準備了好些鄉下獨有的吃食和乾貨回贈，等謝院長夫婦離開的時候，親自送他們離開。

就這樣，姜錦魚不過出去了一趟，便給自己認了個乾爹、乾娘。

姜二郎夫婦倒還好，自家閨女能多個人疼，也是好事。兩人夜裡說了會兒話，何氏便道：「快歇了吧，明日你就要去縣裡了，還要早起。」

姜二郎夫婦歇下，同一院子裡的孫氏和吳氏卻是翻來覆去睡不著，心裡都在念叨：怎麼老二家的四丫這麼命好？居然結了這樣一門有地位的乾親。

孫氏倒還好，她兒子也在書院念書，也能沾著這門乾親的光，也就是稍微琢磨琢磨，聽著丈夫姜大郎的鼾聲入睡了。

三房的吳氏卻是鑽了牛角尖。明明自家二丫不比老二家的差，那書院院長和院長夫人咋就不認自家二丫做乾閨女呢？還不是老二私心重，只肯帶著四丫去書院，不肯帶上姪女。

哼，有好事都自己藏掖著，虧得自家那口子為姜家做牛做馬，供老二念書！

第五章

清晨，何氏看了眼天色，已經亮透了，用笊籬蓋住早飯，擦乾手，向婆婆姜老太道：「娘，我去喊綿綿。」

二房的屋子在西邊，有一側靠著豬圈，之前兄弟幾個娶妻生子後，姜老頭夫妻倆怕住不開，特意把東西兩側的屋子修了修，讓兄弟幾個自己選。

為表示公平，姜老頭特意說用抓鬮，然而以往一向好運連連的姜錦魚，這回卻給家裡抓了個靠近豬圈的西屋。

何氏進門，見女兒亂糟糟窩在一團被褥裡，上前輕輕推了一把，喚道：「綿綿，該起了。」

姜錦魚聽到自家娘親溫柔的聲音，沒敢賴床，困倦的睜開雙眼，揉揉眼睛，張著小嘴打哈欠，含糊道：「娘，今天是不是哥哥回來的日子？」

「嗯，不是說要去接妳哥哥的嗎？還不起來穿衣裳。」何氏應了一句，把準備好的小衣裳拿過來，放到床邊。

姜錦魚雖然才三歲多，但何氏管她管得嚴，早就學會自個兒穿衣裳了。她費了一番工夫，把自己打理清爽，用冷水洗過臉，還十分臭美的抹了層薄薄的香膏。

何氏搖頭。「小孩子家家的，就用這些東西。也就是妳爹寵著妳，什麼都給妳買。」

姜錦魚臉上笑嘻嘻道：「爹不是也給娘買了嗎？娘幹麼不捨得用！」

出了門，吃完早飯，何氏同妯娌幾個就去忙活了。

姜錦魚抱著她奶姜老太的大腿，軟綿綿撒著嬌。「奶，我們等會兒一起去接虎子哥和我哥哥，行不行？」

經過三年的抱大腿經驗，姜錦魚早已把她奶給收服了，尋常小事稍微撒個嬌，姜老太是不會不答應的。

果然，姜老太嘴上雖嫌棄道：「嘖，小煩人精，一天到晚就會找事。」但卻默許了，還問幾個孫女要不要一起去。

姜歡今年十二歲，在鄉下算是大姑娘，正是要面子的年紀，學著城裡姑娘大門不出、二門不邁的作派，聞言就搖頭。「奶，我不去。」

二妞姜雅是一貫小心翼翼的，沒吭聲，倒是大伯母家的三妞姜慧，大剌剌說：「我才不去！我哥最討厭了，我才不去接他。我等會兒要去阿桂家玩，她家今天打年糕呢。」

姜老太臉都黑了。「家裡是少妳吃還是少妳喝了？別人家打年糕，妳跟著去湊什麼熱鬧？惹人嫌！不許去聽到沒？」

讓孫女去別人家蹭吃蹭喝，即便同個村子裡的人多少都沾親帶故，姜老太也丟不起這個臉，不能無緣無故讓別人覺得姜家孩子沒教養。

姜慧心裡惱了，但奶的話又不敢不聽，敢怒不敢言，只得癟著嘴跺腳，又惡狠狠瞪了一眼旁邊無辜的姜錦魚，轉身跑出去了。

姜錦魚莫名其妙，實在不明白自己啥時候得罪三姐了，姜慧從小時候就看她不順眼，要說因為奶偏心她，那也不應該啊！自己可沒少給姐妹幾個謀福利，又沒吃獨食。

姜老太見姜慧這麼沒規矩，也徹底動了怒，大聲把大兒媳孫氏喊過來，訓斥道：「妳怎麼教女兒的？我說她兩句，她就敢跟我頂嘴了！我就說閨女都是賠錢貨，養了這麼多年，一點都不惦記我的好！」

姜錦魚聽她越說越不像話了，大伯母的臉色也一陣白、一陣紅，連忙喊人轉移注意力。「奶，我陪妳去三奶奶家看小雞去吧。」

這幾天正是母雞抱小雞的時候，之前姜老太在三奶奶家預定了三十個喜蛋，讓三奶奶家母雞幫著孵，算算日子，這幾天雞仔應該也破殼了。

提起這樁事，姜老太這才放過大兒媳，冷哼一聲。「行了，回去吧。再有下回，我就跟大郎說，我倒要看看，這女兒，他教不教！」

姜老太氣得不行，姜錦魚說了好些話，才把姜老太哄開心。

這輩子與阿奶關係親近了，姜錦魚才摸透老人家的想法。

要說重男輕女的想法，阿奶必定是有的，雙溪村裡每家都是如此，男人多說話硬氣，沒個男人就是由著別家欺負，這就是現實。阿奶出嫁前是後娘養的，受了許多委屈，出嫁後一口氣生了四個兒子，這才能挺直腰板做人。

可想法歸想法，阿奶嘴上說得難聽，可比起村裡其他那些賣女兒的人家，他們姜家實在是好了太多，興許好東西會留給男丁，但也從來沒動過賣女兒的心思。上回有鎮上人來買丫頭，上了他們姜家的門，還是阿奶親自拎著掃把把人給趕出去的。

「三奶奶～～」姜錦魚跟著姜老太進了門，扯著甜甜的嗓子喊人。

她模樣生得好，家裡也養得好，雖是三歲多的三寸丁，但小臉圓乎乎的，胳膊、腿都嫩生生的，生得格外討喜，再加上一副甜甜的好嗓子，走到哪兒都招人喜歡。

姜三奶奶也不例外，哪有不喜歡嘴甜的孩子的人，答道：「綿綿跟妳奶來看小雞啊？都出殼了，妳們這回手氣好，三十個蛋出了二十一隻雞仔，我領妳們去瞅瞅。」

掀開蓋住雞窩的稻草，正在孵小雞的母雞警醒的抬頭看了一眼，嫩黃的小雞仔發出微弱的「嘰嘰」聲，撲騰著嫩嫩的翅膀，在雞窩裡顫顫巍巍走動，還不忘抬頭好奇打量。

姜錦魚「哇」了一聲，把兩個老人都給逗樂了，姜老太捏捏孫女的小手，說：「這裡頭可有七隻是妳要養的，到時候可別哭著求我幫忙。雞可不是好伺候的。」

餵雞有啥難的？

心中這樣想，但姜錦魚卻繃著小臉嚴肅點頭，抬頭用嚴肅的小眼神瞅她奶。「奶，等我的小雞下蛋了，我就給大家煮雞蛋補身子。」

「爺奶一人一個，爹娘一人一個，哥哥和虎子哥要念書，也得補身子，還有要給大姐她們。」姜錦魚扳著手指頭數，鬱悶的發現，按照她的分配，雞蛋不夠了，只好補充說：「我跟大姐她們輪流吃。」

姜老太給孫女說得心裡美滋滋的，連雞蛋的影子都沒瞧見，就被哄得開心了，面上卻故意嫌棄。「妳大姐她們才瞧不上妳的蛋呢，小臭丫頭，先把妳自己給餵飽吧。小小人兒，還惦記這麼多，也不怕長不高。」

小雞還要在母雞身邊待幾天，約好來拿小雞的日子，姜老太便帶著孫女回了姜家，看見姜三郎正在院子沖腳，順口吩咐了一句。「老三，這幾天有空給綿綿編幾個大點的雞籠。」

「欸，娘，我記住了。」姜老三笑得憨憨的，一口答應下來，還特意說：「我明天去砍根竹子，用竹子編的輕巧，沒藤編的那麼重。」

姜錦魚笑咪咪謝他。「謝謝三叔。」

姜老三更加高興，連聲說：「謝啥？都是一家人。」

「行，你們看家，我們去接虎娃跟宣哥兒去了。」

祖孫兩人一走遠，一旁晾衣服的吳氏氣呼呼把木盤一摔，哐啷一聲，沒好氣朝丈夫抱怨。「好好好，啥都好，你咋一天到晚這麼好說話？娘就知道吩咐你，咋不見她吩咐二哥去？就是看我們脾氣好，欺負人！」

姜老三想不明白媳婦發什麼瘋，摸著腦袋說：「娘吩咐我做事，這是應該的。妳怎麼脾氣越來越大了？二哥都不在家，叫娘咋吩咐二哥去編雞籠？」

「我不管！娘就是看我生不出兒子，故意不給我們三房好臉色看！」吳氏抹著眼淚，越說越委屈，連去年過年婆婆少給一塊糖的雞毛蒜皮事情都搬出來說了。

姜老三也不高興了，臉色轉黑，粗著嗓子。「咋了？生不出兒子咋還怪起娘來了？娘啥時候說過妳了，妳今天有完沒完？娘吩咐我做點事，還吩咐不得了？」

姜錦魚不知道她們走了之後，三叔跟三嬸吵起來了，她此時正眼巴巴望著村口的大路，托著下巴等她哥哥姜宣。

姜宣坐在村裡人的牛車上，牛車雖晃來晃去，但他卻坐得端端正正的，微微閉著眼，看似在休息，實則在心裡默默背誦今天夫子講過的內容。

「二弟，到了，到咱雙溪村了！」

耳邊傳來大哥姜興興奮的聲音，姜宣才睜開眼睛，面上還算平靜，但眼裡透出的喜悅卻是藏不住。他今年才八歲，在鎮上念書，每一旬才能回家一趟，心裡自然也是想家的，尤其想家裡最親他的妹妹綿綿。

「哥哥！虎子哥！」姜錦魚使勁朝牛車招手，在原地激動的蹦躂，一看到自家哥哥，立刻撲了上去，親暱喊人。「哥哥，你回來啦，我好想你啊！」

牛車上下來的同村人都笑了出來，打趣道：「小丫頭真不害臊，妳哥哥臉都羞紅了。」

姜錦魚不生氣，挨個兒笑咪咪喊人，喊得那幾個打趣的人都不好意思了，倒是姜宣，聽到大人們這般打趣妹妹，皺起眉頭，轉身把妹妹給護在身後了。

終於把哥哥給盼回家了，姜錦魚又開始眼巴巴盼著阿爹回家。

在外求學的姜仲行每月才回來一次，這次回來了，怕是只能待個半個月，便要去參加考試了，這一去又得一個多月。

她眼巴巴盼著，總算將阿爹盼回了家。

姜仲行是在下午回的姜家，一進門，姜錦魚就蹦躂著撲上去，抱住爹的大腿。

「爹！你回來了，阿綿好想你啊。」

要說全家誰最吃她撒嬌這一套，不是奶奶姜老太，更不是娘，而是他們家最最沈穩的爹爹。所以，姜錦魚每次跟她爹撒嬌，那叫一個越戰越勇，連喊自己「阿綿」這種做作的舉動，也是張口就來。

姜仲行就是個傻爹爹，一把將女兒抱進懷裡，滿臉笑容。

「哎，爹也想我們家阿綿！想死爹爹了！」

「是阿綿想死爹爹了！」姜錦魚摟著她爹的脖子。

何氏從廚房出來，就看見父女倆親暱的畫面，連忙上去給相公取下行囊。「綿綿，快別賴著妳爹爹了，讓妳爹先喝口水歇會兒。」

姜錦魚乖乖答應，倒了水過來，小棉襖似的跟前跟後，仰著臉問：「阿爹，你是不是就不去縣裡了？」

「縣學也都放假了，夫子該教的都教完了，讓我們回家備考。」姜仲行答道。

姜錦魚高高興興道：「那綿綿陪著阿爹念書！」

何氏聞言輕瞥一眼，輕咳一聲。「妳爹在家做學問，妳可不許鬧妳爹。要是讓妳奶知道了，也要訓妳的，知道不？也別總拉著妳爹往豬棚去，真不嫌臭、嫌髒，妳爹好好一個讀書人，都被妳折騰得蓬頭垢面的。」

姜錦魚聽了訕笑，心裡卻是想：她這可不是折騰爹爹好不好？明明是鍛鍊他面對豬糞面不改色的意志力和適應力。

科舉時候可不像平時念書這麼舒服，每個考生就一個小小的隔間，又叫號舍，吃喝拉撒都得在裡頭，就是你不拉，指不定你旁邊的考生要拉，還不是大家一起臭烘烘的。

她這可是犧牲自己，幫著爹提前適應號舍那惡劣的環境。用她在那個奇怪的地方學到的話來說，就是提前模擬考。

姜仲行回來了，一家人都很高興。

飯桌上，姜老頭幾杯酒水下肚，摸著鬍子道：「二郎，秋闈三年一場，今年又是大考之年，這一回你是如何打算的？」

本朝秋闈慣來是三年一考的，偏生不湊巧，本來去年該舉辦秋闈的，趕上了南方發洪水，故而往後延了一年。
今年恰巧便是秋闈之年。
姜仲行心中早有成算，聞言回道：「我讀書雖算不得好，但讀了這些年，總還是想為家裡爭光添彩的。這回的秋闈，兒子打算搏一搏。若是中了，也對得起家裡供我這麼多年；若是未中，我便安心回鄉尋個營生。」
姜老太一聽皺眉道：「二郎說這般喪氣話做什麼？定是中的。」說著，轉頭朝著何氏懷裡的姜錦魚問：「是吧？綿綿，妳爹定是中的！」
姜錦魚那叫一個配合，小下巴一抬，「那當然」鏗鏘有力的三個字喊出，又軟綿綿補了一句。「爹爹最厲害了！」
姜仲行失笑，伸手摸摸小女兒的髮髻。「小丫頭嘴倒甜得很。」
眾人都笑開了。用過晚飯，眾人各自回了屋。
何氏取來溫水，擰了帕子，親自遞給相公姜仲行，見他擦了臉，才露出笑意來。「我瞧著你這回回來瘦了些，可是路上沒吃好？」
「路上比不上家裡，自是沒有那般舒服的。不過宛娘妳放心，我能照顧好自己。」姜仲行與妻子溫存說著話。「倒是妳，妳帶著綿綿留在家中，照料家裡，實在辛苦妳了。」
何氏臉一熱，她是正經人家的姑娘，雖然心底甜蜜，卻仍不大習慣相公這樣黏乎乎的行為。「家中有爹娘在，我不辛苦。再說了，綿綿這小丫頭妳還不知道？別的不會，哄人開心是一流。有她在，莫說我了，就連娘也是成日笑呵呵的。」

姜仲行也贊同。「綿綿是天生的小甜嘴。咱閨女就是討人喜歡，莫說娘了，我回來的路上途經書院，謝夫人還說綿綿好久沒去了，她想得緊了。」

何氏一聽相公又開始吹捧閨女了，沒好氣道：「你可別再這麼稱讚她了，小心將她寵壞了。綿綿可是個小滑頭，最會順竿子往上爬了。」

姜錦魚正巧被姜宣牽著進來，聞言就噘起嘴，委屈巴巴。「娘又說我了。」

姜宣好脾氣，還要安慰她，倒是何氏半點兒不心軟，伸手點點她的額頭。「怎了？娘說妳幾句都說不得了？小嬌氣包。」

姜錦魚見賣慘無用，乖乖軟軟一笑，爬到何氏的膝蓋上，臉靠著娘的懷裡，小小聲說：「娘說唄，我又沒說不讓娘說。」

何氏低頭看懷裡嬌嬌軟軟的小閨女，無奈搖頭，心軟至極的同時，又想：就憑自家閨女這張甜嘴，誰能治得住她？還不對她千依百順。

姜二郎難得在家，姜錦魚特別黏他，不過她小小的人兒，卻很懂事，從來不在姜二郎念書的時候吵他，還會乖乖送吃喝的，連何氏看了，都忍不住搖頭說她簡直跟小書僮似的。

可惜這樣的日子沒多久，姜仲行在家中不過待了幾日，姜錦魚的乾爹謝院長就讓人捎了口信來，邀他去鎮上備考。

謝家書院中有許多應試的學生，謝院長也是個極有才華的人，因此姜仲行沒猶豫，帶上行李就去了謝家。

備考時間一晃而過，轉眼就到了府試的日子。

考過試，大約中旬，姜仲行就從縣裡回來了，看起來黑上許多，應當是大夏天在外折騰曬黑的，但氣色還可以，只是臉上有些疲態。

姜仲行回家後狠狠睡了一天，第二日整個人就恢復了精神，有工夫抱著小女兒說話了。

姜錦魚很心疼她爹，爹爹是個有抱負的，天賦也不錯，只是生在了農家，不比那些大戶人家有資源，一切都只能靠自己努力。

姜錦魚乖乖做一回貼心小棉襖，爬上爬下端茶送水，趴在爹爹的膝頭小小聲說話，說出嘴的都是些童言稚語。「爹，縣裡是不是有賣糖人的？」

姜仲行原本還有些心事，被女兒這麼一弄，也徹底把心事拋在腦後了。能不能考上都是命，他反正已經盡力，剩下的就看天意了。

何氏收了曬乾的衣裳進來，見父女倆還黏在一起，看了父女倆一眼，咳了咳。「綿綿，昨日讓妳做的荷包做好了沒？」

家裡姜錦魚誰都不怕，就怕娘，何氏很少吃她撒嬌那一套，比爹爹還要說一不二。

見何氏一本正經的樣子，姜錦魚也不敢繼續耍賴，老老實實拿了小荷包來繡，她手太小了，十指還嫩嫩的，不怎麼靈活，穿針引線都有點費勁。

姜仲行在一邊看了，有些不忍，想替女兒說話，結果被妻子看了一眼就不敢開口了。沒辦法，女兒的教養是交給妻子的，他這個做爹的，也不能胡亂出主意。

閒來無事，姜仲行乾脆提筆，給妻女畫最新的花樣子，鄉下人刺繡沒那麼多講究，更別提繡本之類的，花樣都是些簡單的花草。可何氏是家裡念書過的，刺繡也比村裡人精細多了，能賣上較好的價錢，也是因為這個原因。

姜仲行在外念書，偶爾在書肆看到繡本，便會記下來，再回家用紙筆畫出，給妻女平時刺繡做花樣用。

何氏見父女倆親親熱熱的，低頭露出淺淺的笑意。

到了夜裡吃晚飯的時候，看姜仲行緩過來了，不等長輩們開口，孫氏就心急地問：「二弟，你這回考得如何，能考上嗎？」

剛坐穩的姜老太一聽，沒好氣道：「孫氏，有肉吃都堵不住妳的嘴？二郎是頂頂聰明的，怎麼可能考不上?!」

孫氏吃癟，不著痕跡的撇撇嘴，心道：她就是問一句，又沒說什麼！

姜大郎見狀忙活躍氣氛。「娘，您快別忙了，坐下吃飯吧。」

第六章

姜老太今日心情好，也懶得跟沒眼力的兒媳計較，眾人坐下後，姜老頭開口說：「二郎這回考試，別人怎麼說咱家，我不管。咱自家是不許朝外頭胡說，考不考得上那是官老爺們相不相得中。」

孫氏沒吭聲，姜老頭又掃了一眼大兒子和三兒子，故意問：「大郎、三郎，你們自個兒想想，二郎讀書這麼些年，除了小時候家中交束脩之外，長大了可曾給家中增加負擔過？筆、墨、紙、硯，哪一樣不是他自己去書肆抄書攢銀子買的？咱老姜家在村裡這般有頭有臉，可都是你二弟逢年過節對聯寫出來的！我曉得外人愛說閒話，可你們兄弟幾個心裡要明白。」

姜大郎本來也沒覺得弟弟讀書費錢，瞪了孫氏一眼，忙說：「爹，孫氏多嘴，您千萬別放在心上。我是大哥，莫說二弟自己還有掙錢的本事，就是沒有，我做大哥的養著弟弟念書，那也是應該的。」

姜三郎也跟著表態。「爹說得是，二哥給咱老姜家掙了那麼多臉面。」

兩個兒子都表態了，兒媳婦孫氏自然掀不起什麼大風浪，姜老頭這才滿意，點點頭。

「一筆寫不出兩個姜字來，你們幾個是打斷骨頭連著筋的親兄弟，可不能生分了。」

姜大郎與姜三郎都點頭應了下來。

孫氏本來還想煽風點火兩句，但看自家男人一副老實孝順的臉，也不敢開口了。煽風點火，那也得是兄弟間有嫌隙的時候，可這兄弟幾個只差沒穿一條褲子了，她就是說一百句也沒屁用。

加上兩老精明，家中原本可能發生的矛盾，才露出一點苗頭，就被扼殺在搖籃裡了。

秋收過後，姜家人閒了下來，姜老頭坐在門口，吧嗒吧嗒抽著旱煙，遙遙望著自家門前的那條小路。

姜老太見他又在門口等著，也沒吭聲，心中也跟著有些著急。先前忙著秋收，一時還沒想起來，這時候一閒下來，心裡難免焦慮。

這城裡怎麼也沒個消息傳來？二郎到底考沒考中，倒是給個消息啊！

饒是姜老太這樣對自家二郎盲目相信的人，心底都有些動搖了，只是她到底偏愛二兒子，心裡忐忑，嘴上卻是半句話都沒透露。

而此時的靈水鎮上，從縣裡來的喜榜才剛剛貼在告示牆上，明黃的喜榜上，端正的楷體小字排列整齊。

喜榜剛貼上牆，貼榜的衙役就被蜂擁而上的人潮生生給擠了出去。

人群中有個姓梁的考子，他心不大，好不容易擠進了看熱鬧的人群中，卻是從末尾看起，快到中游之時，發現自己的名字赫然在上，喜不自勝，連聲喊道：「考上了！我總算考上了！」

旁邊湊熱鬧的老百姓們一聽是新出爐的秀才公，紛紛給他讓開路。

新出爐的梁秀才見狀，按下心中狂喜，向前繼續往下看，想看看同窗中是否有與他一般中榜的，到時候也好同行赴考。

可惜靈水鎮到底比不得縣裡，念書念得好的是鳳毛麟角，快看到最前面一列了，也沒看見同窗的名字，正覺遺憾，梁秀才忽然發現了一個熟悉的名字。

第一列靠下，赫然寫著「姜仲行」三字。

梁秀才使勁眨眨眼，生怕自己看錯了，又看了一遍，喃喃自語。「果真是姜兄！我這就給姜兄報喜去！」

梁秀才恰好就住在雙溪村的旁邊，自然也知曉同窗住在雙溪村，當即跑去坐車的地方，問那趕車的老爺子。「老爺子，可去雙溪村？」

這不是自家村子嗎？趕車人正是雙溪村的姜三爺子，他打量面前人，發現並不認識，就問：「後生，你去咱們雙溪村有啥事？走親戚啊？」

梁秀才大喜，忙問：「老爺子是雙溪村人？那您可識得姜家二郎仲行？」

姜三爺子撓了撓臉。「我認識啊！姜家的二小子，可出息著呢，在縣裡念書的，跟我是本家。」

梁秀才賣夠了關子，笑咪咪說：「小生在這裡恭喜您了。姜兄這回可是考中秀才了，還是中了廩生。」

姜三爺子驚呼一聲，接著面上就是一喜，猛然把旱煙往車架上一放。「這可是天大的好事！快上車，我們快回去報喜！」

雖然沒聽懂什麼是廩生，可秀才二字，姜三爺子還是聽得懂的。

他們姜家居然出了個秀才公！這可是天大的好事！

姜家還不知道姜仲行中了秀才的好消息，正為一年的嚼用而忙碌著。

下午得了空，姜老頭就帶著兒子去山裡打獵，打算今年給家裡多添些進項。也就是姜家，幾個兒子都人高馬大的，還學過打獵的本事，才敢往林子深處走，雙溪村的其他人家也就只能眼饞。

看著姜家的三個兒子高高大大，領頭的姜老頭也身子骨硬朗，進了山就沒有空手出來的時候，心裡嫉妒的大娘就故意說閒話。「咱們這前山、後山的野物，都給這老姜家一家獨占了。」

姜大郎、姜三郎都是嘴笨的，姜仲行卻不是那等甘願吃啞巴虧的人，對大娘笑咪咪道：「林嬸，這山裡畜生多，誰獵著了自是誰的。可沒人攔著不讓別人進，是不是這個理？」

林大娘也是個孬的，說說閒話還敢，可被人指著鼻子給頂回來，就不敢吭聲了，撇開頭去，等姜家人走遠了，才暗啐一口。

「呸！活該考不中秀才！」

旁邊有看不過眼的年輕婦人，翻了個白眼。「嬸子，姜二郎給全村人寫春聯時，可沒把妳家落下吧？」

話剛說完，就見牛車從遠處而來，緩緩在大樹下停穩，正是載著梁秀才的姜三爺子回來了。

「爹，今兒個咋這麼早就回來了？」年輕婦人正是姜三爺子的大兒媳婦，見狀不禁納悶問道。

姜三爺子滿臉喜氣洋洋，挺著胸脯下了牛車。「老大媳婦，快去把妳二伯他們請來。」

大兒媳婦還納悶呢，一把南瓜子殼丟到旁邊。「爹，啥事啊？」

姜三爺子臉上的笑意都快壓不住了，得意洋洋道：「姜家二小子出息咯。呵呵，以後可不能喊二小子，得喊姜秀才了。」

這話一出，剛剛詛咒姜二郎考不中的林大娘彷彿被打了個巴掌，站起來追問：「你說啥？啥姜秀才？」

姜三爺子正自豪著，姜二郎他爹是他二哥，秀才跟他可是本家呢，便抬著下巴道：「咱村裡有幾個讀書人？自然是我二哥家的二郎了！」

大兒媳早就抬腿往村裡跑了，還扯著嗓子往自家的方向喊。「大牛、大牛！」

她男人姜大牛探頭問她啥事，大牛媳婦趕緊說：「快去山上把二伯他們喊回來！你二伯家的二兄弟中秀才了！」

姜大牛也是一愣，然後連草鞋也沒換就一路跑出去了。報喜的事情，放在哪兒都是好事，他生怕被別人搶先了。

眾人一看姜三爺子一家子都把活兒給攬了，只得把梁秀才團團圍住，七嘴八舌詢問。

梁秀才自己也是農戶出身，好脾氣的回答眾人。「姜兄這回的確是中了秀才，還在縣學的時候，夫子就說過姜兄學識是夠的，先前幾回未中，怕也只是運道不大好。」

又有人問：「方才聽三爺爺說，您也是秀才？」

梁秀才不是那種愛炫耀的人，遂不大好意思道：「此番也是湊巧中了，列居中游罷了，不比姜兄，竟是考中了廩生，這在秀才中也是極為難得的。」

眾人說話間，姜老太已經從姜家過來了，明明是個老太太，卻跑得飛快，把報信的人都甩在了後面，與她一道來的還有何氏與姜錦魚。

梁秀才一見這陣仗，便起身拱手道：「恭喜姜伯母，小子特來給您報喜了。」

姜老太自是喜笑顏開，正要追問，一想自己也是秀才的娘了，可不能給兒子丟臉，連忙穩重下來說：「梁秀才是吧？多謝特意趕來，二郎這會兒正趕回家，你先到我家喝口水歇歇吧。」

梁秀才一笑，答應下來。

姜老太喜氣洋洋就要走，還是何氏輕輕拉了婆婆一把，姜老太反應過來，朝著看熱鬧的村民們道：「今兒實在忙，過幾日再好好請回客，大家都是看著我家二郎長大的，都是叔伯、嬸嬸，可一定要來。」

「一定去、肯定去……」

村民們哪有不應的？就連素來與姜老太不和的幾個都笑得臉都酸了，生怕被別人挑刺說笑得不真誠，可回家關上門卻差點一口牙都咬碎了。

咋就姜老太那個老婆子這麼命好？生了四個兒子就算了，現在還做上了秀才娘，真是人比人氣死人！再看家中躲懶的兒子，更是氣不打一處來，忍不住抄起棍子一頓揍。

梁秀才在姜家坐下不久，姜仲行就與父兄趕回家中，見村長、里正都在，連忙拱手。

「村長、里正。」

村長臉上褶子都快笑出來了，和藹道：「回來就好，梁秀才在屋裡等著呢。你既然回來了，我們就不多留了。今天是個大喜日子，你先招呼梁秀才，咱們自己人，啥時候過來賀喜都成。」

姜仲行送走村長等人，才坐下與梁秀才說話。「梁兄。」

一見到姜仲行，梁秀才又把剛才的話給說了一遍，最後道了喜。

姜仲行回來的路上便得知自己考中了，心中雖然也高興，但仍是沈穩自持，拱手笑道：

「梁兄，同喜。多謝梁兄特意跑一趟，本想留梁兄吃飯，可梁兄亦有大喜要告知雙親，恐怕只能來日再邀了。」

見姜仲行這般穩重，沒有因為中了廩生便喜形於色，梁秀才越發覺得自己這一趟來得對，此人日後必能出頭，他以往在縣學中與姜仲行關係不過爾爾，此時倒是真的生了結交之心，又真誠道賀了一遍，約好之後相見的日子。

姜仲行親自送走梁秀才，姜家眾人才得閒坐了下來，彷彿是被這消息給砸得驚喜過了頭，一個個都有些愣。

姜老太雙掌合十擺了擺自家公婆的牌位，喃喃說：「祖宗保佑啊！我家二郎可是考中了！」

姜老頭也高興壞了，哆嗦著給祖宗上香。

姜仲行見父兄這般模樣，上前一步，深深鞠了一躬，嚇得姜大郎、姜三郎都要上來扶。

姜仲行鄭重行了禮，才直起身子，道：「爹、娘、大哥、三弟，因著我求學多年，一直未曾給家裡幫過什麼忙，實在羞愧。如今僥倖中了秀才，總算對得起諸位厚望了。」

姜老頭與姜老太皆沒作聲，姜大郎兄弟二人急忙說：「我們兄弟一母同胞，說這客氣話做啥？」

姜老頭見兄弟和睦，心中十分欣慰，嘴上卻道：「二郎的話也沒說錯，你們都是好的，咱家好日子還在後頭呢。」然後，又看向姜仲行，說：「你中秀才是喜事，得往親家報喜，你抽空親自送你媳婦過去，你媳婦這些年替你生兒育女、操持家裡，你可得替你媳婦掙這個臉面。」

姜仲行答應下來。「兒子明日便去。」

姜老頭點點頭。「你從小就聰明，我也不多嘴了。雖說是中了秀才，也不能讓鄉親們覺得咱們張狂了。」

「是。」

這一夜對於姜家人而言，無疑是一個不眠之夜。

姜老太躺在床上，精神極了，側身跟老伴說話。「他爹，我沒說錯吧？我就說綿綿是個有福的！老二媳婦沒生她的時候，咱們二郎可考了不少次，一次都沒中。你瞧瞧，有了她，考一回就中了！命裡旺咱家啊！」

姜老頭也睡不著，愣是誰家種了一輩子的田，眼瞅著就要光耀門楣了，都會開心得睡不著，聽了老妻的話，他難得沒搖頭否定，只說：「四孫女是個命好的。」

可不是個命好的嗎？才幾歲的丫頭，就成了秀才女兒了。

而姜仲行回到自家屋子，也不再克制自己的情緒，面上露出憨憨的笑來。「宛娘，我總算是中了。妳以後就是秀才娘子了，咱們綿綿就是秀才女兒了。」

「是不是，爹的小綿綿？」姜仲行低著頭朝坐在自己膝上的小閨女說，笑得傻乎乎的。

姜錦魚很給自家爹爹面子，仰著臉對他笑，乖乖點頭，軟綿綿說：「那是，爹爹以後還要做大官呢！那我都是秀才女兒了，爹準備給我買什麼？我可給爹準備了禮。」

今日姜家大喜，雖然匆忙間做不出什麼好菜，可還是喝了點酒的，姜仲行是酒不醉人人自醉，哈哈一笑。「爹什麼都給妳買，那妳給爹準備了什麼？」

姜錦魚從爹爹膝上爬下來，爬到自己的小床上搗鼓半天，拿來一個小荷包，灰白色的，上頭繡了幾叢竹子，針腳歪歪扭扭的。

「喏，給爹爹的。」姜錦魚一伸手，姜仲行隨即就接過來，一點也不嫌棄，還對著妻子說：「宛娘，咱綿綿都學會刺繡了，真不愧是咱們的女兒，與妳一樣心靈手巧。」

這話誇得姜錦魚都不好意思了，她的手藝跟她娘沒法比，連二姐都比她強。

何氏特意擰了溫帕子過來，見父女倆一個吹捧一個羞澀的樣子，又看了眼那令人啼笑皆非的所謂「心靈手巧」的荷包，念著女兒對她爹的一片孝心，總算沒吭聲打擊小女兒。

次日，姜錦魚睡得正香，就被何氏給叫醒了。

「咱們今天要去妳姥爺家，昨天不是同妳說過了？」

姜錦魚最喜歡去姥爺家，頓時清醒過來，也不繼續賴床，一下就穿好衣裳，拉著何氏往外走。「娘，咱們快點，別讓姥姥等急了。」

剛說完，正好被屋裡出來的姜老太聽了個正著，酸溜溜打趣說：「小東西就惦記著姥姥呢，虧我這個做奶的還給妳留了好吃的。」

姜錦魚笑盈盈湊上去，拽住姜老太的袖子，扳著手指算。「奶，妳看，一年到頭我都陪著妳呢，那我肯定是最喜歡妳呀！」然後伸出小指比劃。「我陪姥姥的時間，可就只有這麼一點，奶妳說我偏心誰，當然是偏心我親奶奶。」

「就知道哄我！」姜老太面上還端著架子，可姿態卻是軟了下來，朝著何氏道：「妳一年到頭難得回一趟家，我給妳準備了些東西，都在堂屋放著呢，等會兒走時別落下了。」

何氏答應下來。「欸，謝謝娘。」

吃過早飯，一家三口就從姜家出發了，姜宣還沒回來，這次就只有姜錦魚跟著爹娘回姥爺家了。

何家在大柳村，和雙溪村中間隔了個桃花村。經過桃花村，便到了大柳村，一進村子，一家三口就成了眾人矚目的對象了。

老柳樹下嘮嗑的大娘扯著嗓子招呼。「阿宛，妳是回來給妳爹娘報喜的吧？」

這是何家的鄰居王嬸子，何氏微微笑了下，含著笑回道：「嬸子，我爹娘都在家吧？」

「在，知道妳今兒肯定來，都在家裡等著呢！妳大哥昨兒還去屠戶家裡割肉了。」

待何氏幾人走遠，那搭話的王大娘才嘖嘖了一句，搖頭感慨道：「真是命好，年紀輕輕就成了秀才娘子了。要說還是何老頭會挑女婿，大女兒嫁給了城裡人、小女兒成了秀才娘子，誰看了都眼紅啊。」

旁邊年輕婦人湊過去。「嬸子，妳住何家對門，知道的事肯定多。我問妳，何家姐妹不和這事，是不是真的啊？」

王大娘瞥了一眼，委婉道：「什麼姐妹不和？不過是姑娘家較勁而已。」

得，那就是不和了。

年輕婦人笑嘻嘻，一臉看好戲的表情。「嘖嘖，那這做姐姐的，知道妹夫中了秀才，肯定是要氣出個好歹。」

而此時的何大姐也的確心裡很不是滋味，看著面前的妹妹大包小包，爹娘、兄嫂一齊湧上去的景象，剛才可沒見嫂子對自己這麼熱情。

「回來了，瘦了，瘦了。」何母心疼的打量著女兒，連聲說道，完了又看向一旁站著的女婿。「女婿也瘦了，讀書傷身傷神，不容易啊。」

何氏羞澀笑笑，將女兒推到眾人面前，低聲道：「綿綿，快喊人。」

姜錦魚從小就是個嘴甜的，從來不怯場，大大方方喊人，撒嬌撒得渾然天成，一圈人都喊完，最後才喊到離得遠遠的何大姐。「大姨。」

何大姐敷衍的點點頭，看不出有多熱情。

「快進屋吧，小姑子妳跟娘好好說說話，娘可惦記妳好些日子了。」大舅母話說得漂亮，她也是個勢利眼的，以往姜二郎還只是個童生的時候，她每回只會巴結嫁給城裡人的大姑子，現在姜二郎成了秀才，她就把何大姐給拋之腦後，還生怕何氏與她計較以往怠慢她，笑得那叫一個真誠。

「蓉蓉，帶妳綿綿表妹好好玩啊！妳做姐姐的，要照顧好妹妹。」說完，還對姜錦魚笑咪咪道：「綿綿先跟妳蓉蓉姐玩，大舅母給妳做好吃的去。」

姜錦魚被大舅母突如其來的熱情給弄得有點感慨，看來阿爹成了秀才，她也變成眾人眼裡的香餑餑了。以往大舅母可沒對她這麼親近，而是對大姨家的表姐、表哥噓寒問暖的。

第七章

午飯是在何家用的，姜錦魚早就開始學著自己吃飯了，在這些事上，何氏從來不嬌慣她。不過，其實她也不習慣讓人餵就是了，她扒拉著小木碗裡的米飯，安靜聽著飯桌上大人說話。

何老頭今天高興壞了，他年輕的時候考了童生，後來便一直考不中，兩個兒子也都是蠢的，連識字都是他逼著才學的。本以為自己這輩子是看不見何家出個讀書人了，一把年紀，居然給他盼著了，雖然是女婿，但也是沾親帶故的啊！

他拉著姜仲行勸酒。「今兒高興，咱爺兒倆好好喝喝，醉了就在家裡住一晚上。」

何氏忙道：「爹，我們用過午飯就走了。下午還要去鎮上拜訪謝院長，這回二郎中秀才，謝院長可是幫了不少忙。」

何父一聽正事，也不灌女婿的酒了，連連點頭。「應該的、應該的。」

「來來，吃菜。」大舅母熱情得姜錦魚都快招架不住了，葷菜盡往她碗裡挾，姜錦魚遮住自己的碗。「大舅母，夠了。我吃不下那麼多。」

這時候，一直壓抑著怒火的何大姐終於忍不住了，看了眼被忽略的自家女兒，冷笑一聲。「大嫂，妳可真是翻臉不認人啊。想做癩皮狗巴結人，也得睜大眼睛看看，值不值得妳巴結！區區秀才，不知道的，還以為中了狀元呢！」

若是何大姐只是對著大嫂發火，何氏還不會如何，但一聽她把矛頭指向自家相公，何氏也不是好捏的軟柿子，抬眼看向大姐，輕輕開口。「大姐，秀才是不算什麼，也不是狀元。可是呢，姐夫的鋪子是妳公婆留下的，我相公的秀才是他自己考的，誰是真有出息、誰靠著家裡，大姐心裡應該比誰都清楚吧？」

「妳……」何大姐差點被氣出個好歹，姐妹倆從小較勁，偏偏何氏的容貌勝她，爹娘偏疼她，連村裡人都說她性子好，好不容易兩人出嫁後，她打了一回勝仗。現在何氏成了秀才娘子，所有人又開始向著何氏，她如何嚥得下這口氣？

見姐妹倆一個怒火沖天、一個冷眼看待，何母開口勸道：「行了，好好吃飯。」

何大姐卻是冷冷一笑，拽著女兒起身，轉身就走了。

氣氛登時被鬧得有些僵硬，臨走時，何母特意拉著何氏的手道：「妳別理妳大姐，她就是這個性子，見不得別人好。妳現在日子過得好了，娘替妳高興。妳好好伺候女婿，照顧好家裡，女婿是個好的，會好好待妳的。日子是給自己過的，不是過給別人看的，我只盼妳好好的。」

何氏眼睛一熱，拿帕子擦了擦眼角。「娘，我知道了。我回來的時候少，孝順您的機會不多，您得好好保重身子。」

一家人離開大柳村，馬上又不停歇往靈水鎮去，打算拜訪謝院長夫婦。

到了謝家書院，早有下人在門口等候，準備領著他們去後院。

「乾娘！」隔了好遠，姜錦魚就看見笑吟吟站在門口等著他們一家子的謝夫人，甜甜喊了一句，直甜得謝夫人笑意更濃。

謝夫人見了她滿心歡喜，朝著姜仲行夫婦笑著點頭，道：「這回可要恭喜你們了。聽說綿綿爹這回中的是廩生。」

農家子出身，竟也能考中廩生，說一句實在難得也不為過。

何宛含笑道：「夫人過譽了，還要多謝院長指點我相公。」

謝夫人本就喜歡姜錦魚這個乾女兒，此時見姜家一家子如此有感恩之心，越發覺得這門乾親認得對。

姜仲行畢竟是外男，不好與後宅婦人多說話，很快就被謝院長身邊的書僮給引走了。

姜錦魚跟著親娘、乾娘進門，她自小就嘴甜，對於這個一心照顧他們家的乾娘謝夫人也是心中感激，童言稚語幾句話，就把謝夫人哄得喜笑顏開，直說要留她們用晚飯。

謝夫人十分熱情，姜家眾人回絕不過，用了晚飯，才從書院出來。

路上，姜仲行沈吟片刻，道：「宛娘，這回府試我僥倖考得不錯，明年的院試，我亦打算奮力一搏。方才綿綿乾爹也這般說，讓我不妨試一試。」

姜錦魚正打著哈欠，聽了忙打起精神。

本朝的科舉沿襲了前朝，分為縣試、府試、院試、鄉試、會試與殿試。

縣試是最低層次的，取中者為童生，算是邁入了讀書人的門檻，有了改換門庭的機會，若是連童生都考不中，也就說明了這人沒有念書的天賦。

府試則是童生參試，取中者為秀才，又稱茂才，有免服徭役的特權，另有一定數額的耕地免稅特權，秀才中優異者又被喚作廩生，還可每月從官府領取米糧。

阿爹如今就是秀才中的廩生，也就是說姜家現在那幾十畝地，有一半是不用向公家交糧的，這樣一年就省下了三到四兩，加上官府每月還發給米糧，又是一筆不小的收入。要知道，農戶一年下來扣除必要開銷，最多也就四、五兩的純收入，這算是朝廷給讀書人實實在在的福利。

院試則要更高一級，一般在府試次年舉行，取中者為舉人。

若秀才還有「窮秀才」一說，舉人可就不存在這個說法了。考中舉人便可謀官，有些出身背景好的，甚至可以謀個不錯的官職。若是不謀官，要繼續參加科舉，朝廷也是支持。便是既不謀官，也不參加科舉，舉人的日子也差不了，混得最差也是個地主老爺。

院試以上，則是實打實的改換門庭了。鄉試取中者為貢士，會試取中者為準進士。到了殿試，就沒有取中不取中之說，只要能走到這一步，一個官職是絕對少不了的。

按照姜仲行原先的設想，中秀才後便去尋個夫子的差事，也好補償家中這些年來對他的付出。可如今因為女兒的關係，與謝院長這般才華橫溢的人有了交情，得了他的指導，考中了廩生，他心中自然也就有了搏一搏的想法。

姜錦魚從娘懷裡坐正，小臉十分嚴肅道：「爹爹可以的，我跟娘都相信你。」說著，朝何氏眨眨眼睛。「娘，對吧？」

何氏也含笑點頭。

回到家中，姜仲行把自己打算參加院試的想法與眾人說了，姜家人自然都同意。

姜家人現在是嘗到家裡有讀書人的甜頭了。也是趕巧，這邊姜仲行考中秀才的消息一傳出來，剛好碰上縣裡衙役下來收田畝稅，家家戶戶都聚在宗祠交糧，姜家人也跟著去了。結果對著旁人高高在上的衙役，一聽姜家有個秀才，臉色如同冰雪見春風，一下子好了，還客客氣氣與姜老頭道：「這位老丈，這文書上寫了，您家姜秀才是廩生，按咱們的律法，您家十五畝不必交稅，剩下的就按先前的規矩來。」

姜家一共有二十畝地，姜仲行一個秀才的名頭，就把大半的田畝稅給免了。

村裡人本以為，姜二郎便是中了秀才，也沒瞧見他往家裡帶銀錢，還不覺得有什麼稀奇。現在聽了那衙役的話，才知道竟有秀才免田畝稅的說法，個個都羨慕得不行，連酸話都說不出來了。

看著以往說自家二郎念書無用的婦人們投來羨慕的眼神，姜老太簡直要高興壞了，從宗祠回來一路都是昂首挺胸的。

一聽姜二郎的打算，姜老太直接表態。「當然要考！銀子的事你不用擔心，咱家今年的收成本來就好，官府還給秀才免稅，夠花！」

姜老頭抽了口旱煙，他這幾天人逢喜事精神爽，臉都不板著了。「考！路費家裡出。老大、老三你們覺著怎麼樣？」

姜大郎和姜三郎哪有不同意的？忙不迭點頭。「當然要考！二郎還只是秀才，就給家裡爭了這麼大的光，官府不光給免田畝稅，每月還給發糧食。要是中了舉人，肯定比這還實惠！」

姜老太白了大兒子一眼。「啥叫只是個秀才？那秀才也是好考的嗎？咱雙溪村，可就二郎一個秀才。」

姜大郎憨憨一笑，被娘訓了也不生氣，撓頭道：「嘿嘿，我就是覺得舉人肯定比秀才還好。二弟打小就聰明，肯定能考中舉人。」

這句話姜老太愛聽。「那倒是，二郎打小就聰明，也肯吃苦。」

姜仲行見家人期待的目光落在自己身上，倒像是他已經考中了舉人，只能搖頭無奈笑了笑，心裡壓力倒是莫名大了幾分。

姜仲行在家裡閉門溫書了，姜家倒是有了另一樁大事——有人上門來相看姜歡了。

姜歡是姜家孫輩裡頭最大的，剛剛到了說親的年紀，家裡本來想著多留她幾年的，偏偏巧得很，這邊姜仲行剛中了秀才，便有人家上門來相看姑娘了。是隔壁桃花村的章家。

姜錦魚只察覺這幾天大伯母心情很不錯，還不知道是因為大姐的婚事，一大早被娘何氏喊起來，還打著哈欠問：「娘，怎麼這麼早喊我？」

何氏也心疼女兒，仲秋的天氣已經有些冷了，她拿了新做的薄襖子過來給姜錦魚穿上，一邊囑咐道：「昨兒忘了和妳說，今兒有人家上門相看妳大姐，妳大伯母瞧著挺中意那戶人家的，等會兒吃了早飯，妳陪妳大姐坐著，免得妳大姐不自在。」

這可不是什麼好差事，怎麼就攤到最小的她身上了？

姜錦魚心裡納悶，苦著臉。不是她不跟姐妹相親相愛，實在是大姐這人，說好聽，叫傲氣，說不好聽，叫目中無人。一天到晚抬著下巴看人，自從自家爹考中秀才之後，更加誇張了，眼睛都快長到頭頂去了。

何氏哪裡不知道她心裡的小九九，正色道：「等會兒不許亂跑，好好陪妳大姐知道不？就是一上午的事情，礙不著什麼事。」

「噢。」親娘都這麼說了，姜錦魚只能答應下來。

吃過早飯，姜錦魚就被安頓到大姐那裡去，何氏大概是覺得委屈她了，還特意端了一碗杏仁羊乳來，熬得雪白，加了綿糖，有點甜絲絲的。

「四妹。」姜歡主動招呼，惹得姜錦魚詫異看了一眼，疑惑大姐今天怎麼改了性子了。

姜歡本是覺得，二叔中了秀才，她便是為了自己能嫁得好些，也該跟四妹處好關係，誰讓姜錦魚是二叔親生的，她只是二叔的姪女呢？哪曉得姜錦魚不過回她一個疑惑的眼神，姜歡心裡立刻又不樂意，也不主動搭話了。

不過姜歡不說話，姜錦魚還樂得輕鬆，兩姐妹坐了一會兒，就聽到姜家院子外傳來敲門聲，大伯母孫氏開門後，進來了個約莫三十過半的婦人，身後跟了個書生打扮的少年。

看上去年紀並不大，十七、八歲的樣子，模樣生得斯斯文文的，就是看著有點瘦削。

姜錦魚乘機打量了一眼，轉頭再看自家大姐，發現剛剛還一臉不高興的大姐，現在已經完全變了一個人，低垂著頭，抓著袖子，唇邊露出羞澀的笑意。

哇！這是一眼就相中嗎？姜錦魚默默在心裡下了定論，乖乖坐著聽奶與章家人說話。

不聽還好，一聽倒是嚇了一跳。按章家人自己的話，人家祖上也是做過官的，可惜後來敗落了，一代不如一代，現下家裡一心供著獨子章昀念書。

別聽章家人吹得好聽，可姜錦魚好歹是活了兩輩子的人，心裡很清楚。瘦死的駱駝比馬大，章家祖上既然是做過官的，就是落敗了，那眼界也必定是高得很。再者，這章昀還是個念書的，章家這麼一心一意供他讀書，怎麼肯願意給他娶大姐這樣大字不識的農家女？

唯二的解釋，要麼就是章家也就面上光鮮，實際底子指不定還不如姜家。要麼，就是相中了她爹這個秀才的名頭唄。

實際上，姜錦魚還真沒猜錯，而且章家是兩樣都占了。

章母此刻就滿意的打量著姜家的屋子，姜家是一進的院子，但是很大，一進門就是菜園子，屋後還有個菜圃，西邊豬圈、東邊雞圈都沒空著，屋子也寬敞。再看屋內的擺設，也都是些好家具，就沒有缺胳膊斷腿的，乾乾淨淨。

章母越看越滿意，等姜仲行特意出來與章昀聊了幾句後，章母的滿意直接到達了頂點。

這可是秀才啊！他們和姜家訂親，往後昀哥兒與姜秀才那就是一家人，一家人能不幫著自家人嗎？再說了，姜家大姐相人家，這秀才親女兒可是從頭陪到尾的。說明什麼？說明人家姐妹關係好啊！

章母面上帶笑，天花亂墜把姜歡一頓誇，臨走還非要給姜歡塞個紅包，一副滿意得不得了的樣子。

將章家人送走，孫氏笑盈盈與姜歡道：「這章家，妳可滿意？」

姜歡羞羞一笑，沒吭聲，倒是一邊的姜大郎有些不樂意。「這章家也太窮了點，歡姐兒要是嫁過去，豈不是要跟著吃苦？」

可惜姜大郎拗不過女兒，見女兒歡喜，他便也認了。

姜歡滿意，孫氏也滿意得不得了，其餘姜家人自然沒二話可說。

章家與姜家又來往了幾回，這門親事便定了下來，不過姜歡年紀畢竟還小，姜家現在日子也過得好了，當然不肯女兒早早嫁人，便與章家商量了，明年開年先訂親，等後年再成親。

家裡孫輩開始準備嫁人，姜仲行突然就傷感了，夜裡還不忘跟自家妻子發愁。「孩子長得可真快，我還記得頭一回見綿綿，才那麼丁點兒小，窩在妳懷裡。軟豆腐似的，我都不敢抱，生怕把閨女給抱疼了。一下子都長得這麼大了，我看歡姐兒訂親，大哥、大嫂捨不得的樣子，綿綿要是嫁人，哎！我都不敢想那一天。」

姜錦魚頓時就無語，心道：爹，你也操心得太早了吧？我才多少歲呀！

姜仲行還自顧自感慨著，還越感慨越惆悵，最後道：「我得爭取考中舉人，以後給咱綿綿好好挑個夫婿，一定得和我一樣疼她。」

何氏見相公越說越不像話了，柔聲打斷他。「快別說了，孩子還在呢。還有十多年的事情，現在發什麼愁啊？」

姜仲行笑了，心裡卻覺得並不是很遠的事情，他與妻子成親快十年了，不也是一眨眼的工夫嗎？

被大姪女訂親的事情給刺激到了，姜仲行埋頭苦讀，日子過得飛快，轉眼就到了冬天，還有十幾天就要過年了。

這一天，一直閉門溫書的姜仲行，難得出了一趟門，倒不是為了別的事，就是要去鎮上接放假的宣哥兒和虎娃。

而家中的婦人也忙得腳不沾地，廚房熱火朝天，姜錦魚起床後收拾好自己，來到廚房一瞅，各式各樣的配菜切了許多，擺明了不是一餐的量，可也沒聽說家裡要來客人啊。

她跑到姜老太身邊，甜甜問：「奶，今天做啥好吃的啊？」

「小饞貓！」姜老太切著剛從缸裡撈出來的酸蘿蔔，幾刀子剁下去，酸爽可口的蘿蔔丁冒出酸甜的汁水，順手往孫女口裡塞了根蘿蔔條，道：「等會兒包餃子，昨兒妳三爺爺家殺豬，他們家小媳婦勤快，豬也伺候得好，一身的肥膘，我喊妳大伯去買了十斤，今兒把油熬了，剩下的瘦肉正好做餃子。」

姜錦魚探頭看了看，果真瞧見她娘在一邊熬豬油，一旁的陶罐裡盛滿了油渣，肥肉榨乾油水後，油渣金黃酥脆，撒點芝麻並鹽粒拌勻，一口一個脆得很，在鄉下是一道很好的下酒菜。

姜家常做的水餃基本和村裡差不多，酸菜豬肉餡的、白菜蘑菇豬肉餡的……不過他們家捨得用料，不像別人家，肉絲才放幾根，挑都挑不出來。

姜錦魚被餃子給饞到了，眼巴巴等著，直到中午終於吃上了餃子。

姜家做的餃子個頭大，十來個就能裝滿滿一大碗了，圓滾滾、熱騰騰的，白胖的水餃上，還撒了蔥碎，就著桌上的醋和辣椒醬吃，一口一個，裡頭滿滿都是肉汁的鮮香濃郁，非常過癮。

第八章

姜仲行入了靈水鎮，便往謝家書院去了。

一到謝家，便有機靈的小廝引他進門，繞過長廊，先去了謝院長的書房。

兩人說了會兒話，才相攜從書房出來，到了謝夫人這處，姜仲行便瞧見了方才謝院長口中的舊交之子，一個十歲的小少年，眉骨深邃，神色卻清冷淡漠得緊，一雙眸子黑黝黝的，不似一般少年那般活潑，瞧著並不好親近。便是自家宣哥兒，平日裡沈穩是沈穩，卻也不像這孩子那樣死氣沈沈的。

姜仲行思及方才謝院長叮囑的話，未語先笑，頷首道：「這便是衍哥兒吧？」

謝院長也難得露出笑來，道：「是，今次我與夫人打算回常寧過年，衍哥兒這些日子便託付給姜兄了。」

顧衍是他舊交的孩子，生母早亡，後來家中有了繼母，處境就更艱難了。眼瞅著過年了，繼母又鬧出了么蛾子，顧老夫人疼惜這個孫兒，是斷斷不肯讓顧衍一人孤零零在莊子上過年的，卻又怕顧衍那繼母繼續算計孫兒，只能將人送到了謝院長這裡來。

看在舊交的情分上，謝院長自然答應下來。可接觸久了，謝院長便發現，顧衍大抵是自小親緣疏離，實在是個冷淡至極的人，是非觀念淡薄，偏生又是個天賦卓絕的孩子，生怕他日後走了歪路，琢磨之下，便想到了一家子和和睦睦的姜家。

不說徹底改變顧衍的脾性，至少讓他知道，這世間有顧家那樣嫡庶不分、親人彼此算計的人家，也有姜家這樣兄弟和睦的人家，莫要偏執，走了歪路。

姜仲行與謝院長談好了，顧衍便跟著姜仲行一行人回了雙溪村。

姜宣看到顧衍，便主動自我介紹道：「我叫姜宣，家裡人叫我宣哥兒，你叫什麼？」

顧衍沈默一瞬，言簡意賅道：「顧衍，三水行的衍。」

姜宣面上笑咪咪，他素來就是個脾氣好的，和他爹一樣十分會做人，將姜家人都給介紹了一遍，最後說到自家妹妹，連語氣都溫和了許多。「我妹妹，等會兒你就能瞧見了。每回我歸家，她必是在門口眼巴巴張望著的。」

姜興笑嘻嘻道：「是哪，綿綿就跟隔壁老叔家的小黃一樣肥嘟嘟的，捏起來更是軟綿綿的，怪不得叫綿綿。」

姜宣不動聲色替自家妹妹說話。「綿綿是脾氣好，不哭不鬧。小娃娃結實一點才好養，大伯母說過，虎子哥你小時候可比綿綿胖多了。」

姜興也不惱，咧嘴笑著，傻呵呵撓頭。「是噢，二弟你說得對！」

顧衍默不作聲看著姜家兄弟，沒吭聲。

他也有弟弟、妹妹，不過不像姜宣兄弟間這樣和睦，更不像姜宣口中的妹妹那樣惹人喜歡，他的弟妹們，最常做的事情，便是跟著繼母一起算計他這個兄長。

馬車比牛車快了許多，很快就到了雙溪村，車夫輕車熟路把馬車停在姜家院子外頭。

眾人下車，顧衍墊在最後，還未見到馬車外是什麼光景，便先聽到了一陣歡聲笑語，夾雜著嬌軟的女娃兒喊聲，聲音軟糯甜膩，有點像祖母院裡養的那隻橘貓，慣用嗲嗲的叫聲討吃食，無往不利。

姜錦魚此時正抱著她哥的大腿，激動得不行。「哥哥，你回來啦！哥，我學會繡荷包啦，我還給你繡了一個噢！」

姜宣也寵她，便把妹妹抱進懷裡，一邊應她。「妹妹真厲害，好啊，等會兒給哥瞧瞧。」

這時，顧衍才下了馬車，第一眼就被方才姜宣口中那個妹妹給吸引了視線。

嗯，果然挺胖的，臉圓圓的，眼睛挺大、皮膚也挺白的，胖得挺可愛的一個小胖妞。

姜錦魚可不知道，顧衍對她的第一印象，就是個挺討人喜歡的小胖妞。她這時才看到了顧衍，眨眨眼睛，仰臉問：「哥哥，這個小哥哥是誰啊？」

姜仲行沒跟孩子解釋太多，只道：「這是小顧哥哥，今年要跟咱們一塊兒過年。」

何氏見丈夫還拉著孩子們說話，道：「先進去吧！這麼冷的天，別把孩子給凍著了。」

姜仲行滿口答應，連忙攜眾人進屋。

姜錦魚也從哥哥身上下來了，她小時候為了幫姜宣鍛鍊身體，老是要哥哥抱著，但現在她大了，可不能那麼厚臉皮了。她邁著小短腿進門，一回頭，就看見新來的小顧哥哥落到了最後。

姜錦魚忽然就覺得，這看似光鮮的小顧哥哥，其實也怪可憐的，半大的孩子而已，居然來別人家過年，家裡人得多不上心，才能幹出這事來？

於是她邁著小短腿跑回來，笑得眼睛彎彎的，主動牽住顧衍的袖子，仰著一張圓圓的小臉，道：「小顧哥哥，我跟你一塊兒走唄！」

顧衍垂眸，低聲道：「嗯。」

姜錦魚脾氣挺好，樂呵呵拉著人說話。「小顧哥哥，你喜歡吃餃子嗎？我們今天剛做了餃子噢！特別好吃，你吃不吃啊？我喊娘給你煮。蘸著醋和辣椒醬吃，特別香！」

顧衍沈默，這孩子挺能說話，不過一上來就說餃子，該不會是小胖妞自己餓了吧？思索了一下，顧衍艱難的點頭，配合道：「喜歡。」

因為這麼一句喜歡，晚飯的時候，姜錦魚成功吃到了今天的第二頓餃子。

顧衍就在姜家這麼安頓下來了。

過年事忙，尤其是婦人們，廚房的事情實在不少，越是冷，越是要準備年貨。

臘月二十三，姜家開始祭灶王爺。

姜老太帶了幾個兒媳婦一起準備祭拜的菜。

蒸得爛熟的豬耳朵一盤、紅燒魚一碗、紅燒豬肉滿滿一盤子，另有白米飯、豆包、餃子、芝麻球、炸丸子、麻花等等，還擺了一壺米酒。祭品放滿一天，第二日便都熱了給家裡人吃。

臘月二十五，姜家開始磨豆子，姜家漢子多，力氣大，推起石磨來，那叫一個迅速。姜家四兄弟，一人忙活個把時辰，便把整個過年做豆腐要用的豆子都磨好了。

姜老太帶著孫氏等人在廚房熬豆漿，豆子的清香一下子在姜家院子裡蔓延開來，讓幾個小的坐不住了。尤其是虎子，饞得不行，吞著口水慫恿道：「綿綿，咱們去跟奶討豆花喝唄！」

虎子讀書不行，但腦子還算有些小機靈，他知道，要是自個兒去，肯定就被奶趕出來了。一定得拉上大家一起，尤其是奶最疼的四妹，那是一定不能落下的。

一聽到豆花，姜錦魚也饞了，豆漿煮沸之後，舀幾大勺，豆花嫩得不行，滿滿的豆香味，還透著一股清甜的滋味，加上切碎了的酸菜蘿蔔和豬肉沫，再撒點豬油，等豬油被熱熱的豆花燙化了之後，香得能讓人把舌頭給吞下去。

姜錦魚忙不迭點頭，跟著虎子哥成功「要」到豆花若干碗，給念書的爹那裡送了一碗，院子裡抽旱煙的爺一碗，又給忙活的大伯、三叔、小叔送了，連來做客的顧衍都沒落下，把一家人哄得高高興興的，最後才自己捧著小木碗吃豆花。

顧衍是沒吃過這種鄉下吃食的，但見身邊的小丫頭吃得挺高興的，表情眉開眼笑，就跟著有些餓了，也舀了一勺送進嘴裡，這不算是很精緻的吃食，但莫名挺合他的胃口。

做完豆腐，姜仲行花了一天的工夫，跟往常一樣，給全村人都寫了春聯。今年姜仲行中了秀才，在村裡一下子成了人人稱讚的秀才公了，這一回不僅是雙溪村的人來求春聯，還有外村的人也跑來求了。

姜仲行脾氣溫和，來者不拒，不過還是先把自己村子鄉親們的寫完了，才給外頭村子來求春聯的人寫。這讓雙溪村的人心裡十分舒坦，家裡來親戚時都不忘把自家春聯拿出來炫耀，還不忘說上一句。「這可是咱們村的秀才給寫的，沒花一個銅板！」

轉眼就到了大年三十，鄉下過年本就熱鬧無比，尤其是姜家現在日子過得越來越好，因此姜家的年夜飯更是豐盛無比。

雞鴨魚肉自是不必說，最難得的是，這樣的數九寒天，姜家飯桌上也有新鮮的蔬菜，挖了一勺子豬油炒得清香撲鼻、翠綠可愛。

姜錦魚是個嘴挑的，她倒是不會貿然下廚，畢竟年歲還小，真要下廚，得把家裡人嚇一跳。不過她雖不能下廚，可她會出主意，一來二去，姜家的伙食自然是越來越好了。

顧衍前幾日還吃不慣，畢竟繼母待他再差，家裡有祖母當家，再如何也不敢在吃食上短了他，無非就是在父親那裡吹枕邊風，讓他心裡不舒坦。

不過，幾日待下來，尤其是姜家這小丫頭對他實在是大方，頗有點「你是我爹帶回來的，我要罩著你」的感覺，但凡她自己有什麼吃的，總是要往顧衍這裡送。

幾次下來，顧衍倒是很快就習慣了姜家農家菜的口味，粗糙是粗糙了點，可每樣都是新鮮的。他本來也不是個挑剔的人，在吃穿住行上並不算很講究，這麼待下來，竟是覺得在姜家的日子莫名舒適。

姜家年夜飯吃得早，一頓飯吃下來，外頭的天色還是亮的，最坐不住的姜興興沖沖道：「咱們出去玩吧！」

姜歡翻了個白眼，相當不給自家弟弟面子，潑冷水道：「這麼冷的天，到外頭瞎晃有啥意思？」

她最近把親事給定下來後，越發講起了什麼婦德、婦容，鄉下姑娘竟開始大門不出、二門不邁了。姜興本來就跟這個姐姐犯沖，立刻酸回去道：「我又沒喊妳，我喊二弟、四妹他們！」

姜歡見姜興這麼不給面子，跺了跺腳，憤憤道：「隨你，不知好歹！」說著就回房了，還不忘朝自家妹妹姜慧招手，喊她一塊兒回去。

可惜姜慧是個有奶就是娘的性子，跟著大姐又沒啥吃的，還是跟著大哥好，轉頭就對姜興賣乖。「哥，我跟你出去，你給我糖吃唄。」

姜興那叫一個煩，怎麼自家妹妹這麼不討喜的，出門還講條件，無奈這是自己親妹妹，只能點頭。「成，妳跟著吧，哥給糖。」

姜興是哥哥，他領頭帶著大夥兒出去玩，姜老太自然沒意見，不過她還是不大放心，特意囑咐了性子穩妥的姜宣，道：「宣哥兒，看著哥哥、妹妹點，別瞎跑，天黑了就回來。」

出了姜家大門，村裡果然有好多孩子了，家裡條件好的，都穿了新衣裳，那些條件不大好的，也都穿得厚實。

姜家孩子們一露面，最討大家喜歡的，居然不是懷揣諸多糖糕的姜興，而是姜錦魚跟顧衍。

姜錦魚一直以來在村裡都很受歡迎，她模樣好，家裡娘還是個特愛給她收拾的，看來乾淨清爽，生個小圓臉，還愛笑，不像一般小姑娘那樣容易哭。而且自從姜仲行中了秀才，村裡的婦人們就沒少打姜家幾個姑娘的主意，姜錦魚雖然小，但耐不住跟她差不多大的也不少啊！

至於顧衍，那就純粹是長相決定一切了！顧衍生得好，還不是一般的那種好看。姜錦魚努力總結過，覺得顧衍的那種好看，是那種貴氣的好看，跟整個雙溪村都是格格不入，要迷倒幾個小丫頭，完全不在話下。

鄉下孩子過年玩的東西可多了，尤其二十九那日剛下了場大雪，雪堆得厚厚的，男孩兒們追著打雪仗，女孩兒們玩的秀氣些，用雪捏個兔子、小貓、小狗的也很開心。還有些玩「官兵與山賊」的，反正大家就是瘋玩。

姜錦魚怕冷，是絕對不碰雪的，她就坐在屋簷下面看大家玩，還從小荷包裡掏一把烤栗子出來，低頭認真的剝，時不時往旁邊的小顧哥哥手裡塞一個，再往自己嘴裡塞一個，滿嘴香甜。

顧衍沒有吃零食的習慣，不過栗子暖烘烘的，小丫頭手指頭又嫩，看起來剝得很費勁，他不好意思白費小丫頭的一番好意。

不過一直白吃小丫頭的東西，沒什麼回饋，顧衍想了想，順手從雪底下扒拉出一叢草，扯了幾根草莖，十指上下翻飛，不多時便編了串草栗子遞過去。

姜錦魚驚喜接過來，捧在手心，仰著臉說：「謝謝小顧哥哥！」

顧衍輕聲「嗯」了一聲，見她乖得可愛，實在沒忍住，伸手摸了摸姜錦魚的腦袋。

嗯，頭髮又細又軟。

瘋到天黑，就有家裡人找來了，玩在一起的孩子們漸漸都散了，姜錦魚他們也往姜家走，踩著鬆軟的雪地，腳下嘎吱嘎吱作響。

夜空沒有星子，雪地卻是一片明亮，背後是冷風的呼嘯聲，聽得人脖子直往領子裡縮。

姜興在一邊喋喋不休。「剛才順子耍賴，故意跌跤，我去看他，他還故意襲擊我！二弟，明天你可要幫我一起砸他！」

姜宣沒認真聽，轉頭對著妹妹細心問道：「綿綿，妳鞋子沒濕吧？累不累，要不要哥揹妳？」

姜錦魚使勁搖頭。「不用不用，我不累。」

「那行，累了跟哥說，哥揹妳。」

大年三十要守夜，不過孩子們當然是不用守的，一看天都黑了，大炕上的幾個孩子們都迷糊了，一路上最激動的姜興更是睡得四仰八岔，見狀長輩們就開始趕人了，道：「回去睡覺去，兜裡揣的糖先拿出來，可不許帶到榻上，別把被褥弄髒了。」

孩子們一個個被趕去睡覺，顧衍也被姜家大人們囑咐早些睡，回到姜家為他準備的屋子裡，屋裡放了火盆，燒得暖烘烘的，被褥也是曬過的，很厚重、很暖和，就像姜家人一樣從裡到外透著一股子淳樸的熱情。

顧衍在榻上躺下，正要合目睡去，忽然覺得枕頭下面有什麼東西硌人，伸手往枕下一摸，摸出來一個紅紙疊的紅包，抖開一看，裡頭塞了十來枚銅錢。他微微一怔，就聽到外頭正好傳來爆竹聲響破天際。

沒多久，院子裡就傳來了腳步聲和很輕的說話聲。

「宛娘，妳去看看綿綿，我聽著動靜，應當是沒被嚇醒的。我去宣哥兒和衍哥兒那兒瞧瞧。」

「嗯，相公，今晚融雪，怕是還要冷，孩子那裡記得給他們多抱一床被子壓著。」

門開了，有人走進來，身上一重，隨後是漸遠的腳步聲和關門聲。聽著外面的聲響，顧衍很快有了睡意。

大年初一早上，姜家早飯吃的是餃子和豆包。

大年初一是不出門的，家裡的活兒也少，除了姜仲行帶著幾個孩子看書，就連一向最忙的姜老太和孫氏等人，也都安安生生坐著嗑瓜子，說著閒話。

姜錦魚窩在她奶懷裡，仰著臉聽她奶訓四叔。「老四，你也老大不小了，過了年都二十二了，還不準備成親？」

姜四郎是姜老太的小兒子，生他的時候，姜老太都快三十了，所以姜四郎跟幾個哥哥年紀差得遠，不過在鄉下，二十二歲成親算是很遲的了，也不怪姜老太這樣著急。

姜四郎早知道娘要說這個，好在他心裡有成算，便回道：「趙掌櫃說，等過了年，讓我去他家裡一趟。」

姜老太一聽，坐不住了。姜四郎在趙家酒館做帳房，做娘的自然覺得兒子千好萬好，可說句實話，趙家有家有業的，咋就相中了自家四郎？轉念一想，嚇得差點跳起來。「四郎，趙家該不會打著讓你入贅的主意吧？」

一旁的姜老頭也放下了旱煙，一改先前漫不經心的表情，格外認真看過來。

趙家人口倒是不算複雜，兒子有一個，是早就成了家的，剩下兩個女兒，大的那個已經嫁人了，還嫁得相當不錯，不在靈水鎮上，而小的那個，就是趙掌櫃打算說給姜四郎那個，叫趙瑤。

這個趙家姑娘也是個不大走運的，先前說過親事，準備訂親的時候，男方那邊突然就改主意了，也不知道什麼理由，總之賠了不少東西給趙瑤，但婚事就這麼吹了。好好的姑娘家經過這麼一遭，她是沒啥錯處，可名聲還是有損，加之趙姑娘又是挑剔的，不肯嫁給那些歪瓜裂棗，一來二去，就這麼拖下來了。

姜老太聽完這趙瑤的來歷，倒是鬆了一口氣，條件不好沒啥，條件太好了才該怕，這要是太好，那肯定要自家兒子入贅的。可這趙家姑娘自己被退親過，趙家哪好意思開這個口？

四郎幫趙家做了這麼多年的帳房，也從來沒見趙家提過這事，眼瞅著二郎中了秀才，趙家忽然就提起，擺明是覺著姜家往後的日子差不了。

姜老太倒不認為趙家勢利，誰家說親事都是這樣，要往好了挑。畢竟好好養大的閨女，誰願意讓她嫁個沒出息的男人？

第九章

姜錦魚聽得仔細，扳著指頭算了下，上輩子四叔也是這幾年成親，不過那時候娶的可不是什麼趙掌櫃的女兒。不過這輩子發生的變化太多，姜錦魚都懶得去想了。

況且她現在還太小了，四叔的婚事可輪不到她來操心。

哪裡曉得，便是這門親事，給姜家找了個大麻煩。

初七過完了年，姜老太就跟著姜四郎去了一趟鎮上，回來兩人的表情便有些不大對勁。

姜錦魚會看臉色，見一向笑咪咪的四叔都沈下臉，便貼心端了兩碗熱騰騰的大棗茶上來，軟軟道：「奶，四叔，喝茶。」

見小姪女小心翼翼看著他們臉色擔心，姜四郎覺得心裡暖暖的，倒是把在趙家遇到的糟心事給放下了，反過來安慰姜老太，道：「娘，趙家太太既然這麼說，這門婚事作罷就是，反正兩家不過探口風而已，算不得什麼。要我說，趙家小姐眼界高，瞧不上咱們家小門小戶，咱們也不必高攀她家。男兒何患無妻？」

姜老太一想到趙家人說的話，心裡就來氣，拍著桌子嚷嚷。「趙家那說的叫人話嗎?!」

今日兩人赴約去了趙家，一進門還沒受什麼刁難，也聊得好好的，可談起正事的時候，趙夫人便挑剔起來了，又是嫌棄姜家在鄉下，她女兒幹不了農婦幹的骯髒活兒，又說姜家兄弟多，一人做十人吃，要成親就要先分家，她可不想自家女兒用嫁妝養姜家。

總之，話裡話外把姜家嫌棄了個遍，就差沒直接說：「你姜四郎裡裡外外，從個人條件到家世，都配不上我女兒！」

話說成這樣，姜四郎自然不會眼睜睜看著外人羞辱自己家人，也不願與那趙家小姐見面，便直接帶著姜老太離開，婚事自然也就吹了。

可回到家中，姜老太又是氣、又是怕，既氣趙家狗眼看人低，又怕自家四郎還在趙掌櫃手底下幹活，今兒鬧了這麼一齣，恐怕這帳房也是做不下去了。

姜老太急得發愁。「這可怎麼辦？」

姜四郎那時候既然踏出了趙家的大門，自然也想到了後果，丟了趙家的差事，他自然能找著別的，可總得費些時間。眼下二哥要準備今年的院試，大姪女又要訂親，正是開銷大的時候，若是因為自己這些小事耽誤二哥的科舉大事，那他就成了家裡的罪人了。

他心中嘆氣，嘴上卻是寬慰姜老太道：「娘不必擔心，今日之事是私事，想必趙掌櫃也不會公私不分。」

「四弟，我不同意你繼續去趙家酒肆。聽你的話，趙家人並無容人的肚量，你便是去了，也待不長久。」

屋外傳來一聲溫和的聲音，但語氣卻十分堅定。

「爹爹。」姜錦魚回頭，就見不光是爹爹，爺、大伯等人都在門外站著，個個面上帶著怒容。

「四郎，你二哥說得對！」姜老爺子怒氣沖沖道：「咱家就是窮死，也不能讓你去趙家受這樣的委屈！這親事是趙家主動提的，咱家上門了又這般作派，這樣的人家，能是什麼好人？」

姜四郎露出苦笑。「爹、二哥……」

姜二郎語氣堅定，態度不容拒絕。「我知你是為了家中想，既如此，那我這個做兄長的更該以身作則。我如今是秀才了，便是去書院謀個夫子的差事，也能貼補家中，總好過讓你去趙家受那等屈辱。」

姜大郎與姜三郎也是同仇敵愾。「就是！趙家不過在鎮上有間酒肆罷了，有什麼可看不起人的？四弟，大不了做哥哥的養你，本來也是這個道理！」

見家中眾人這般，姜四郎也只好妥協，道：「二哥，我聽你的，不去酒肆了。但你不可再說不去考試這等傻話，你若是能考中舉人，這才真正狠狠打了趙家人一個巴掌，也算是為弟弟出氣了不是？」

可一把姜四郎不去酒肆的事給定下來了，管錢的姜老太頓時眉頭皺得死緊。「歡姐兒馬上就要訂親了，二郎八月要去參加院試，都說窮家富路，這可怎麼辦？」

姜老爺子倒是想得開，乾脆把家裡的情況給眾人說了。「家裡的情況，我也不瞞你們，前些年給你們幾個娶媳婦時，同你們幾個爺爺借了些銀子，這些年帳是還清了，可前年老呂家賣田，我尋思著農戶人家還是田地是根本，便添置了三畝上等水田，去年分房住的時候，東屋和西屋都修了一遍，如今家中攏共剩下二十餘兩的銀錢，省著些，應當也是夠的。」

二十兩銀子，說多不多，說少不少。姜老爺子是個心裡有成算的，餘著的銀錢放著也是放著，還不如添置了田地，反正家裡壯勞力多，多少水田、旱地都管得過來。可現在一時半會兒，卻是沒法子賣田籌錢，尤其是鄉下賣地，那是要被長輩指著鼻子罵敗家的，沒到最後一刻，姜老爺子當然不肯賣田。

姜仲行見一家子唉聲嘆氣，心中陡然生出個法子來。

姜老爺子見他臉色，便道：「二郎可是有什麼法子？」

姜仲行見眾人都把期盼的目光望過來，不負眾望點頭，道：「其實四弟遲早是要從趙家辭工的，四弟聰明又有手藝，何苦一直為別人作嫁衣？」

姜四郎一聽二哥這話，眼睛一亮。「二哥的意思是，讓我自立門戶做生意？」隨即又失落道：「我倒是有這等打算，可那也是日後的事情，眼下家裡哪裡拿得出本錢來？」

姜二郎微微笑了下。「自立門戶自然要自立門戶，四弟算帳早已出師，酒肆如何經營，想必四弟也是了然於胸。不過咱家底子薄，怕也只能從賺些辛苦錢開始。」

姜錦魚聽懂了，爹的打算可比爺奶他們長遠，爺奶頂多是想著如何度過眼下的難關，爹爹想的卻不僅限於此，他是想給四叔找條出路。四叔有算帳的本事，人又機靈，讓他跟著家裡種地，只是屈才，乾脆藉這次趙家的事情，讓四叔放手大幹一場。

姜四郎是個聰明的，一下子豁然開朗，激動起身。「二哥說得有道理，是我想岔了。我去擺個小攤，不過半兩銀子便能置辦，何苦一開始就去租那十兩一月的鋪子？豈不是打腫臉充胖子！」

姜老爺子吸了一口旱煙，皺著眉看著激動的姜四郎。「四郎，這能成？」他是老莊稼漢，一輩子沒做過生意，自然覺得還是種地最穩妥。

姜四郎是個見過世面的，講起生意經來十分有自信。「爹、娘，你們聽我給你們算，按現在的物價，置辦個小攤子，攏共半兩銀錢，其餘皆是小錢便能買的。就拿做吃食的當例子，您別看人一天到晚辛苦，可收入也是很可觀的，素麵五個銅板一碗，加肉的略貴些，要十五個銅板，加菜還另算，您可知道，一碗素麵的成本不過兩個銅板，加了肉的也只貴上五文錢，一天若賣五十碗，一天可賺三百文左右。」

眾人聽得眼前一亮，孫氏更是激動道：「我的老天爺，一天就三百文，那一個月可就九兩銀子了？」

姜老爺子還是有些猶豫。「這做生意真要這麼掙錢，那不是大家都做生意去了？」

姜四郎自信滿滿。「爹您這話有道理，可您想想，旁人一不懂進貨的竅門，二不懂經營的門道，三無膽量，自然不會想到做生意。可我在趙家待了四、五年了，說句不好聽的，便是偷師也偷出門道了。單說進貨，這靈水鎮哪家的菜新鮮又實惠、哪家的屠夫好講價，我可都記在心裡，也都打過交道。」

姜錦魚聽得連連點頭，心裡快要崇拜死四叔了。難怪上輩子四叔生意越做越大，聽聽，人家可不只是在趙家做帳房，人家肚子裡貨多著呢！

姜老爺子動搖了，但沒把話說死，只是道：「這不是小事，你讓我和你娘商量商量，明天給你答覆。」

事已至此，姜四郎倒是笑咪咪，半點也不著急的樣子。「欸！那我明天先去鎮上摸摸情況，心裡也好有個底。」

這天夜裡，姜老太躺在床上，翻來覆去睡不著，猛然起身了，下榻穿鞋。

老頭納悶。「老婆子，妳去哪裡啊？」

姜老太頭都沒回往外走。「我去綿綿屋裡，我得去問問綿綿，讓不讓她四叔做生意。」

姜老爺子想追都追不上，只能眼睜睜看著老妻出了門。然後片刻又見她美滋滋轉回來，一口咬定。「我問過了，這事成！咱們就讓四郎幹！」

姜老爺子覺得荒唐。「老婆子，這麼大的事，咋能讓孩子作主？她知道啥啊！」

姜老太倒是對自家小孫女的福氣堅信不疑，道：「他爹，你想想，綿綿可是老神仙說過的命好，旺咱家。自打她生了，她爹就考中秀才了，這還不叫有福氣？你瞅瞅那謝院長和謝夫人，鎮上丫頭那麼多，偏偏相中綿綿做乾女兒，這還不叫有福氣？還有那一尾金色的鯉魚，我可是瞧得真真切切的！綿綿都說成了，四郎這生意肯定能賺錢，差不了！老天爺能讓他閨女吃苦嗎？不能啊！」

姜老爺子越聽越覺得，居然有點道理，要不……要不就聽四孫女的吧？

第二天，姜錦魚起床梳頭髮時，迷迷糊糊想起昨晚上，奶似乎來自己屋裡了，回憶了半天，依稀就記得奶把她搖醒，然後好像是問，四叔的生意成不成？

她當時還沒醒，想著前世的四叔，迷迷糊糊說了一句。「成。」

回想起昨晚那一幕，姜錦魚發現奶現在的做法，似乎有點像「大學」那裡的學生，每逢考試就會弄些粽子、糕點，代表包中、步步高升等吉祥話，然後去拜個神佛擲筊、求籤。

所以，奶也是把她當神佛求籤占卜之類的問吉凶？討吉利了？

這一天，姜錦魚就沒瞧見自家四叔的人影，直到傍晚，天色都擦黑了，才瞧見四叔從外面回來。天這麼冷，四叔愣是跑得滿頭大汗，不過看他興沖沖的神色，今天這一天跑下來，還是有很大收穫的。

果然，等一家人用了晚飯，姜四郎便開口了，道：「我今日將鎮上的情況摸了一遍，我的想法是，若是要做，最容易入手的便是晨食。家中嫂嫂們的手藝都不錯，我先前在趙家也是與菜販子等人打交道多些，做起來也熟練。我去鎮上木匠那裡問了價……」

姜老爺子聽姜四郎說得頭頭是道，與老伴姜老太對視了一眼，等姜四郎止住了話頭，便道：「四郎，你做生意這事，我和你娘同意了。」

姜四郎提著的心一下子落地了，露出了輕鬆的笑意。

姜老頭又道：「這些年，你交回家的銀子，你娘幫你攢了些，就當作你的本錢。只是你既然還要你嫂子們搭把手，那咱們還得按著章程來。」

姜四郎笑咪咪，起身拱手道：「那是自然，等開了張，免不了要哥哥、嫂子們幫襯，再者，這生意也不是我一人的，待我這幾日擬個章程，準備妥當，過幾日便開張，正好也能趕上早市開張。」

姜四郎是個說幹就幹的性子，幾天就把準備工作都做好了，因為想先試探市場，所以準備的食材並不多，但靠著他與那些商販的交情，還都是按低價拿到了貨。

晚上，何氏幾個便開始下廚，做出來給家裡人試味。姜四郎準備賣小餛飩跟炒麵，這兩樣簡單好上手，而且做得好吃了，還賣得出價。

何氏在娘家時手藝就好，孫氏、吳氏兩人略差些，但跟著有樣學樣，倒是很快把餛飩跟炒麵做好了。餛飩是鮮香和酸辣兩種口味的，鮮香的就只加雞湯，撒些蔥花，原汁原味，很養人；酸辣的就稍微重口味些，不過家裡女人嚐了，普遍覺得酸辣的更合口味，大冷天的一碗餛飩連湯帶水下肚，肚裡都暖烘烘的。

炒麵種類就多了，何氏只做了肉絲的跟酸菜的，炒麵油水多，又是主食，男人們倒是偏愛炒麵，說是飽肚子。

家裡眾人試過後，第二日四叔他們便起了個大早，等到姜錦魚起床的時候，發現家裡都沒人了。

姜錦魚只能乖乖在家裡待著，偶爾去書房看看溫書、做卷子的阿爹，做個貼心小棉襖給爹解壓，再要不就是跟著哥哥認字。

她上輩子沒怎麼念過書，跟家裡哥哥學了幾個字，經歷那大學的奇異光景，這輩子倒是能耐下性子認真學習，乖乖聽講不說，握筆描紅時都認真得不行。

顧衍見她一向笑咪咪的小臉居然格外嚴肅，和平日裡完全不一樣，覺得十分有趣，便時不時往那邊瞥一眼，不期然被姜宣給瞧了個正著。

顧衍不著痕跡收回視線，沒繼續盯著小姑娘瞧了。小姑娘是軟乎乎、好捏得很，可小姑娘的哥哥可是個護妹的，這小姑娘家裡寵得厲害，長輩個個都寵著，還有這麼個虎視眈眈的哥哥，日後想娶這小姑娘的男子，可不大容易。

意識到自己有點想多了，顧衍咳了聲，沈下心，將注意力集中在筆下。

最後一個字收尾，顧衍一抬頭，就發現桌子旁邊多了一個毛茸茸的腦袋，下巴搭在桌子上，睜著一雙大眼睛，好奇張望著，而遠處這丫頭的哥哥正皺著眉看過來。

姜錦魚見顧衍寫完了，才開口稱讚。「哇！小顧哥哥，你的字真好看。」

顧衍的字是真的好，清雋古樸，觀字識人，讓人覺得寫這字的人，也必有君子之風。姜錦魚看得眼熱得不行，再看看自己的狗爬般的字，頓時默默紅了下臉，太……太羞恥了。

顧衍看到那歪歪扭扭的字，也是嘴角微微抽了下，而後在心裡給小姑娘找理由，畢竟年紀還小，再長大些便好了，全然忽視了家中差不多年紀，但已經寫得有模有樣的庶妹。

姜錦魚原以為四叔他們得中午才能回來，結果才巳時過半就回來了，出門時裝得滿滿的推車，此時已經空無一物了。

再看四叔面上的表情，激動中帶著喜悅，只見他將兜裡的錢袋子往桌上一擱，沈甸甸的，哐噹一聲。這下姜錦魚哪裡還不明白？看來四叔還真是賺著銀子了！

不等四叔開口，大伯母孫氏就喜孜孜道：「娘，您是不曉得咧。我們攤子剛支起來，路過的見我們調料配菜都擺在外頭，就過來問，小叔那張嘴可真能說，一下就把人給招呼過來了，說那叫啥……啥眼見為實、耳聽為虛，看得著，吃了才放心。還讓客人來看咱家的餛飩餡兒，還把雞湯裡的雞肉撈出來給客人看，全都是貨真價實的東西。兩、三句話，就有客上門了。後來人越來越多，我跟弟妹們都快忙不過來了。」

姜四郎謙虛道：「都是嫂子們手藝好。」然後又道：「爹，娘，這是我們今天賺到的銀子，方才路上數過了，一共五百餘文。今日準備的食材少，沒想到賣得那樣順利，明日多準備些，應當還能再賺多些。」

「五百文？還能再多些？」姜老太簡直不敢相信，拿著錢袋子數了好幾遍，加上碎銀子，還真是滿打滿算有五百文。也就等於說，刨去食材的成本，今日姜家一早上便淨賺了三百文，按這樣的收益，不到半月，就能把投入的本錢給收回來了。

姜老爺子夫婦這下是真正放心了，倒是姜季文，還反思總結了一遍今日的生意。「咱們賺得不少，可到底是開張第一天，好些人應當只是湊個熱鬧、吃個新鮮，要讓他們成為回頭客，接下來還得煩勞幾位嫂嫂在菜色上多多費心。那些不小心做壞了的，咱們寧可倒了，也不可端上客人的桌，掙不了幾個錢不說，因小失大，壞了咱們的名聲。」

姜老爺子聽得連連點頭。「這是當然，我也是這個意思，二郎畢竟是秀才，咱們便是做生意，也得正正經經做生意，不可走那些歪門邪道，壞了二郎的名聲。」

姜仲行見家人這般為他著想，心下感動，承載了家人的期望，責任感使然，一時之間心裡的壓力又更大了些。

姜四郎緊接著又道：「還有件事，嫂子們若都跟著我去了鎮上，一來用不了那麼多的人手，二來家裡的活計就得全都讓娘一人做了。大哥、三哥也是，若是都跟著去鎮上，咱們家的地便要爹一個人管著，如此爹娘的身子也吃不消。」

姜老太一聽心裡美滋滋的，但看大兒媳婦和三兒媳婦都是一副欲言又止的樣子，看著似乎都想跟著去鎮上，於是大手一揮就決定了，一人跟著去一個月，輪著來，很公平。

這下子孫氏和吳氏兩人都滿意了。

能掙錢的生意，誰都樂意幹，到時候分錢，說話嗓門也大些啊！

第十章

接下來半個月，姜季文很是忙碌，比以往在趙家時忙上許多，但收穫也是不小的。若說以往的姜季文還有點匠氣，現在可是成了做生意的一把好手了，而姜家早餐鋪也在鎮上有了一批固定的客流。

就在姜家生意越來越順利的時候，分別不知不覺來臨了。

從常寧府過年回來的謝院長夫婦，回到靈水鎮之後，便第一時間來姜家接顧衍，說是顧家老太太派人來接他回去了。

「好了，衍哥兒，我們準備走了。」謝夫人與姜家人道別後，率先上了馬車，掀開簾子，低頭對馬車外的顧衍道。

顧衍今日恰好穿了來姜家那日穿的衣裳，湖藍色的錦衣，襯得他面如冠玉，神色清冷，看上去仍是不好接近的感覺，但一個多月下來，姜家人與他熟悉了許多，心知他只是看起來清冷罷了，內裡是個懂事、善良的好孩子。

姜老頭上前拍拍他的肩。「好孩子，往後有空，儘管再來家裡玩。」

好好的孩子，半點毛病都挑不出，大過年的卻不讓在家裡待著，想想也知道這孩子在家裡是什麼狀況，只是人各有命，姜家總不能把別人家的孩子強行留下來。

顧衍頷首答應下來。「多謝姜爺爺，這些日子，多勞爺爺、奶奶、叔伯、嬸子們的照顧了。」

說完，他又回頭看了一眼姜家眾人，目光轉了一圈，落到某處，輕輕翹起唇角，極為短暫的笑了一下，雖只是一瞬，但清冷的人笑起來卻是極為生動驚豔的。

他微微頷首，恭恭敬敬朝姜家眾人躬身行了個禮，俄頃起身，小小的少年在山水林間，背後是覆著殘雪的群山。

「晚輩告辭。」

他很喜歡姜家，喜歡這裡並不大卻很溫馨的院落，喜歡姜家略有些嘈雜的清晨，和亂得生機盎然的雞窩，以及姜家那個愛吃、愛笑的胖丫頭。

嗯，不只是胖而已，也很討人喜歡。山高水長，有緣定能再相見。

初春時候，姜家一切都走上了正軌。

姜老爺子管著家裡的田地，帶著兩個兒子忙著春耕。而姜四郎照舊在鎮上做吃食生意，他這攤子如今是越發出名了，一月能往家裡拿不少銀子。至於姜仲行，則一直在家裡備考，偶爾被謝院長請去鎮上，與書院的夫子切磋論學。

二月初二是個好日子，章家正式上門來給章昀和姜歡訂親了。

章家顯然對姜歡這個未來的兒媳婦很重視，茶點、果子都是從鎮上鋪子裡買的，用紅色的油布包得很精緻，鎮上鋪子捨得放料，紅豆綿糖的香味包著油布都能聞到。

鄉下訂親不像城裡那麼繁瑣，就是兩家交換個庚帖，算算兩人的八字，這一步一般不會出什麼問題。既是兩方長輩都說好的，哪個道士會故意說些不吉利的話？自然是說些百年好合、富貴滿堂的老話。

算過八字，算是訂親成了一半，接下來兩方交換婚書，男方要給訂親禮，女方要回訂親禮。靈水鎮這邊的規矩，富裕些的人家，一般是男方贈果子、茶點六套、絹布一疋、銀釵一根，女方回禮倒是講究了些。還得根據男方家中的情況贈禮，寓意往後嫁雞隨雞、嫁狗隨狗。若是嫁到讀書人家，那文房四寶是免不了要一套的。

章家家貧，舉全家之力供養章昀這個讀書人，自然拿不出什麼金簪、銀簪，不過為表重視，章母將章家祖傳的鐲子給送來了。說是祖傳，其實也只是話裡討個喜氣。章家家裡的貴重東西大多都進了當鋪，倒是這個鐲子，水頭不大好，才被章母給留了下來。

姜歡當然不知這內幕，聽了未來婆婆說了這玉鐲的來歷，喜不自勝，當日便把那鐲子戴在了腕上，與人說話時，總免不得提起自己腕上這鐲子，鬧得村裡人全都知道了。

姜家回禮也沒讓姜歡失了面子，孫輩第一個說親事的，姜家也很重視，按著規矩給章家回禮，除了一套鎮上鋪子裡買的文房四寶，還有棉布一疋，另外還有些姜歡繡的荷包鞋襪之類的。

章母見了姜家的回禮，當著外人的面還沈穩些，等送禮的人走了，便拉著兒子道：「你這媳婦家裡，還是有些底子的。你瞧瞧這回禮，在附近幾個村裡，算是很厚的。」

章昀看了眼回禮，沒說話。他對姜歡沒什麼感情，就見了那麼幾面，能有什麼感覺？不過婚姻大事，自然是父母作主的，他點頭道：「母親覺得好，孩兒便覺得好。」

「你這孩子！」章母輕輕拍了下兒子的胳膊，「嘖」了一聲。

「真是不開竅。我聽姜家人那語氣，估摸著姜二郎今年會去府裡考試，指不定到時候就不只是秀才公了。現如今按你的條件，自然是那姜家閨女高攀，可若是她那二叔中了舉人，可就是咱家高攀了。好在這親事也定下來了，板上釘釘的事情，姜家就是想反悔，也反悔不得。往後你也時常去姜家走走，和姜家人處好關係，往後那姜二郎還能不幫著咱們自家人？好歹也是你媳婦的二叔啊！」

章昀畢竟是讀書人，知廉恥，聽著母親這般算計的話，心裡有些不自在，但又想到母親全是為了自己謀算，只能點頭答應下來。

進了四月，天氣溫暖許多，雖然早晨還有點微寒，但已經是很適宜讀書的天氣了。

今年的院試在八月，姜錦魚扳手指算了算，按照以往的經驗，爹爹估計六月就得出發，否則等七月上路，路上正是最熱的時候，還不知道要吃多少苦頭，這麼一算，離爹爹離家也就只剩下兩個月的日子了。

「爹爹。」姜錦魚看了看時間，推測這一份卷子應當是做完了，便端著碗金銀花茶進屋，貼心的遞到自家爹手裡。「喝口茶，爹爹休息一會兒吧。」

姜仲行剛做完一份過往的卷子，正眼花頭暈著，一碗金銀花茶下肚，沁涼清甜，整個腦子都清明了不少。臉上也露出了笑意。「怎麼沒跟著妳大姐她們一塊兒去瞧熱鬧？」

今兒隔壁的張香兒訂親，敲敲打打鬧了一早上，家裡姐妹們都跟著去看熱鬧了。

姜錦魚才懶得去瞧訂親呢，她上輩子婚事不順，嫁了那麼個混蛋，只恨自己有眼無珠，這輩子早就打定主意了，絕不自己瞎選，一定要聽爹娘和兄長的意見才行，對訂親、成婚什麼的，自然也就沒什麼熱忱了。

再說了，大姐那哪裡是去看人家訂親的？分明是去炫耀自己那個「來歷非凡」的訂親鐲子，以及她那讀書的未婚夫。

張香兒定的人家是鎮上的屠戶，大姐當然得去炫耀炫耀自己，否則她心裡還能舒服？

姜錦魚笑吟吟，面對面與姜二郎坐著，體貼道：「家裡都沒人了，我得給爹爹端茶倒水啊。而且我學刺繡的時候，娘就說要歇歇眼睛。那爹爹念書的時候，也該歇歇眼睛，我要提醒爹爹！」

看女兒驕傲神氣的小表情，姜二郎忍不住就笑了，笑過之後，這些日子因為家人鄭重而緊張的情緒也稍稍鬆弛了些，他做爹的寵女兒，便一口答應下來。「行，爹聽綿綿的，那綿綿陪著爹爹歇眼睛，好不好？」

「好啊！」姜錦魚一口答應下來。

姜仲行歇了片刻，覺得一早上的疲憊都散盡了，其實他心裡也清楚，他考不考得上舉人，這事情說不準，就連謝院長也只是說，讓他去試試。

可這話他沒法與家裡人說，只能在天真貼心的小女兒面前，稍稍流露出些許的不自信。

「綿綿，爹爹問妳啊，要是爹爹沒考中舉人，妳會不會對爹爹失望？」

姜錦魚猛然抬起腦袋，瞧一向鎮定自若的爹爹居然問出這種話，可見是真有壓力了，這可不行啊！

趕忙坐直了身子，一本正經道：「當然不會啦！爹爹是最好的爹爹，我最最喜歡爹爹了。再說了，爹爹要是考不中舉人，那還是秀才不？衙門會不會取消爹爹的秀才？」

姜仲行失笑。「那怎麼會？就算不中舉人，秀才的功名也是我實打實考中的，衙門怎可輕易取消。」

姜錦魚就乖乖笑。「那爹爹最差也是秀才咯，別人家爹爹都不是秀才呢，我的爹爹還是最厲害的！」

姜仲行彷彿一下子被敲醒了，如夢初醒。

是啊，這些日子家人暗含期待的眼神，給他太多的負擔和壓力，倒是讓他鑽了牛角尖了。比起做童生的時候，他已經是前進了一大步，他至少已經有了秀才的功名，能考中舉人，那是好事，若是不中，憑藉著秀才的功名，他也能讓家裡過上好日子。

所以，他有什麼可心神不寧的？反正他都豁出去了，放手一搏就是，考慮那些有的沒的做什麼。再說，就是沒中舉人，那他也是綿綿最厲害的爹爹不是？

姜仲行露出笑來，一改先前緊張的情緒，整個人也不像剛剛那樣浮躁，整個人都沈穩下來，點著頭道：「綿綿說得對，是爹爹鑽牛角尖了。」

「鑽牛角尖？」姜錦魚歪著腦袋，仰著臉吞口水傻笑。「爹爹，我想吃牛肉羹了。」

姜仲行哈哈一笑，大手一揮。「成，爹爹以後帶妳去吃一品居的牛肉羹！」

「嘿嘿，那綿綿給爹剝栗子吃。」

何氏一回屋，就聽到書房裡傳來父女倆的歡聲笑語，微微蹙眉，旋即，鬆了眉頭。罷了，相公日日讀書，綿綿能偶爾逗相公開心，倒也不算壞事。

六月，姜仲行便與梁秀才結伴，兩人往錦州府去考試。

八月中旬，太陽炙烤著大地，考院之外，學子們個個摩拳擦掌，就等著在考場上大展拳腳，取中舉人，一飛沖天。

姜仲行亦在人群中，他辭別父母妻女，與同鄉的考生一起來錦州府，等的便是這一刻。離考院開門還有一刻鐘。姜仲行再次翻了一下自己的考籃，確保其中沒有夾雜任何有舞弊嫌疑的東西，深吸一口氣，沈下心來，待鑼鼓聲響。

考生入場，他也隨著人流往前走，臉上是無比的鎮定。

同一時刻，雙溪村姜家。

「娘，爹是不是今天考試啊？」姜錦魚有一搭沒一搭給手裡剛裁好的襪子縫針。

一旁專注於繡著芙蓉花的何氏低著頭。「是今日。刺繡要專心，不可三心二意，小心扎破手指。」

姜錦魚乾脆把襪子丟到邊上，托著下巴問：「娘，妳怎麼一點兒都不擔心呢？爹爹一個人在外面，我好掛念爹爹啊……」

何氏繡好一朵，抬頭看女兒丟在一邊的襪子，拿過來看了看針腳，還算細密，便指點了幾句，見女兒還是想不通的樣子，遂道——

「我自然惦記，可惦記也無用。妳爹是個有大志向的人，他想讓家裡過好日子，讓宣哥兒和妳有好前程，不必像他一樣從農家子熬起，就只能去打拚。我作為妻子，不能攔著他，男人有志向，女人不能攔；男人若是沒志氣，做妻子的就是逼著也無用。我只盼著，妳爹爹能得償所願，平安回來。」

姜錦魚聽了娘這一席話，突然心生諸多感慨，爹爹嘴上從未說過什麼，但所作所為無一不是為了家裡、為了爺和奶、為了娘，為了她和哥哥。相比這世間諸多能言善道的男子，爹爹這樣的才是大丈夫。

而娘雖然平日裡不太言語，但也和爹爹一樣，處處為她和哥哥著想，生在這樣的人家，有這樣的爹娘，她何其幸福？

希望爹爹一切都順順利利的，得償所願，順利中舉，平安回鄉。

姜錦魚在心裡祈禱，隨後也安下心來，認認真真繼續縫手上的小襪子。

院試一連要考三日。

第三日的下午，才有學子陸陸續續從考場出來，一開始零星幾個，估計是交卷子交得早的，後來便多了起來，考生們魚貫而出，個個面色慘白、腳下無力、踉踉蹌蹌，有些身子虛弱的，一出門就被家人給扶住了。

姜仲行亦順著人流出來，比起進場前，氣色差了些，但他整個人看上去很有精神，不像是在裡面熬了整整三天的樣子。

「姜兄！」與他同行來錦州府的梁秀才朝這邊擺擺手，有氣無力喊著。

姜仲行走過去，見梁秀才也是臉色發白，整個人都倚靠在石獅子上，忙上前扶他，溫聲道：「梁兄還好吧？我扶你去旁邊坐坐。」

梁秀才看姜仲行這副模樣，心裡有些不是滋味，他自己的情況他最清楚，這一科必是考不中了，他深深嘆了口氣，搖頭道：「無礙，不瞞姜兄，我這一科怕是鎩羽而歸了。考院炎熱，異味濃重，第二日起，我便覺得暈暈沈沈，下筆也是不知所云。倒是姜兄你，瞧著似乎還好的樣子？」

姜仲行沒覺得吃了多大的苦頭，他在家中也是這樣的條件，而且他們西屋書房側面就是豬圈，到了夏日，一打開窗戶，惡臭便會飄進來，他都習慣了，連娘說讓二房跟三房換屋子他都沒同意，畢竟當時兩家抽籤的時候，自家派出去抽籤的閨女就抽中了西屋。

不過他也沒犯傻，這時候來扎同窗的心，就道：「自是難熬，不過十年寒窗苦讀，也只能努力熬。好在現在院試已經結束，我們也能及時回鄉了。」

梁秀才也笑了起來。「是啊，考都考完了，管他中不中，還是回家最要緊！錦州府的吃食，我真是吃不慣，還是咱們靈水鎮的吃食合我口味。」

「梁兄所言甚是，咱們今夜好好歇一晚，若是無事，明日吃過中飯便回程，梁兄覺著如何？」姜仲行亦是歸心似箭，他以前還覺得男兒志在四方，可是等娶妻後，尤其是膝下有了一兒一女後，便越發覺得，什麼都比不過一家團聚還重要。

梁秀才也緩過勁來了，點頭道：「自然好，我也想早些回家。反正這一科我必是不會中了，不如早些回家，看看有哪裡招夫子的。」

兩人把歸程定下，第二日便啟程了。

本朝治安良好，他們又是趕考回鄉的考生，走的都是官道，什麼事兒都沒碰上，十幾日後，就很順利回到了靈水鎮。

付了馬車錢，兩人揹著行囊在靈水鎮下了馬車，看著熟悉的小鎮，兩人皆鬆了一口氣。

「二哥！」

這時，老遠傳來熟悉的喊聲，姜二郎回頭，就見許久未見的四弟帶著笑走過來。

走到跟前，聽他說了才曉得，家裡知道姜二郎這幾日回來，便讓姜四郎早餐鋪子收攤來這邊看看，未料還真讓他給碰著了。

姜二郎心繫家中，忙問：「四弟，家中一切可好？」

姜四郎笑呵呵。「好，我們兄弟幾個都在呢，哪能不好？」

姜二郎放下心來，又把梁秀才介紹給四弟，三人寒暄幾句，這才踏上了歸途。

回到家中，見到闊別已久的家人，姜二郎這才徹底安下心來，人一鬆懈，倒是把府試中那股累勁都給勾了出來，一睡就是一天。

第二天，姜二郎一睜眼，就瞧見小女兒坐在床沿上，因著腿短，碰不著底下的踏板，兩隻腳丫子還晃悠著，好生可愛。

姜錦魚見他醒來，跑去倒了杯茶，小心翼翼捧著到姜二郎面前，仰著臉乖乖道：「爹爹，喝茶。」

姜二郎喝了一口，喝出了點藥味，低頭一看，杯子裡有根蔘鬚。「妳娘他們呢？」

姜錦魚托著下巴，下巴肉乎乎的。「奶說今兒做芋兒雞吃，娘跟著奶去挖芋頭了。」

窗外傳來「咯咯」的雞叫聲，姜錦魚一聽就知道是自己那窩母雞下蛋了，忙跑出去撿雞蛋，撿完了又跑回來，還不忘從爐灰裡扒拉了一把栗子出來。山上的野栗子是四叔上山打獵時順手摘的，香甜軟糯，做成栗子雞也很好吃。

姜二郎跟著女兒剝栗子吃，父女倆十分自在悠閒，尤其是大半年忙著溫書備考奔波的姜二郎，更是「偷得浮生半日閒」。

晚飯果真吃芋兒雞，用的都是小芋頭，切塊炒軟，就放進鐵鍋裡跟著雞肉一塊兒燜，起鍋的時候撒上蔥花，又養眼又好吃。

第十一章

吃完飯，姜錦魚跟著爹娘回到西屋，還沒到歇息的時候，一家子便坐著說說話，卻突然聽到外頭有敲門聲。

何氏起身去開門，瞧門口站的居然是大姪女姜歡，心懷納悶，仍是把人迎進來。「歡姐兒，有什麼事嗎？」

姜錦魚也探著頭看，見是大姐，也挺納悶的，招呼一句，就等著聽姜歡說她的來意。

姜歡心裡也沒底，支支吾吾半晌才道：「二叔、二嬸，我有件事想要求你們。」

姜二郎神色頓時嚴肅了些，姜歡既到了許人的年紀，他自然不會繼續將她當作孩子看。

「歡姐兒，什麼事？妳直說就是。」

姜歡這才大著膽子道：「我就是想問問，能不能讓章昀跟著二叔念一陣子書。」說著，又慌亂找理由。「章伯母說，書院先生教著一屋子的學子，論上心，定是比不過讓二叔單獨指點。而且，章昀讀書很有天賦，就是沒碰著好先生，所以……」

姜錦魚聽得都無語了。這叫什麼話啊？這是書沒讀好，就怪先生沒教好？

何氏聽姜歡越說越荒唐，忙打斷她的話。「歡姐兒，這話說不得，妳年紀小，不知事，在我們自家人面前說便說了，到外人面前可說不得。」

讀書人最重名聲，若是讓章昀書院的先生聽到這話，一個「不敬師長」的罪名，章昀是跑不了的，指不定連書都會沒得讀。這麼一看，姜歡的未來婆婆也是個糊塗人，不知輕重，竟敢對姜歡說出這樣的話。

姜歡第一次見何氏這般嚴厲，嚇了一跳，驚嚇之餘，又有點埋怨。不過是讓二叔指點一下她的未婚夫，口口聲聲說是自家人，卻連這點小事都不肯幫。若是四妹的未婚夫，難不成二嬸也會攔著？二叔也會不答應？

姜歡心裡越想越氣，又不敢當著長輩的面發脾氣，憋了一肚子氣，委委屈屈跑了出去。

姜歡跑得快，何氏攔都沒攔住，索性也不追了，回身到屋裡，不高興道：「我還以為章家祖上做官，應當是懂規矩的，沒想到，也是這樣沒規矩的人家。」

讓章昀來家裡念書，虧得他章家有這個臉開口？章昀跟姜歡不過還是訂親，就大張旗鼓日日出入姜家，天底下有沒有這樣的規矩？這不但是壞了姜歡一人的名聲，而且還讓人覺得，姜家是個沒規矩的人家，他章昀真有千好萬好，要姜家女兒這樣倒貼？

其次，章昀在鎮上書院讀得好好的，忽然不去了，還跑來姜家念書，說得好聽，是姜二郎幫襯自家人；說得難聽些，那書院的先生都得指著姜二郎的鼻子罵，不過區區秀才，居然如此好為人師！

能做書院的先生，好歹是在讀書人圈子裡有名望的，就算不說有名望，那肯定也是結交了不少好友的。況且讀書人圈子最是排外，若是真在讀書人圈子裡留下這樣的風評，姜二郎的名聲也就臭了。

姜二郎倒是看得明白，他本就不看好章家這樁親事，但是姜歡是姪女，不是他的親女兒，大嫂、大哥都同意了，還輪不到他這個做叔叔的來開口。只能搖著頭道：「歡姐兒年紀小，怕也是被人說得多了，才動了這樣的念頭。」

何氏氣了一晚上，第二日起來心裡還有些擔心，乾脆去找姜老太一趟，不知是怎麼說的，反正後來就沒看姜歡因這事開過口了。

只是，原本就不待見姜錦魚的姜歡，似乎更加不待見她了，現在見了她連個笑容都沒有。倒不像是堂姐妹，不知道的人還以為是結仇了。

這要是別的小姐妹，姜錦魚指不定還要哄一哄對方，可換了姜歡，她就不樂意了。這不是擺明欺負她年紀小嗎？不敢對著爹娘發脾氣，就朝她來唄！她才懶得伺候。

九月上旬，院試的喜榜就在路上了。

這一回不比上一回，這一回中便是舉人，走出去人人都要喊一句舉人老爺，故而官差帶了喜榜一路進了靈水鎮，貼了喜榜之後，還要策馬去那舉人老爺面前親自報喜一回。

所以，這天中午，姜老太吃完飯，在院裡溜達時，突然就見到個著皂袍帶刀的官差在自家門前下了馬，雄赳赳、氣昂昂朝自家小院走來。

一輩子沒見過這場面的姜老太腿一軟，差點給嚇暈過去。

其實那官差也是個生手，家裡有些關係，是縣令大人的妻弟，否則這麼好的差事還真輪不上他。所以甫一見舉人老娘差點給自己跪下，也嚇得急急忙忙上前扶住，大喊。

「老太太別客氣！我是來給舉人老爺報喜的！」

啥？報喜！

姜老太立刻頭也不暈、腿也不軟了，還笑得臉都快抽搐了，就這樣的形象，來湊熱鬧的鄰居還昧著良心道：「我就說看金花這面相，肯定是做老夫人的命，瞧瞧，還真讓我給說中了。」

旁邊有看不慣的人不禁酸道：「得了吧，李嬸，昨天是誰說姜二郎這回肯定是中不了的呢？」

李嬸老臉一紅，啐了一口。「我可沒說，妳少賴到我頭上！」垂死掙扎完，還不忘回頭小心翼翼看了姜老太一眼，生怕她相信了。

姜老太這時候哪有工夫跟她們吵？光顧著將報喜的官差迎進屋裡，就趕忙吩咐。「綿綿快去書房喊妳爹出來，孫氏去田裡把咱家男人喊回來，跟他們說，家裡有大喜事！」

姜錦魚笑吟吟答應下來，趕忙跑進書房去，把阿爹給喊了出來。

姜二郎甫一得知這好消息，也有些懵，考了這麼多年，前幾年連秀才都未中，他本以為自己考運差，科舉這條路怕是到頭了，結果卻接連著中了秀才和舉人，他就是再沈穩，也有些高興得懵了。

姜錦魚見自家爹都高興得昏頭了，伸手拽拽他的袖子，笑著提醒道：「爹爹，奶說，報喜的官差還等著呢。」

「欸……」姜二郎回神，深呼吸了一陣子，聽著屋外喧鬧的聲音，抬腿出去了。

送走那官差，姜家眾人也都聚在堂屋，好半晌沒人說話，都高興得有些恍惚。

姜大郎開腔，聲音都還是飄的，朝著旁邊的兄弟道：「三弟，你掐我一把，我咋感覺我在作夢呢？咱們家這是出了個舉人老爺？二弟往後就是舉人老爺了？」

姜三郎也是愣愣的，幽幽轉過頭去。「大哥，你先掐我一把，我也怕我是作夢呢。」

姜老太看兩兒子犯蠢，看不過眼了，大著嗓門道：「別掐來掐去了，沒作夢！是真的！早前見著官差的時候，我就掐過我自己了！」

眾人都笑開了，接著孫氏就玩笑道：「這是大喜事，今晚得做些好吃的，娘，我可去妳屋裡割肉了啊？」

姜老太雙手扠腰。「去割！今兒不光割肉，咱還殺雞。老三去買酒來，今兒讓你們爺兒幾個好好喝一口！」

「哇，有肉吃！」姜慧第一個喊出來，樂得見牙不見眼的，她年紀小，比姜錦魚大不了幾歲，舉人不舉人的她沒放在心上，但一聽到有肉吃，就樂得不行了。

做飯的做飯、買酒的買酒，屋裡就剩下姜老爺子跟姜二郎了，姜錦魚就見自家爺小心翼翼把文書捧到手裡，顫著聲音問：「二郎，這就是剛剛官差送來的？你給我念念，上頭都寫了啥？」

待姜二郎把文書念了一遍，姜老爺子這才小心翼翼把文書，供到家中祖宗牌位邊。家裡出了個舉人，自然是要祭祖的，日子就定在第二天，江四郎也趕了回來。祭祖本來只是姜家的事情，可村長和里正都堅持要大辦，最後反倒是由村長主持了祭祖，讓姜家省了不少事情。

姜錦魚是女孩兒，按規矩女人是不能跟著祭祖的，所以她就跟著奶和娘在宗祠的院子裡等著，待男人們開宗祠祭祖之後，這邊就可以開飯了。

這時，何氏突然表情變了，壓低聲音與旁邊的孫氏道：「大嫂，這章家人怎麼來了？」孫氏還在與身邊人聊著天，抬頭一看章家不請自來，面上的笑容一滯，生怕她們誤會是自己請來的，連忙解釋道：「娘、二弟妹，我也不知道，我真沒喊章家來。」

說話間，章母已經過來了，直接就朝著孫氏來了，滿臉笑意，開口就道：「親家母，我來給妳賀喜。」

她一開口，孫氏臉上的笑都差點掛不住了，強撐著笑招呼章母。好不容易以為章母寒暄夠了，卻見她不肯走，一屁股在旁邊坐下，還笑咪咪與桌上人說著姜歡的好話，他們家對姜歡多麼滿意云云。

來祭祖的都是雙溪村的人，同桌的大多是姜家的親戚，就章母一個人眼生，知道她是姜家大女兒的未來婆婆，眾人面上就帶了些打量。

姜家祭祖，這未來婆婆趕來湊什麼熱鬧，哪家也沒有這樣的規矩啊！

自打章母露面，姜家女人們臉上的表情就不大好看了，尤其是孫氏，更是坐立不安，可那畢竟是女兒的準婆婆，她就是看在女兒的面上，也不能不給好臉色，面對鄉親的詢問，也只能硬著頭皮點頭。

見姜老太一張臉都黑了，姜錦魚趕忙拉了拉她的袖子，小聲喊道：「奶。」

姜老太這才露出笑來，可對著章家人，全程沒有一句多餘的話，擺足了冷淡的姿態。

祭祖一直到夜裡，姜錦魚都打起了哈欠，村裡人才算散去，再看自家爹，沒少被灌酒，醉醺醺的，連走路都搖搖晃晃了。

姜錦魚忙上去抱住爹的大腿，姜宣也在一邊扶著，鄉間的路綿延狹窄，姜家一家子走在小路上，雖是前前後後錯落著的，可一個也沒少。

走在最後的姜老爺子看了這一幕，四個兒子高高大大的，孫子、孫女都乖巧伶俐，心裡一暖，扶著老妻的手道：「辛苦妳了。」

姜老太本來被章母弄得心裡不得勁，被老伴這麼一說，心裡那點火氣都散光了。算了，歡姐兒這個夫家是沒規矩，可兒孫自有兒孫福，她管那麼多做什麼？

放寬心的姜老太，真就沒有去計較章家不請自來的事情，一來，是她懶得搭理章家；二來，是她真沒空管章家了。

姜二郎中了舉人，家裡一下子熱鬧起來，百八十年沒來往過的親戚都上門來走親戚串門子了，連姜老太後娘娘家那邊的親戚都上門，還自稱是舉人的舅姥爺。

姜老太理都沒理，冷笑一聲，向兒子吩咐。「大郎、三郎，送客！」

姜家男人個個人高馬大的，站出去都能嚇人一跳，只是平時都一臉憨厚的樣子，看上去忠厚老實，真要板起臉的時候，那也是挺嚇人的。

把自稱「舅姥爺」的親戚給打發完，緊接著姜家就迎來了一樁大事。

姜錦魚她四叔要說親事了！

與趙家的婚事吹了之後，姜老太還以為總得等些日子，再給兒子說個好的，哪裡曉得二兒子這個舉人一中，小兒子直接成了搶手貨。

這也正常，誰讓姜家男丁年紀都還小，最大的姜興也才十二歲，男娃訂親普遍遲，就是眼饞，也沒人能開得了這個口。倒是姜四郎，年紀不小，本事也不小，還在鎮上擺了吃食攤子，生意好得不行。

這回的對象是鎮上書坊家的小女兒，姓鄭，閨名鄭舒，聽著名字就是個溫柔賢淑的。

相看姑娘那一天，姜錦魚跟著奶過去，還與未來四嬸打了個照面，果然人如其名，是個溫柔賢淑的，還挺會做人，大大方方出來見人不說，還溫溫柔柔給姜錦魚拿點心吃。

從鄭家書坊出來，姜老太心裡挺滿意，可就是有點拿不定主意，就問道：「綿綿，妳覺得鄭家小女兒做妳四嬸怎麼樣？」

姜錦魚有點無語，她說奶怎麼非要帶著她來呢？原來又把她當吉祥物了，笑得眼睛彎彎的，乖乖道：「奶，妳問四叔唄，不是四叔娶媳婦嗎？讓四叔自個兒拿主意唄。」

姜老太被小孫女一本正經的樣子給逗樂了。「人小小的，還知道娶媳婦了，哪裡聽來的，懂得倒是多。」

姜錦魚目瞪口呆。

哇！奶，妳這叫什麼妳知道嗎？妳這叫過河拆橋！剛才還問我四嬸行不行，現在又嫌棄我知道太多了？

總之，親事說得很順利，姜四郎去了鄭家一趟，回來就點頭答應下來了，不過嘴上只是道：「兒子的婚事，娘拿主意，兒子沒有二話。」

姜老太被哄得眉開眼笑，便樂顛顛出去，跟兒媳婦們商量小兒子的婚事。

姜錦魚見狀趕忙要跑，被眼尖的四叔一把給抱了起來，抱在懷裡上下顛了顛。「跑什麼？讓四叔看看，綿綿這幾日是不是又吃胖了？」

沒有胖！姜錦魚氣得噘嘴，委屈巴巴。「四叔瞎說。」

她哪裡胖了？小孩子圓乎乎的才可愛好不！她的小圓臉是福氣的象徵！

姜季文笑得差點仰過去，外人面前的穩重半點都無，把小姪女惹生氣了，轉頭又去拿小玩意兒來哄她。

姜錦魚對親近的人脾氣好，生氣了也很好哄，沒片刻就又跟四叔親親熱熱說話了。

因著那鄭家小女兒和姜四郎年紀都不小了，兩家一合計，便把訂親和成婚放在一塊兒辦了。

十一月，姜季文娶妻，鄭氏進門。

鄭氏在家裡是小女兒，養得是嬌了些，但脾氣很軟，什麼事都肯聽姜四郎的，和妯娌們相處得也很好，連姜老太都私下說，這個兒媳婦娶對了，可比趙家那個好多了。

當然，姜老太這麼滿意的理由，還不僅僅於此，更是因為鄭氏的嫁妝裡帶了個鋪子，雖然地段偏僻、面積也不大，可到底是個鋪子啊！

有了這個鋪面，姜四郎便不必早出晚歸擺攤子了，乾脆直接把那鋪子改成早餐鋪子，既省事、省力還省錢。

然而，有了鋪面這事，在姜家只能算是一件小事，因為姜仲行去了一趟縣裡之後，又帶回來了一個重磅消息——他要當官了！

「啥？縣令老爺推薦你做教諭？」姜老太瞪大了一雙眼，嚥了口口水。「啥叫教諭？」

姜仲行點頭又搖頭。「並非縣令舉薦，乃是恩師推薦，本是推薦一副職，恰巧碰上正教諭告老還鄉，今年縣裡也無旁的舉人，縣令便命我先代職一年。」

姜仲行也是運勢旺了。本來農家子中了舉人，因為有名下田地不必交稅等特權，一般最差能混個鄉紳當當，可若是想要謀官，沒有背景是很不好謀的。

但今年院試的主考官恰巧是靈水鎮人，本就與他有恩師之誼，又見是同鄉學子，放榜之後便記在心裡了。重陽回鄉祭祖，在家中擺了酒席，姜仲行又去恩師面前露過面，便混了個眼熟。

一般當主考官，圖的便是錦上添花，一見姜仲行年輕有為，為人處世也頗有規矩，又是同鄉人，主考官便向同來赴宴的縣令舉薦了。

就是這一舉薦，陰差陽錯的，反倒讓姜仲行撿了個大便宜，連他自己都要感慨一句。

「實在是運氣好，本來是輪不到我的。」

姜錦魚也聽得有點懵，半晌才反應過來，自家爹這是要當官了？教諭雖然只是八品的小官，可對於老百姓而言，那也是實打實的官了。

朝廷推崇高薪養廉官，就是個縣裡的教諭，俸祿也是不少的，每逢節日還要發過節銀，可以說完全不用操心吃喝住行。

姜家眾人愣怔，隨後姜老爺子顫顫巍巍開口。「何時要你赴任？」

「應當是過了年，過年後教諭便還鄉了，開年事多，怕是要早些過去。」

姜老爺子點頭。「應當的，是該早些去。」

這時，震驚過頭的眾人才反應過來，姜老太與姜大郎等人自然是喜不自勝，就連新嫁進來的鄭氏都在心裡歡喜。

但是，有人高興，自然就有人心裡不是滋味了。

姜歡手握得緊緊的，難堪地將手腕上視若珍寶的玉鐲藏進袖子，心裡不是滋味極了。

早知二叔會當教諭，她何必許給章家？可偏偏這話沒法說出口，章家是她自己選的，沒人逼她，現在反悔哪裡還來得及？不說章家不會同意，就連爺奶都不會縱容她這麼胡鬧。

第十二章

姜仲行帶回這好消息沒幾日，就有官差送了委任狀來，雖然上面寫的是副教諭，不過正教諭告老還鄉，實際上姜仲行便是當教諭的差事。

送委任狀乃是個好差事，來的人也是眼熟的，正是上回送舉人文書來的那個，姓郝，乃是縣令周大人的妻弟。

郝捕頭這次笑得更真誠了，姜仲行進了縣衙，當教諭的差，那也就是他姐夫周大人的嫡系下屬了，他自然一心想要與對方搞好關係，笑呵呵道：「姜教諭不必送我，來年您赴夏縣上任，我們共事的時間還長著呢，多多關照。」

姜仲行面露笑容，態度中帶了幾分親和，拱手道：「屆時還請郝捕頭多多指教。」

「不必送。」郝捕頭動作俐落，翻身上馬，一抖韁繩，便離了姜家的小院。

這下，都不必姜家自家人特意宣揚，村裡人就把這消息給傳開了，原本還有些眼紅姜家日子越發興旺，如今也都服氣了，徹徹底底的服氣了。

能不服氣嗎？你不服氣行嗎？

幾年前，姜家還跟雙溪村一般的人家沒兩樣，可兩、三年的時間，人家家裡當官的當官，開鋪子的開鋪子，不服氣都不行！

消息傳得慢，章家在隔壁村，還是下午才得了這消息，傳話那人還酸溜溜道：「妳家昀哥兒可真是走了大運，居然娶著了官大人的姪女，章嫂子，妳就不怕姜家這時反悔啊？」

章母被說中了內心的憂慮，可臉上倒是正色道：「瞧你這話，我家昀哥兒與歡丫頭，是正正經經交換過庚帖的，姜家守信重諾，怎麼會出爾反爾？」

可轉身回了屋子，就急急忙忙拉著章昀。「你媳婦的二叔可不得了了，聽說要去縣裡做教諭，今早還有捕頭去了姜家，定是錯不了。」

章昀忙攔下母親。「娘，這是好事，您怎麼愁眉苦臉的？」

章母唉聲嘆氣道：「我這不是怕姜家悔親嗎？你說說，歡丫頭現在成了教諭的姪女了，能願意嫁給咱家嗎？你不知道，上回她二叔中舉人擺酒的時候，我去了，姜家人可沒給我什麼好臉色。」

章昀見章母言辭中透出自輕自賤的意味，又聽了她說姜家的壞話，心裡對姜家越發沒了好感，冷聲道：「娘不必擔心，都訂親了，她姜歡不嫁我，還能嫁誰？便是教諭又如何，須知十年河東、十年河西，姜家現在是興旺，可往後怎樣誰又知道，用不著巴結姜家。」

章母小心翼翼問：「那咱們不去姜家走一趟？你臉皮薄，不好意思去，娘沒事，娘跟你爹去一趟？」

「不去！」章昀冷著臉。

見章昀發話，章母也不繼續說了，只是心裡還是惦記著，生怕姜家悔親，私底下故意與那些長舌婦們閒聊，一來二去，不光是雙溪村和桃花村，連附近的村落都知道，教諭大人家的姪女說給了章家。

不知不覺的，入了臘月。

大概也是喜事多的緣故，總覺得一年一下子就過去了，到了年底的時候，姜三郎媳婦吳氏診出了喜脈。

姜三郎夫婦成親多年，膝下就只有姜雅一個女兒，這一胎來得難得，全家人都重視得不得了，連姜老太都發話，今年年貨用不著吳氏操心了，讓她在家裡好好養胎，少折騰。

下了三場雪，一下子就進了年關了。

今年地裡收成好，不光是姜家，整個雙溪村都比往年豐收了些，因此這個年過得格外熱鬧。

姜錦魚還窩在床上，隔著厚厚的窗布，都能聽見外頭的爆竹聲響，炕上暖烘烘的，窩著特別舒服，正當她昏昏欲睡的時候，房門忽然被推開了，何氏走進來喊她。「綿綿起了，不許賴床，今兒去妳乾娘家。」

冬天整個人都是懶的，尤其是天越冷越身子骨軟，彷彿怎麼都睡不夠似的，都上了牛車，姜錦魚還抱著她娘的胳膊直打哈欠，懶懶散散靠在何氏溫暖的懷裡。

一旁姜宣見妹妹睜了眼，忙遞過來個水囊，裡面裝的是溫熱的羊奶。「妹妹喝一口，小心路上著涼。」

到了謝家，進門見了謝夫人，姜錦魚的睡意也在一路上折騰完了，又如往常那樣笑盈盈給乾爹、乾娘拜年，還領了兩個紅包。

謝夫人如今是看姜家越來越滿意，早把姜家當作自家人了，拉著何氏的手話家常，說著突然想起了什麼，笑道：「前幾天衍哥兒送了年禮來，我正打算遣人給你們送去，這麼巧你們就過來了，我也省得多跑一趟。」

提起顧衍，姜家人自然還有印象，只是完全沒想到，顧衍給謝家送年禮時，還把姜家給放在心上了。被人惦記著的感覺總是好的，姜仲行與何氏一聽，都對顧衍的印象更好上幾分。

回家路上，姜仲行還感慨道：「謝院長雖然沒同我多說，可我尋思，衍哥兒會在旁人家裡過年，在家中日子怕是也不大好過，聽說家裡是繼母管著事。如今給咱家送年禮，定然不是那繼母的意思，應當是衍哥兒自己的主意。這孩子看著冷冷清清的，其實心眼還是很實誠的，旁人三分好，他都記在心裡，是個好孩子。」

何氏也淡笑著稱是，兩人帶著年禮回了姜家。

姜老太等人得知這年禮是顧衍所送，眾人又是免不了一番唏噓感慨，尤其是姜老太，她自己家裡也有後娘，更是感同身受，對顧衍多了幾分同情憐惜。

大年三十夜，院子裡堆了厚厚的積雪，屋外冷風嗚嗚吹，屋子裡卻是熱熱鬧鬧，炭火燒得正旺，彷彿裡外不是同一個世界。

姜家人口越發多了，桌子都快坐不下了，眾人只能擠著湊合一二。不過雖然湊合擠在一起，可眾人心裡都覺得高興。姜家的日子越過越好，能不高興嗎？就連以前因為無子而總是唉聲嘆氣的吳氏，這時候都抱著還沒顯懷的肚子直樂。

姜老爺子照例訓話。「今年咱們老姜家順順利利的，大郎家歡丫頭訂親了，三郎媳婦肚子有好消息，四郎也總算是成親了，添丁的添丁，成親的成親，都是好事，都是祖宗保佑。」

姜季文笑咪咪。「爹，您忘了，二哥還中了舉人，成了教諭呢！」

姜老爺子擺手。「忘不了，這是咱家今年最大的喜事！今兒高興，我這個做爹的，也陪你們喝！」

姜季文笑咪咪應和，男人們喝得高興，女人們就內斂多了，只是低頭吃菜，時不時含笑交談幾句，可從她們臉上的笑意也看得出來，她們對現在的日子很滿足。

屋外的風颳得越發大了，屋裡角落的木盤裡，為明年春天發的蒜苗，不知何時冒出了小芽來，嫩綠嫩綠的，生機盎然。

清晨，夏縣青石巷裡，送菜的陳老三挑著扁擔往裡走，走到一處院子前，咚咚敲了兩下門，沒等多久，宅子門就開了。

一個穿著靛藍短衫的老頭探出頭來。「來了啊！今兒你這菜倒是新鮮。昨兒跟你說要些香椿葉子，揀嫩的，可一併拿來了？」

這老頭是姜家的管家，喚作石叔，對陳老三而言，姜家自然不算什麼大主顧，每日也就要些新鮮的時蔬。可他對姜家卻意外的上心，連兒子說幫忙來送，他都沒讓，非得親自來。蓋因，別看姜家住這巷子裡，看似普通，可姜家老爺卻是在縣裡做教諭呢！

陳老三樂呵呵笑。「拿來了，我特意喊我媳婦挑了嫩的，做餅子最香。」

石叔把帳一記，把帳簿拿出來給陳老三按了個指印，因著姜家與陳老三乃是一月一結帳，月末給錢，陳老三倒是習慣了，乾脆地按下手指，便挑著扁擔走了。

石叔提著籃子進門，繞過院子，就進了角門那邊的廚房，進去便看見自家老婆子錢嬤嬤正揉麵團，就道：「陳老三把香椿送來了，昨兒姑娘不是說想吃香椿餅子嗎？妳抓緊做，等會兒熱騰騰吃著正香，這東西啊，也就是吃個新鮮。」

錢嬤嬤「欸」了一聲，手下動作更加索利了，夫妻倆在廚房忙忙碌碌，等到雞叫了三聲，就聽見前院有了動靜。

錢嬤嬤趕忙把餅子煎上，油「嗤啦」一聲冒著煙，一下子就把餅子煎出了香味，兩面煎得金黃，出鍋前再撒些白芝麻，將那邊小爐子上慢熬的白粥掀了蓋一看，已是熬得濃稠，噴香撲鼻。放了一小碟剝了殼的蝦肉進去，蓋上蓋子又熬了一刻左右，出爐，錢嬤嬤就提著食盒往前院去了。

前院，姜宣正在院子裡練了一會兒五禽戲，出了身薄汗，十二、三歲正是長身子的時候，抽條抽得狠了，免不了顯得有些瘦弱，但這身量卻是在同齡人中占了上風的。少年人的姿態挺拔俊秀，如同院裡那株小白楊一樣。

聽到腳步聲，姜宣抬頭，就見錢嬤嬤提著食盒過來了，頷首招呼。「錢嬤嬤。」

石叔名為石堅，和錢嬤嬤雖是家裡的下人，可兩人十分忠心，因此姜家也把兩人當作自己人看待，姜宣兄妹更是喊得親熱幾分。

錢嬤嬤瞇著眼睛疼愛一笑。「少爺起得真早，快用早飯吧，今兒煎了香椿餅，少爺也嚐嚐。」

一聽香椿餅，姜宣便露出了溫和的笑，進屋坐下用餅子，邊道：「這香椿餅，可是妹妹想吃了？她就是喜歡這口新鮮的，越是應季的越念著。」

錢嬤嬤笑呵呵。「昨兒聽姑娘提了一嘴，我家那口子就讓送菜的送來了，也就是吃個新鮮。」

錢嬤嬤也沒多說，提著空食盒就下去了。

不多時，姜宣就見爹姜仲行過來了，身邊還跟著娘何氏，起身招呼。「爹，娘。」

姜家規矩沒那麼大，一家子就數姜宣最辛苦了，一大早就要趕去儒山書院上學，故而何氏便囑咐讓他自己先吃，不必等他們。

一眨眼的工夫，姜家二房舉家搬到夏縣，已經有三年了，當初姜仲行要來這邊任教諭，何氏便帶著兒女一道過來了，過來了倒也順利，連宅子都用不著他們購，縣衙名下現成的宅子就能給他們住。

這一住就是三年，如今姜仲行都已經成了正教諭，可手頭上的活兒早就上手了，故一家子日子過得倒是很舒服。

姜宣用好了，便出門趕著去書院了，一小會兒的工夫，姜仲行也趕著去縣衙，便留下何氏一人慢慢用了早飯，用清水漱完口，才起身往自家閨女的屋子去。

何氏推門進去，屋子裡香香暖暖的，往旁邊一瞧，昨晚放的野花完全綻開了，難怪屋裡這麼香。再往裡走，就見自家姑娘抱著被子呼呼大睡，歪歪扭扭捲成一團，似隻酣睡的家貓。

何氏微微蹙眉，語氣中稍稍有些嚴厲。「綿綿，同妳說過多少回了，睡有睡相，不許睡成這個樣子！」

姜錦魚猛然被喊醒了，揉揉眼睛，手一伸，抱住自家娘的腰，蹭了蹭亂糟糟的頭髮。「娘，我錯了，下次不會了。」

不得不說，姜錦魚最拿手的本事，除了撒嬌之外，就是道歉了，雖然是馬上道歉，態度上十分積極，行動上卻堅決不改。

何氏拿女兒沒辦法，打又捨不得，罵又開不了口，只能囉嗦幾遍，讓姜錦魚混過去了。

用了早飯，姜錦魚就被何氏趕著去梳妝打扮了。說是打扮，其實也就是換身衣裳。初春的天還有點涼，只一身桃紅的襦裙還略嫌冷，便在外頭再披了件帶毛領子的小披風，毛領子蓬鬆，顯得嬌俏可人。

何氏見狀滿意，點點頭，囑咐道：「昨兒同妳說了，今天去挑幾疋料子，妳奶大壽快到了，要給她老人家做幾身衣裳。」

姜錦魚聞言乖乖跟著何氏出門，兩人在縣裡的布莊挑了半天，何氏孝敬長輩時格外大方，一買就是十幾疋，布莊掌櫃笑得嘴都合不攏了。

買了布，姜錦魚跟著何氏回家，一到家，就被佈置了任務——姜老太五十大壽的衣裳，她得做一件拿得出手的。

「我也不強求妳做一整套，但至少有一件，甭管大的小的，得拿得出手。妳小時候妳奶是最疼妳的，妳總得孝敬她老人家吧？」何氏派完活兒，施施然轉身走了。

姜錦魚細細琢磨起來，雖說搬到夏縣，離雙溪村有點遠了，可她還是很惦記著奶的。再說了，孫輩裡頭，姜老太最疼的就是她，她當然不能讓奶沒面子，肯定得用心拿個禮出來。

為了給奶做大壽的禮，姜錦魚連著好幾日都琢磨著刺繡，都沒時間惦記吃食了，這實在反常，弄得錢嬤嬤擔心到跑去問何氏。「姐兒最近胃口不大好，太太要不要找個大夫回來瞧瞧？」

何氏還沒什麼反應，一邊的姜仲行急了，忙問錢嬤嬤，兩人一問一答，居然把姜錦魚這些日子少吃了一碗粥都拿出來討論了。

何氏心下無力，忍了忍沒忍住，放下繡繃子，嘆氣道：「沒生病，不過是這些日子忙著給老太太做抹額，沒時間折騰吃的。」

姜仲行在公務上遊刃有餘，可事關自家兒女就沒了章法，還愁著。「那怎麼還吃少了？做抹額也是件辛苦活兒，不該胃口更好些嗎？」

何氏更加無奈。「日日坐著刺繡，便是你閨女年紀小，也是知道美醜的，久坐發福，稍稍注意些，這也正常。」

姜仲行這才安下心來，錢嬤嬤也放心走了，彷彿處理完什麼大事。

而後姜仲行忍不住又把自家閨女有多孝順說了好幾遍，見妻子沒心思聽了，才道：「對了，我今早出門聽見隔壁宅子有動靜，見有人進出，彷彿是在修葺，指不定咱們就要有新鄰居了。」

與鄰里打交道是何氏的活計，聞言後放在心裡了，道：「那宅子荒了那許久，我還當主家把這宅子都忘了呢。」

夫妻二人也沒如何上心這事，又商量起了回鄉給姜老太做壽的章程。

回鄉那一日，姜家一家人坐著馬車，回了雙溪村。

姜家人剛下馬車，姜家院子裡便有人迎出來了，不是別人，正是惦記二兒子一家已久的姜老太。

「奶的心肝肉欸！總算回來了。」姜老太小跑上來，抱著姜錦魚親親熱熱喊。

姜錦魚也乖乖仰著臉，笑咪咪的，眼睛彎成了月牙，脆生生喊了一句。「奶，我們回來給妳做壽啦！」

姜老太頓時笑得見牙不見眼了。比起三年前，她基本沒怎麼變老，反倒富態了些，連臉上皺紋都少了許多，一看就知道日子過得很舒心。

不過也的確沒什麼要她老人家操心的，姜大郎一家好好的，姜二郎又最有出息，在外頭當官老爺，什麼都用不著她操心，就是離得遠了心裡掛念。姜三郎家裡，前些年吳氏給家裡添了個大胖兒子，有了後，姜老太更是一點兒都不發愁了。至於老四家裡，小兒媳婦鄭氏肚子沒什麼動靜，可是以前老神仙是發過話的，說四郎兒女緣較遲，她也不擔心。

這麼算下來，姜老太日子過得可舒心了，平時都樂呵呵的。

說話間，姜老頭也出來了，手背在身後，緩緩走出來，一臉滿不在乎，嘴裡卻忍不住對老伴道：「行了，二郎他們趕了好幾天的路，快讓他們進來歇會兒，站門口聊什麼呢！就這麼多話可聊？」

姜老太很不給自家男人面子。「你還說我？你好幾天前就催著我收拾老二他們的屋子，就我惦記，你沒惦記？」

姜老頭被老妻一句話給出賣，哼哼了一句。「我懶得跟妳多說。」

姜錦魚心中吃驚：原來阿爺也是這麼口是心非的人？她還真沒看出來……

第十三章

一家子親親熱熱進了屋子，聽到動靜的孫氏從廚房出來了，上來就親暱的挽著何氏道：「弟妹回來了。」

何氏點點頭，含笑喊孫氏。「嫂子。」又道：「我去換身衣裳，等會兒來廚房幫忙。」

孫氏挺客氣。「別換了！怎麼好讓妳來廚房，我一個人應付得過來，妳衣裳都挺值錢的吧？弄髒了可不划算。」

何氏微微一笑，姜錦魚也聽得吐了吐舌頭，大伯母說話實在怪有意思的，好像剛吃了一缸子醋，泛著一股濃濃的酸味。

這些年，姜錦魚都習慣了，以往大家都住在村裡的時候，大伯母都要說些酸話。現在他們一家子都搬到縣裡去了，大伯母心裡可不就更不舒服了？不過不舒服歸不舒服，大伯母也就是嘴上酸一酸，舉動上倒是沒有什麼表現，該做的事都沒落下。

姜老太大壽在後日，村裡不少人都知道，姜老太大壽，姜二郎必然是要帶著妻兒回來的，因此平日裡與姜家關係親近的，便都上門來套近乎了。

客人上門，主人家總不好怠慢，尤其是姜家現如今出了個教諭，姜老頭和姜老太更加注重這一方面，生怕在外頭給兒子丟臉了，都客客氣氣把家裡的瓜果拿出來待客。

見娘被一堆嬸嬸、大娘圍著，還十分淡然淺笑著同她們說話，姜錦魚內心佩服了一下，然後默默跑到院子裡的菜地。

家裡大伯和阿爺都是種地的好手，哪怕是一小畦的菜地，都收拾得很整齊，一壟一壟種了不同的蔬菜，入目就是鮮嫩的綠意。黃瓜還沒長大，小小一截掛著，尾巴上的小黃花被風一吹，顫顫巍巍的還有幾分可愛。

姜錦魚挑了半天，實在沒發現能直接下口吃的，正準備轉身離開，就見姜雅從旁邊屋子裡出來了，輕輕開口喊了她一句。「四妹。」

住得遠了，感情自然不如小時候那般親暱，可姜錦魚還是很喜歡姜雅這個堂姐，便笑盈盈打招呼。「二姐。」

見姜錦魚主動招呼，姜雅這才走了過來，她生得瘦弱纖細，頭髮也有點發黃。明明姜家現在日子過得很好，平日裡姜老太對孫子、孫女都是一視同仁，至少在吃食上，絕對沒有短了孫女，光看大伯母家的姜慧就知道。

多半是體質問題吧！

姜錦魚沒多想，牽著堂姐的手來到菜圃前。「二姐，有沒有菜能生吃的啊？」

姜雅側頭想了想。「蘿蔔應當熟了，四妹妳餓了嗎？我給妳蒸點饅頭吧。」

「我不餓，就是嘴饞了。」姜錦魚跑去拔了兩個嫩蘿蔔，一掰開水汁就流下來了，順手給姜雅遞了一個。「二姐也吃，我跟妳說噢，這些菜生吃，比煮熟了吃要好。」

姜雅小心翼翼拿著蘿蔔，抬頭偷偷覷了一眼旁邊的四妹，眼中流露出一絲絲的羨慕，很快被她掩飾下去。

兩人啃了蘿蔔，又跑去摘了幾個酸梨，回到屋裡，發現屋裡的氛圍有點不對勁了。

方才說著閒話的婦人們都散了，屋子中間，一個面容有些刻薄的婦人，身後跟著個樣貌輕浮的小胖子，身材很臃腫，眼神飄來飄去的，彷彿在打量什麼，看著就讓人覺得不舒服。

姜錦魚沒察覺，跟在她身後的姜雅，頓時變了臉色，小臉白得嚇人。

跑到何氏身後，姜錦魚低聲問：「娘，他們是誰啊？」

那婦人見到姜錦魚，先是眼睛一亮，彷彿看到了什麼黃金似的。

隨即又露出點可惜的神色，然後笑得諂媚道：「喲，這是雅姐兒的四妹吧？瞧著真是不一樣，一副官小姐的模樣，怪不得人人都願意做官呢。」

何氏微微皺了下眉頭，將女兒攬到身後。「這是妳三嬸的娘家嫂子。」

姜錦魚探出腦袋看了一眼，發現吳大嫂身後站著的小胖子，正緊盯著姜雅瞧呢，兩個眼珠子都快要掉出來一樣，還色迷迷湊上去喊。「表妹。」

這時，吳家嫂子開口了，對著姜老太笑。「老太太，我家小妹在吧？我有事跟她商量呢。」

姜老太本來就不喜歡吳家，同樣是親家，孫家和何家都是正經人家，雖說沒補貼女兒多少，可也沒厚著臉皮一家子要女兒養。就是這吳家，逃荒來的，家裡就兩畝爛田，還一家子的懶貨，吳氏都不知道補貼娘家多少銀子了，還餵不飽這群白眼狼！

生怕吳家又是來要錢的，姜老太沒鬆口喊吳氏出來。「商量啥事啊？她能作什麼主，這個家還是我當家，怎麼也輪不到她，有什麼事妳和我說。」

「得！」吳家大嫂見狀，道：「和您說也成啊！反正是好事，您老聽了也高興高興。我家大壯不是要跟雅姐兒訂親了嗎？這彩禮啊嫁妝啊，我總得跟蓮花兩口子商量商量。」

這話一出，屋子裡的人都給震住了。

眾人還以為吳家是來要錢的，結果居然是來說親事的。這究竟是多大的臉才會來開這個口？

真不是姜家人自視甚高，可姜家和吳家那也差得太遠了，姜家的女兒說親事，媒人把門檻踩爛都不誇張，哪裡會輪到吳家來開這個口?!

震驚過後，一屋子的人反應過來了，姜老太先黑了臉。「妳胡說什麼？我家二丫頭什麼時候要跟妳兒子訂親了？」

吳家大嫂可不慌，她手裡有東西。「老太太，蓮花可是親口應了她哥的，這還能作假？婚書都在我家裡放著呢，我還能唬妳不成，錯不了！妳瞧瞧，這表哥、表妹的，多配，那戲文不都是這麼唱的嗎？親上加親！」

姜錦魚本來還不信三嬸會這麼害自家女兒，可一看吳家大嫂得意洋洋的表情，心裡咯噔一下，信了七、八分了。再看吳大壯那胖子，還在色迷迷盯著姜雅，忙跑過去，拉著姜雅護在身後。

「二姐，妳別怕。奶不會讓妳嫁的。」

這點自信姜錦魚還是有的，她最瞭解姜老太，瞧著好似對幾個孫女都不上心，可她是刀子嘴、豆腐心，真讓自家人吃虧的事情，她絕對不會視而不見的。

果然，就見姜老太回過神來，冷哼了一句。「什麼婚書不婚書的？家裡我作主，二丫頭的婚事，輪得到她吳氏作主？」

吳家大嫂立刻不幹了，手扠著腰大聲嚷嚷。「您這話是什麼意思，要悔親不成？大家來聽聽啊，這姜家做了官，就不認窮親戚了！我誠心實意跟姜家結親，連婚書都簽字了，姜家倒好，一句話就想把我們母子打發了，天底下哪有這樣的道理？」

吳家大嫂嚎，吳大壯就跟著摔東西，兩人欺負家裡一時沒有男人，還要伸手來拽姜錦魚身後的姜雅。「雅姐兒，我可是把妳當閨女的啊！」

「表妹……」

姜錦魚都有點怵了，但還是沒跑開，回頭道：「二姐，妳回屋裡去。」

姜雅遲疑了一下，一咬牙跑開了。

吳大壯一見到手的媳婦要飛了，氣得整張臉紅得像豬頭，一把將護著姜錦魚的何氏給推開了，然後伸手要去抓姜錦魚的手臂。

剛一抓到，姜錦魚還沒感覺出疼，就見面前高高壯壯的吳大壯，腳底一下子懸空了，然後整個人凌空飛出去，跌到地上，打了好幾個滾，弄得一身灰。

眼看著吳大壯整個人飛了出去，姜錦魚才看到方才動手的是四叔，忙躲到他身後。「四叔！他要來咱家搶二姐！」

姜四郎也是湊巧碰上的，他平常都住在鎮子裡，一旬回來一次，這回還是得知二哥回來的消息，特意趕回來的，不想就瞧見家中一干婦孺正被外人欺負。

姜老太見到高高壯壯的兒子回來，也有自信了，指著吳家大嫂的鼻子就罵。「好啊，我就說妳上門來打的什麼主意？妳這天殺的，居然來我姜家搶人鬧事！我看妳是活膩了，四郎，咱們這就綁了這母子倆，送到衙門去！我倒要看看，縣太爺是向著誰家？」

姜四郎聽了也直接捋袖子，吳大嫂是女人，他不好朝她動手，可動吳大壯就不用考慮那麼多，直接抓就成了。

一見姜四郎朝自家兒子走去，吳大嫂就開始嚎了，癱在地上胡亂喊著。「殺人啦！姜四郎殺人啦！」

這時，屋裡一直躲著的吳氏坐不住了，急忙跑了出來。「娘，我嫂子她不是有意的——」

話沒說完，姜老太就狠狠瞪了吳氏一眼，冷笑道：「妳不用急著擔心別人，妳先擔心擔心妳自己。等會兒老三回來了，妳想清楚怎麼跟他解釋吧！」

吳氏想到姜三郎，渾身一顫，心裡怦怦直跳。姜三郎是個老實人，可老實人也不是沒脾氣的。一想到這裡，吳氏臉色煞白，再看地上的嫂子和鼻青臉腫的姪兒，吳氏一咬牙。「娘，您讓小叔住手吧！大壯跟二丫頭的親事，是我答應的！他們倆打小就感情好，二丫頭心裡也是有大壯的……」

「娘——」去找二叔他們回來幫忙的姜雅一進門，就聽見吳氏這麼說，她整個人都木了。

吳氏卻只是掩飾一笑。「我當娘的，最瞭解女兒。二丫頭打小就愛跟她表哥玩，難道我還會害她不成？」

說完，又抬頭對姜雅柔柔一笑。「雅姐兒，妳舅舅、舅媽拿妳當親女兒，知根知底的，嫁到這樣的人家，我這個當娘的也就放心了。乖女兒，妳最聽娘的話了，是不是？」

姜雅打小就是個不顯眼的，她既不是最大的，也不是最小的，平日不上不下也沒人關注，她早都習慣了。家裡娘一心只偏心著弟弟，她也認了，就像娘所說，家裡有了弟弟，爹娘往後才有指望。

可她實在想不明白，娘為什麼要讓她嫁給表哥？明明表哥在村裡是出了名的懶和混，有女兒的人家都不願意把女兒往火坑裡推。可娘現在卻睜著眼睛說瞎話，說她和表哥情投意合，說她願意嫁到舅舅家。

她怎麼會願意？可是她不認，娘怎麼辦？奶會放過娘嗎？

吳氏再怎麼樣，也是生她、養她的娘。她生養自己一場，就當還她了！

姜雅咬牙，含著淚。「我聽娘的。」

吳氏心中大石落地，鬆了口氣，然後笑道：「娘，您看，二丫頭自己樂意的。我就說是誤會，大嫂快扶大壯起來吧，都是誤會。」

吳家嫂子彷彿也是怕了，民不與官鬥，姜二郎可是在縣裡當官的，一句話就能讓他們吳家倒楣。要不是有吳氏這層關係，她還不敢上門來耍賴，見好就收，忙領著兒子走了。

一場鬧劇散場，姜錦魚跟著爹娘回了西屋，才坐了一會兒，就聽到隔壁東屋傳來摔摔打打的聲音。

姜二郎皺著眉，起身去看，大概是在那邊勸了幾句，東屋摔打的聲音就停了，只剩下男人的責罵和女人的哭泣聲。

想到二姐，姜錦魚有些不忍心。「娘，二姐真要嫁給那胖子？」

何氏將女兒摟進懷裡，溫柔伸手，替她理了理弄亂的髮。「先顧好妳自己，方才怎麼那麼笨？就知道讓妳二姐跑，妳自己怎麼不跑？真要傷著了，我們當爹娘的，就不心疼了？」

姜錦魚也有點嚇到了，「父母之命媒妁之言」這句話，她一直都知道。

可是無論是上輩子還是這輩子，她都很少有這麼深的體會。上輩子她一意孤行要嫁給潘衡，姜二郎和何氏都不同意，可最後也還是點了頭。

所以看到姜雅因為三嬸一句話，就答應要嫁到吳家去，覺得很心驚。

何氏看女兒那模樣，便知道她的想法，無奈道：「妳以為呢？咱們雖然沒分家，可自家人操心自家事，若是妳三叔、三嬸無緣無故來管咱家的事情，妳心裡會舒服嗎？妳二姐是三叔家的，她的婚事，自然由妳三叔、三嬸拿主意，便是妳爹做了教諭、當了官，那也管不到兄弟的屋裡事，是不是這麼個道理？」

「嗯。」姜錦魚聽明白了，不是自家爹娘冷淡，而是她歸爹娘管，二姐歸三叔、三嬸管。然後突然想到了何氏話裡的漏洞，仰著頭道：「那爺跟奶可以插手啊！」

何氏微笑。「總算沒傻，所以不用妳個小孩子來操心。」

說話間，姜二郎從東屋回來了，沒等妻女發問，便把結果給說了個一清二楚。

姜三郎是個老實人，可老實人發起狠來也挺嚇人的，方才雖然沒動手打吳氏，可也發了好大的火。吳氏本來想像從前那般混過去，姜三郎卻是徹底惱了，當著姜老太夫婦的面，撲通一聲跪了下來，紅著眼道——

「以往吳氏補貼娘家，我睜一隻眼、閉一隻眼，只當孝順丈母娘。可現在吳氏犯下大錯，孩兒不孝，與她過不下去了，請爹娘送吳氏回吳家去！」

這話是要和離的意思。不光是吳氏聽了心神俱碎，連姜老太等都被姜三郎這副狠勁嚇了一跳，可老實人固執起來也是很嚇人的，吳氏直哭得肝膽俱碎，也沒見姜三郎鬆口。

第二日，姜錦魚就沒瞧見三嬸吳氏了，聽說哭了一整夜也沒用，三叔這回是鐵了心，吳氏沒了法子，只好拿著銀子回了吳家。三叔還算是厚道人，這些年夫妻倆一起攢的銀子，都讓吳氏拿回家去了。

然後又去了一趟村長家裡，求他幫著見證，姜雅和吳大壯的婚事就此作廢。

吳家自然不答應，可吳氏都被送回來娘家了，而村長面上不顯，心裡卻是偏心著姜家的。自打姜二郎去了縣裡當教諭後，他這個村長面上有光，走出去地位都比別村的村長高上幾分。

姜三郎這回發了狠，孫氏和鄭氏看在眼裡，不免有些心驚，畢竟姜家男人可都是「老實人」，做事也更加小心謹慎。可她們心裡卻覺得姜三郎這回實在太狠心，吳家一家子都是吸血鬼，不用想都知道，吳氏回了娘家，能有什麼好日子。

不過兩人私下說歸說，去幫吳氏說話的，卻是一個也沒有。

到了姜老太辦大壽那一天，嫁到章家的姜歡也回來了，孫氏見了女兒，歡喜得不行，拉著女兒在廚下說話，問東問西，問到姜歡都有些煩了，敷衍道：「娘，我都好，我知道。」

孫氏看著女兒沒動靜的肚子，憂心道：「妳這肚子還是沒動靜？」

姜歡撇嘴。「娘，不是我不想生，可是妳想想，章家那個光景，我生了又怎樣？還不是跟著吃苦？」

「那也不能不生啊！」

孫氏著急，姜歡可不急。「生肯定是要生，總得等相公中了童生再說。」

孫氏鬧不明白。「這得等到什麼時候？童生、秀才什麼的，哪裡是那麼好考的！」

姜歡不耐煩道：「娘，妳別管了。」

姜二郎屢考不中時，她年紀還小，如今看到的都是姜二郎一家子如何風光。因此對章昀考中秀才，她有著盲目的自信，覺得大不了熬幾年，怎麼都不肯鬆口。

又說到吳氏的事，姜歡聽了撇嘴，心裡挺不舒服的，冷漠道：「娘，妳管她幹麼？自作孽不可活。倒是二丫聰明，知道和二嬸套近乎。這事要沒二叔出力，妳當親事這麼容易作廢？」

當時她與章家的婚事，二叔、二嬸兩個可是一直裝聾作啞，半句話也沒說。

姜歡冷冷笑了下，完全把當初章昀是她自己選的給忘了。

雖然出了吳氏這事，但姜老太的壽還是要過的，且還過得十分隆重。

一家子大大小小都送了禮，輪到姜二郎一家的時候，家裡人都睜大了眼睛，想看看他會送什麼。

何氏先把娘兒倆準備的東西給拿了上來，三套親手做的衣裳，一個沈甸甸的金鐲子。

先不說那閃瞎人眼的金鐲子，就說那三套衣裳，料子顏色好，還是絲綢的，摸上去光溜溜的。再看那鐲子，拇指粗細的金鐲子，明晃晃的，照得人眼睛都花了。

連鄭氏都有些發愣，自家相公做了小生意，日子也過得不錯。但真比起來，還是二伯這樣當官的人家，才能稱得上一聲殷實人家，難怪人人都擠破頭想當官。

再輪到姜仲行，他提步上前，面上含笑，直接從袖中取出一張地契。

「這……」姜老太沒敢伸手。

姜仲行笑道：「孩兒孝敬娘的，娘怎麼同我還生分上了？這二十畝田，就當是孩兒孝順爹娘的，娘快快收下。」

姜仲行這隨隨便便一出手就是二十畝田地，要知道，尋常農戶人家幾代傳下來，也就那麼二十來畝田地。孫氏、鄭氏幾個還好，畢竟是孝敬婆婆的，他們兩家往後也占得了便宜。可已經出嫁的姜歡卻是嫉妒得眼睛都紅了，手裡的帕子都捏攔了。

這可真是……不過是過壽，出手就這麼大方，可想而知，二叔的家底有多厚。她嫁到章家吃苦，可二叔家的四妹什麼也不用做，就能嫁給比她好一百倍的人家。同樣是一家子的姐妹，她能不眼紅嗎？

但人各有命，姜歡再眼紅也無用，同父同母的姐妹都有嫁得好、嫁得差的，更別提她與姜錦魚還只是堂姐妹。

第十四章

姜老太的大壽一過，姜仲行一家子便回了夏縣。

這一日，院裡的桃花開得好，姜錦魚繞著家裡那株桃樹走了一圈，想曬些桃花乾，製成香囊，就叫石叔幫忙打了些桃花，坐在前廳裡揀桃花。

何氏在一邊給女兒做衣裳，見了滿桌子香噴噴的桃花，便順手在袖子繡了一圈的桃花紋，剛收了最後一針，錢嬤嬤就進來了。

「太太，隔壁昨兒新搬來了鄰居，上門來打個招呼，請進來嗎？」

隔壁的新鄰居？

姜錦魚不禁凝神細聽，隔壁那宅子大倒是挺大，可是打從他們住進來，就沒瞧見那邊有人進出過，連柚子樹都越過圍牆長到姜家院子裡來了。

何氏早就知道隔壁有人要搬進來了，此時聽鄰居上門拜訪，便放下手裡的活計，點頭道：「把人請進來吧！泡壺茶來。」

「欸。」錢嬤嬤應下來，轉身出了正廳，走到門口。

姜家門口正站著個少年，看上去不過十五、六的樣子，如墨染的髮散落在雪白的衣衫上，腰間繡了金絲的革帶束著，眉若遠山，眼若清溪，面容端雅秀麗。但他身量極高，眉骨之下一雙漆黑眼眸，猶如染了寒霜，清冷淡漠，尋常人看了覺得莫名心驚。

錢嬤嬤不敢靠近，站得遠遠的，態度卻很恭敬。「公子，我家太太有請。」

顧衍微微頷首，並沒作聲，一路往裡走。

待瞧見庭院裡，自家院子那株長得過於繁盛的柚子樹，嘴角不禁噙了一絲笑意。

想到昨日顧嬤嬤站在院裡盯著柚子樹瞧，念叨著這樹長得好，秋天怕是能結不少果。那小姑娘從小就嘴饞，怕是沒讓這柚子白白爛了去。

錢嬤嬤側目打量，見他嘴角微勾，心裡暗暗道：這小公子生得真好，媒婆怕是又要往他們青石巷子裡鑽了。

「到了，您請進。」錢嬤嬤把人送到門口，就趕忙去泡蕎麥茶了。

顧衍進門。「姜太太。」

上回見顧衍，已是好幾年前了，少年人正是長身子的時候，便是半月不見都要大變樣，故而第一眼，何氏並未認出來，還是顧衍自報家門了，何氏這才想起來。

她高興地道：「許久未見，你都這麼大了。只聽說隔壁來了鄰居，沒承想這麼巧，竟是故人。」

說罷，又高興地留顧衍在家裡吃飯。

顧衍只含笑聽著何氏說話，時不時點頭，何氏對他印象更好，懂禮知事，進退有度，是個有前途的翩翩少年郎。

等知道顧衍已經在儒山書院入學了，更覺得訝異，道：「這可真是巧，宣哥兒也在儒山書院念書。往後你們還可一起上下課。」

顧衍微微笑著。「確實很有緣分。我初來乍到，倒是要拜託宣弟照顧了。」

「什麼照顧不照顧的？這麼客氣做什麼！」何氏忙叫顧衍別客氣，又問他家裡還有誰，自己明日才好備禮上門拜訪。有來有往，這便是禮數。

顧家祖籍在夏縣，可實際上卻久居在盛京，蓋因顧衍父親在盛京任一五品小官。這回顧衍會來夏縣，也算是家裡的醜聞。

家中繼母早已不喜他已久，偏生他占著原配嫡子的身分，家中又有老太太相護，繼母動他不得。眼看著他到了參加科舉的年紀，盛京乃天子腳下，出頭的機會太多了，繼母生怕他出頭，往後分了顧家家產，繼母便想方設法吹枕頭風，哄得父親送他回祖籍念書。

祖母本來要找繼母理論，顧衍卻是攔住了老太太，只道：「她不喜我已久，便是這回不成，還有下回。倒不如讓我去了夏縣，天高皇帝遠，她便是想伸手也伸不了，孫兒也能好生念書。」

老太太同意後，顧衍這才來了夏縣，但是宅子是由老太太讓人來準備的，倒是沒想到，竟然與姜家成了鄰居。

家中出了這等事，本該是難以啟齒的，但顧衍態度卻很大方，後宅繼母算計原配嫡子的事情，從他口中說出，彷彿是什麼尋常之事。

只是他的態度越尋常，聽者就越替他生氣，對那沒見過面的繼母，也頓時沒了好感。

何氏寬慰他。「我聽過一句話，莫欺少年窮。你還年少，往後的路還長著，好生念書。」

顧衍沒在姜家久坐，留下禮物，打完招呼後便回了隔壁。

何氏有心留他吃飯，可想著都成了鄰居，也不差這麼一時半會兒，倒是沒有強留。

多了一個新鄰居，姜家的生活並沒有什麼變化。對姜錦魚而言，還是如以往一樣，跟著自家阿娘學刺繡和管帳。

倒是自家阿兄同隔壁的顧家哥哥成了好兄弟，兩人如今你喊我「衍哥」、我喊你「宣弟」，稱兄道弟的，感情不錯。

姜宣一回來，就發現自家妹妹拿奇怪的眼神盯著自己，便低頭渾身上下打量了一下自己，沒看出哪裡有什麼不對勁的，納悶道：「綿綿，怎麼了？」

姜錦魚噘嘴。「阿兄，你最近總是同隔壁的顧家哥哥說話，都顧不上陪我了……」

也不知道是不是家裡人把她寵得嬌氣了，上輩子自己明明是很不黏人的性子，這輩子就變得受不了一丁點忽視了。尤其是一向把自己放在第一位的阿兄，突然就和別人更親近，理智上知道肯定是親不過她這個親妹妹，可她心裡就是酸溜溜的。

姜宣心虛，訕訕笑了下，回憶一下，發現自己這段時間，還真有點重友輕妹了。

本來他與顧衍無甚交情，小時候那短短一個多月的相處，哪裡會有多深的感情？但這些日子，兩人在一間書院念書，平素時候一起討論學業，接觸多了，姜宣就打心底對顧衍佩服萬分。

顧衍不但學業出色，在儒山書院可以排到一、二位，為人也十分仗義，從來不藏私，說話做事又極有分寸。人雖然清冷了點，可品行令人敬佩，做朋友是很好的。再者，兩人還是鄰居，一來二去，自然也就成了好友，不說至交，至少也稱得上是知己了。

「阿兄錯了，綿綿不怪阿兄了好不好？」姜宣做小伏低，笑咪咪哄道：「明日阿兄替妳打理妳的花圃，給妳賠罪好不好？」

看阿兄這樣，姜錦魚又有點覺得自己太過分，便哼哼唧唧了一下，扭捏道：「算了，哥哥念書太辛苦了，每月還要旬考，回家就好好養神，我自己會打理的。」

說完，就跑出去伺候自己的小花圃了。

說是花圃，其實也不能算是花圃。她種的東西雖然也開花，卻是些黃芪、石斛、胡麻之類的，開花時候還算賞心悅目，但卻更具實用意義。

像石斛，可以益胃生津、滋陰清熱，對胃不好的人就很有用。爹爹年輕的時候念書廢寢忘食，胃就有些傷著了，現在家裡都在給他調養著，這石斛就是姜錦魚給爹爹準備的。

再像胡麻，炒熟碾碎成粉，吃了可以烏髮。她是打小就在吃的，還帶著何氏一塊兒吃，效果也很明顯。

清了雜草，再看看莖葉上有沒有小蟲子，姜錦魚摸了摸石斛葉兒，一本正經同它念叨。「你可要好好長大，不許長蟲知道不？」

姜錦魚拍拍手上的灰，準備起身回屋，一轉頭就發現顧衍站在自己身後，也不知道已經站了多久，只是看他用拳頭抵著唇角，一副要笑不笑的樣子，就知道，她方才與石斛說話的蠢樣子一定被看到了。

姜錦魚內心苦哈哈，卻裝作不在意，乖乖喊人。「顧家哥哥，你是來找阿兄的嗎？」

看小姑娘假裝沒事的樣子，可肉嘟嘟的耳垂都紅了，像紅瑪瑙似的，顧衍難得生出些欺負了小姑娘的愧疚感，抵唇輕咳，正色道：「嗯，我來給宣弟送書。」

姜錦魚趕忙給自己找臺階下。「噢噢，阿兄在屋裡呢，顧哥哥你去吧！我不打擾你們談正事。」

然後，她轉身，越走越快。興許是走得太著急了，連腳下的石子都沒瞧見，差點跌了。

看著姜錦魚踉蹌的背影，顧衍唇邊又露出一絲笑意，他還沒發現，自己這一天笑的，比在顧家時一個月笑的次數還多。

夜裡用完晚飯，姜錦魚回了房，正在燭臺邊讀話本。門突然被敲響了，跑去開門，就瞧見外面是阿兄。

姜宣慢悠悠走進來，從袖裡掏出本小冊子來，朝姜錦魚搖了搖。「喏，妳先前惦記著的百草集。」

姜錦魚對草藥感興趣之後，致力於帶著家裡人一起養生，可跟這有關的書卻不多，只能託了阿兄幫忙找，這本百草集就是她心心念念很久的。

看到姜宣拿出書來，姜錦魚的眼睛都亮了，頓時也不垂頭喪氣，笑得眼睛彎彎的。「阿兄最好了。」

姜宣倒不居功，道：「我尋了幾家書坊也沒尋見，還是湊巧衍哥知道了，便把家裡收藏的一本拿了過來。妳看妳，今日還和人家吃醋。」

姜錦魚臉紅了下，托著腮，眼睛亮晶晶。「我往後再也不說了！以後顧哥哥也是我哥哥了！」

嗯，她就原諒今天顧衍嘲笑她的事情了。

姜宣見妹妹對好友沒了成見，高高興興起身走了。

隨著兩家交往密切，姜顧兩家的關係越發親密了，姜仲行與何氏，也漸漸把顧衍當作自家孩子。畢竟他在此處沒有長輩，家裡就一個伺候的老嬤嬤和書僮，真遇上什麼事情的時候，半點用場都派不上。

日子一天天的過，童生試的日子也一天天近了。

今年的童生試，姜仲行是打算讓兒子下場試一試的。以往他不肯讓兒子下場，就是怕他根基不扎實。

而姜錦魚對自家阿兄是無條件的信任，自打姜仲行在家裡宣布了這事，家裡人或多或少都有點緊張，就連何氏都有點緊張過頭了，唯獨姜錦魚一口一個「阿兄肯定行」。

等知道顧衍也要一起考試的時候了，「阿兄一定行」，就變成了「阿兄和顧哥哥一定行」。

對於自家妹妹的信任，姜宣還真有點哭笑不得，好在他底子堅實，不出意外的話，一個童生是不在話下的。只是科舉這事，並沒有萬無一失之說，所以姜宣也沈下心來備考。

恰好顧衍也是同樣的脾性，比起姜宣，他還要更沈穩些，兩人便一塊兒備考。

考試那日，何氏特意早起，親手做了狀元粥，討個好寓意。

姜仲行也特意跟縣衙告假，同何氏、姜錦魚一起，將姜宣和顧衍一起送進了考院。

童子試只考一日，姜錦魚在家裡疊了幾十個絹花，跑外頭花圃澆澆水，還沒做什麼其他的事，就看見自家阿兄回來了。

姜家的規矩，考完了試，就不急著問結果，畢竟卷子都沒送到閱卷所裡，現在猜來猜去也沒用。

歇了一天，第二天，姜宣又開始與顧衍一起在書房溫書，為接下來的府試做準備。

若是縣試過了，下月便是府試，要是等出了結果再準備，必然有些倉促。

大約是縣試結束了十來天，姜仲行從縣衙回來，臉上掛著欣慰的笑，夜裡用晚膳時還吃了點小酒。

姜錦魚一看爹笑成那個樣子，就猜到自家阿兄必然是過了縣試，而且名次應當還不錯。

揭榜那日，錢嬤嬤和隔壁的顧嬤嬤兩人，早早就約著出去等榜了。可顧嬤嬤眼力特好，皇榜一貼出來，眼睛就一錯不錯盯著，連找都不用找，就在最上面看到了自家少爺的名字。再往下看，就是姜宣的名字。

顧嬤嬤笑得見牙不見眼，拉著錢嬤嬤的手激動道：「考中了！衍哥兒和宣哥兒都考中了！」

旁邊的人一聽，這家一下子出了兩個童生，都有點羨慕，雖說童生不算什麼功名，可一家出了兩個，那也是極難得的！

錢嬤嬤看不清楚，急著追問道：「都考中了？我家少爺也中了？」

顧嬤嬤一口篤定道：「中了！我家少爺是案首！姜少爺的名字就在我家少爺下面！我看得清清楚楚！」

「那咱們趕緊回去報喜！快走！」

顧嬤嬤同錢嬤嬤兩人忙一路小跑回了青石巷裡，因為這幾日顧衍都在姜家念書，所以兩人也不用分開報喜，一齊進了姜家的宅子。

「太太，大喜！」

何氏早在正廳裡等著了，一聽到錢嬤嬤的聲音，急著要起身，礙於面子又坐了下來，待兩人進了門，才連忙問道：「結果如何？」

「中了！」錢嬤嬤樂呵呵咧嘴笑道：「咱家少爺和顧少爺都中了，顧少爺還是案……什麼案頭！」

姜錦魚糾正她。「錢嬤嬤，是案首！案首就是第一名。」

錢嬤嬤忙不迭點頭。「是是，就是案首。」

何氏喜得起身，笑容滿面。「這可是大喜事，兩個孩子都出息了。我這就去給文昌星君還願去，錢嬤嬤快準備準備。」

不得不說，古代的婦人還是很迷信的，基本上不管遇到了好事還是壞事，都想著去廟裡拜一拜。

顧嬤嬤一聽，也說要一同去，三個人約好時間，便都急匆匆各做各的事情去了，姜錦魚才想起來——她們剛剛是不是太過激動，忘了給當事人報喜了？

再一看何氏與錢嬤嬤等人都走遠了，姜錦魚小大人似的嘆了口氣，起身往後院書房走去，進門前還挑開窗子看了一眼，見哥哥和顧衍正在交談，這才咚咚敲了窗戶。

窗戶被挑開，姜宣探出頭來，見是妹妹，不等他去開門，顧衍早一步就將門打開了，對著窗外的姜錦魚道：「綿綿妹妹進來吧。」

了。

姜錦魚進門，一本正經，模仿戲文裡報喜的小丫頭，微微屈膝一福，然後仰著臉就笑

姜宣見妹妹這樣，不由得笑道：「這是作什麼怪？」

一旁的顧衍一下子看出來小姑娘的意圖，面上卻是了然道：「宣弟，妹妹這是來給你報喜了。」

姜錦魚搖搖手指頭，故作高深道：「非也非也，不只是給哥哥報喜，是給你們報喜。哥哥和顧哥哥都考中了童生了，顧哥哥是案首，哥哥也在前列。」

姜宣聽了，面上帶了歡喜之意，毫無妒色，拱手朝顧衍道：「恭喜衍哥。」

顧衍見姜宣毫無妒色，連姜家妹妹也是高高興興來報喜，心下感慨，姜家果然家風清正，也含笑正色道：「宣弟同喜。」

轉身又微微笑了下，眉梢染上了桃花一般的笑意，伸手揉了揉姜錦魚的髮頂。「也多謝妹妹來報喜。」

顧衍模樣實在俊秀雅致，這樣芝蘭玉樹一般的人物，尋常時候不笑還好，一笑起來就勾得人心癢癢的。

姜錦魚看得眼睛都直了，內心感慨：男色誤人、男色誤人！她要穩住！

兩人中了童生的事情，家中並未特意慶賀，畢竟緊接著就是府試，怕現在就慶賀會擾了兩人的心神，因此只是兩家晚上聚在一起，同吃了一頓晚膳姑且當作慶祝。

備考時間一眨眼就過去了，到了府試那一日，顧衍與姜宣兩人再度被送進了考院。

這一回比上次嚴格了許多，從候場到入場，總共費了一個多時辰，天還沒亮就出了門，一直等到天色大亮才入場。

夏縣童生還是不少的，但在來參加考試的學子當中，像顧衍和姜宣這樣年少的，也是極為少見。他們又生得俊秀，雖穿著同樣的學子服，卻顯得格外清雋，旁人不由得都多看了幾眼。

還有婦人不禁念叨嘆息。「這兩個小童生年紀輕輕的，讀書就這樣厲害，可比我家臭小子好多了。」

第十五章

上午開考，連著要考上兩日，直到第三日上午收了卷子，考院才陸陸續續有人出來。

姜仲行上午衙門還有事，來接人的只有何氏與姜錦魚，再一個便是顧嬤嬤了。

車上還準備了黃芪、老蔘熬的補湯，老遠看到兩人從考院裡出來，馬車裡就把補湯給倒出來，兩人一上馬車，不管三七二十一，先一碗補湯灌下去。

姜錦魚趕忙把食盒取出來，怕兩人在考院裡吃不好，她們特意準備了好消化的魚片粥，鮮魚去刺切片，白嫩嫩的魚肉熬得幾近透明，薄如蟬翼，魚肉的鮮香融進粥裡，嫩綠蔥花撒在粥上，連平日裡吃慣了的大米都散發出清甜鮮香。

「哥哥、顧哥哥，給你們準備了魚片粥。」

姜宣餓得有些狠了，他自認不算是挑食的人，可考院準備的乾糧還是難以下嚥，為了不餓著肚子考試，他只能硬著頭皮往下吞。現在聞到魚片粥的香味，實在難忍飢餓，忙舀一勺送進嘴裡。

顧衍也沒說什麼客氣話，姜宣好歹小時候還有過苦日子，可顧衍卻是打小就是個公子哥兒，雖說家裡有個繼母，可吃喝上從沒委屈過。因此，他比姜宣還要更難熬些。

不過他也是熬慣了的，能忍則忍，畢竟書裡也說「小不忍則亂大謀」。

就像繼母的算計，他不是不能與繼母鬧個你死我活，可沒必要，他是瓷器，繼母不過是個絆腳石，何必與她硬碰硬？繼母再會算計，也只能把他送回原籍，可他是個男子，這世間給男子的機會太多了，就是不靠家裡，他也能出頭。

可能忍不代表他喜歡忍，看著小姑娘遞到自己面前的魚片粥，顧衍忍不住勾唇笑了下，伸手揉揉姜錦魚的腦袋。「嗯，謝謝妹妹。」

姜錦魚也乖乖朝他一笑。

考試結果要到下個月下旬才公布，湊巧書院這段時間，也給學子們放了個短假。何氏盤算一下，便決定帶著一家子去附近的虞山鎮走走。

虞山鎮盛產楊梅酒，這酒不但不醉人，裡頭還加了些中藥，有養生的效果。

去虞山鎮玩了幾天，他們帶了好幾罐子的楊梅酒回來，雙溪村那邊自然是不會忘了寄過去的，將帶回家的楊梅酒四處分了分，等要分給隔壁顧家的時候，何氏又猶豫了下。

顧家沒個長輩，光送酒過去就怕耽誤顧衍，想了想，招手喚來女兒。

姜錦魚跑過去，就聽何氏道：「等會兒隔壁顧哥哥下學了，喊他來家裡吃飯。」

姜錦魚答應下來，跑腿的活兒她都習慣了，等到了下學的時候，便坐在門口托腮候著。同之前一樣，顧衍和姜宣是一塊兒回來的，姜宣老遠就看見妹妹的身影。

待兩人走近了，姜錦魚便起身把要請顧衍吃飯的事情說了。

顧衍如今都習慣姜家對他的照顧，大抵是看他一人住在隔壁，覺得可憐，姜家素日總會照顧他幾分。但顧家再不濟，顧父也在盛京做官，沒人真會蠢到敢來欺負他。可對於這種照顧，顧衍還是覺得十分受用，聞言應了下來。

如今天氣有點熱，在屋裡吃飯總覺得有些悶，還是姜錦魚想了主意，說要把晚膳搬到院子裡用。

楊梅酒放在井裡沁涼了，倒進酒碗裡，瑪瑙紅的酒液斟了半碗，在夏夜的葡萄藤下，帶來幾分醺醺醉意。

孩子們是不讓多喝的，便是最大的顧衍，總共也只給倒了一碗，姜錦魚更是捧著只有淺淺一層的酒碗，可憐兮兮眼饞著。

還是姜仲行看不過眼，幫著說情。「宣哥兒、衍哥兒年紀不小了，多飲幾杯也無妨。這酒不醉人的。」

有了姜仲行說情，何氏便鬆口，放了一小壺在他們那邊。

顧衍低眉看了一眼，細頸玉瓶裡足足盛了半壺，他與姜宣都不是嗜酒之人，況且這酒甜甜的，他們吃多了反倒覺得膩。

於是兩人都沒伸手倒酒，一個沒留神，便讓旁邊的「小賊」給竊去了。

看著睡得小臉酡紅的小姑娘，唇邊亮晶晶掛著疑似口水的液體，再低頭看了看自己濡濕的袖子，以及旁邊一臉尷尬的姜宣。

顧衍沈默了一下，沒把袖子濕了的事說出來，就那麼硬生生等風吹乾了。

第二日，他聽到顧嬤嬤在外間收拾髒衣物去洗曬時念叨著。

「平時看著穩重，也還是個孩子呢，吃酒吃得袖子都污了。」

轉眼到了下旬時候，府試的結果終於出來了。

這一回，姜宣和顧衍兩人仍然在榜上，也就是說，兩人年紀輕輕便已有秀才功名在身。

這一下，非但何氏驚喜萬分，連姜仲行都覺得有些吃驚了。

藉著教諭身分，姜仲行看了兩人的考卷。姜宣是他長子，打小就跟著他念書，姜仲行以往多多少少覺得這孩子靈氣有餘，但基礎不太牢，細看之下才發現，姜宣這回發揮得極為穩定，字裡行間都流露出沈穩的文風，比起從前進步實在不小。

再看顧衍的卷子，他這回又是案首，卷子自然比姜宣還要亮眼些，墨義和策論都做得很好，根基牢固，言辭溫和中還帶了一絲銳利，文風大氣古樸，也難怪能得了主考官的青睞。

看了考卷，姜仲行越發覺得，顧衍日後定然非池中之物，回來便與何氏在房裡說話。

「我觀衍哥兒素日作派，日後定然飛黃騰達。只是，他自小遭受不公待遇，他那繼母的事，我們雖知道得不多，但光看把他送回這窮鄉僻壤念書，怕也不是什麼良善之人。衍哥兒心中未必沒有怨懟，就怕他被這些事情執拗了性情。」

何氏比丈夫還想得深些，兩夫妻雖說也是心地純良之人，從未有過害人之心。可防人之心不可無，她搖搖頭道：「你說的話我也想過。只是看衍哥兒素日舉止，並無異處，待宣哥兒和綿綿都是極好的。綿綿那孩子鬧他，也沒見他有過慍色。當年不過在咱家住過幾日，還記得送年禮來，可見也是個好孩子。」

姜仲行也覺得自己想多了，含笑道：「妳說得是，是我多慮了。」

姜宣成了秀才的事情，家裡第一時間便給老家那邊報喜，傳到雙溪村後，村中人人欣羨不已。

其中又有一人最是嫉妒，那便是姜歡了。

打上回姜老太大做壽那日回來，姜歡因二叔家中拿出的賀禮紅了眼，回到家裡後，越看章家落魄的屋子，越覺得心裡不是滋味。便日日催促章昀念書，這一回的縣試和府試，章昀也參加了，卻只得了個童生的功名，秀才是連個末名都沒撈著。

和姜宣小小年紀卻中了秀才相比，自然是遠遠不及，這讓一心要把二叔家比下去的姜歡失落不已，連做菜收拾都沒了心思。

章昀從書房出來，見桌上只有昨日的剩飯、剩菜，只是熱了熱，家中亦是一片混亂。他皺眉道：「怎麼只做了這些，爹娘勞作一天，難不成就讓他們用這些？」

姜歡心情本就不佳，聞言就反諷道：「家裡情況就這樣，難不成還要打腫臉充胖子嗎？這些我都能吃，為什麼別人吃不了？」

其實章家是過得不如姜家，可有田有地，不過是要攢著錢供章昀念書而已，哪裡會落魄到要一家子吃剩飯的地步？不過是姜歡心裡不舒服，嫌棄章家家貧，嫌棄章昀無用，藉故發脾氣罷了。

兩人剛成親時，也曾濃情密意過一段時日。可到了現在，姜歡嫌棄章家家貧、嫌棄章昀無用，而章昀也被妻子眼裡的蔑視深深刺傷了自尊，兩人漸漸離心。

章昀不再作聲，轉身回了書房，沒有多看妻子一眼。

姜歡夫婦鬧彆扭，姜家二房倒是頗有蒸蒸日上的勢頭。

姜錦魚最近發現，自家爹貌似真的發達了，他在縣裡置了鋪子，還一口氣置了兩間小鋪子，地段很不錯。

姜錦魚跟著娘何氏去看了，在最繁華的東大街上，來來往往都是行人，也就是說，他們家終於開始積累真正的家底了。

本朝官員的月俸相當可觀，尤其是姜家人口很簡單，除開年節大壽要孝敬長輩，其餘的開支不多。像姜宣在儒山書院念書，雖說交了束脩，可每次旬考要是拿了前幾名，書院都會發銀子以示嘉獎。

今日本來很開心，但從東大街回來，何氏便臉色有些發白，姜錦魚擔心不已，連忙喚來了錢嬤嬤，讓她去請大夫來。

大夫來了後，替何氏把脈，原本還神色凝重，摸著脈後反倒是摸著鬍子笑了。

「夫人是喜脈，月分還淺，所以夫人自己怕是還未察覺。」

姜錦魚聽得傻眼，上輩子她就阿兄一個哥哥，這輩子竟是要來一個弟弟或妹妹了嗎？怔了一下，她忙問那大夫。「那我娘的身子可還好？今日我們不過在外頭走了一會兒，我娘就有些不舒服了。是不是該開些安胎藥？」

大夫都被問得有些懵，按說這個年紀的小姑娘，有早熟些的，也確實該知道這些了。在鄉下嫁得早的，十二、三歲訂親的都有。可知道歸知道，能這麼有條不紊、舉止一副大人模樣的，卻是很少見。

大夫摸摸鬍子道：「我寫幾個食補方子吧，安胎藥暫時倒不必。」

何氏這一胎來得遲，再說何氏年紀不算年輕了，這一胎自然要謹慎再謹慎，平平安安，別出了什麼紕漏才好。

有了身子不可勞累，姜錦魚乾脆把家裡的活兒接手了，本來姜仲行聽了還心有疑慮，可何氏是知道女兒有多少本事的，二話不說便答應了，自己安安心心養胎。

姜錦魚接手了家裡的事情，很快便上手了。她上輩子也管過家，又跟著何氏學了許久，裡裡外外安排得很好。

隔壁的鄰居來串門子時，見她年紀小小，卻很有派頭條理，都忍不住來探何氏的口風，問她以後打算給女兒找個什麼樣的人家。

何氏和姜仲行都商量過了，打算要多留女兒幾年，家裡日子越過越好，嫁了人可不比在家裡當姑娘時舒服。因此面對鄰居的試探，何氏都是隨口應付過去。

可大家都長了眼睛，姜錦魚懂事、孝順的名頭還傳得頗遠。這年頭好姑娘難尋，尤其是姜二郎還在縣裡做教諭，說出去那也是書香門第的女兒，難得還半點沒有清高氣，這麼小小的便懂得管家。

好在姜錦魚年紀小，夏縣也不興什麼童養媳，眾人也只是傳一傳，並沒人真的上門來提親。至於家裡有兒子的人家，也只是把這話記在心裡，等著自家兒子說親事的時候，也好多個選擇。

就在何氏安心養胎和姜錦魚認真管家中，時間過得頗快，轉眼入了秋。

姜仲行一進衙門，同僚和下屬們便樂呵呵湊了上來，彷彿等了他許久一般。

郝捕頭與他相熟，厚著臉皮道：「小姪女又給帶了什麼好吃的？我可就等著這一口呢。」

夏縣的八月天氣很熱。

自打天熱了，姜仲行每日來衙門，姜錦魚都會為他準備些消暑的飲品，一開始還是些普通的酸梅湯什麼的，後來便漸漸花樣多了起來。連帶著衙門裡的同僚都每日眼巴巴等著。

「今日是梅子冰。要吃的你們可得自己拿碗來。」姜仲行搖頭笑了下，話音剛落，平日裡正經的同僚們都端著碗過來了。

醃漬過的梅子很甜，在這樣的酷暑吃起來會有些膩，但切碎的梅子肉藏在細碎的冰沙裡，上頭澆了一小勺的楊梅酒，白中帶紅，煞是好看。舀一勺子送進嘴裡，先是涼爽，碎碎的冰沙入口就帶了一絲爽利，再咬上幾口，梅子肉酸酸甜甜，恰到好處。

一碗下肚，眾人都滿足得不得了，謝主簿還忍不住讚道：「若不是我兒年紀大了賢姪女些許，我早讓我妻去你家提親了。」

郝捕頭哈哈大笑。「老謝，你那哪是大了些許？都快差輩了！倒是我努力些，生個小兔崽子出來，指不定還能跟姜兄提一提。」

謝主簿一本正經擠對回去。「你就是立刻生，那也趕不上！」

眾人見狀都笑了起來，連姜仲行都露出了無奈的笑。

這時，周縣令的隨從來了，進門便客客氣氣道：「姜大人，周大人有請。」

姜仲行起身離去，進了縣令辦公的廳堂，就見上峰周大人笑得格外和氣，甚至還過來攬著他的肩，心下納悶。「大人，您喊我來，可是有什麼吩咐？」

周縣令打量了一下自己這位左右手，見他還一臉迷茫，心道：這姜二郎還真是有幾分氣運，這樣的好事都找上門了！葉家這樣的高門大戶，可是他拍馬都趕不上的，居然主動要來提親事。

他隨和道：「仲行，你可知道方才來找我的是誰？是葉知府的母親，葉老夫人！」

姜仲行鬧不明白，葉老夫人來找周縣令，和他扯得上什麼關係？他不過是夏縣一個小小教諭，連遠在錦州府的葉知府都未曾見過，哪裡會有什麼交情？

周縣令也沒繼續賣關子，乾脆把方才老夫人的意思給說了，然後道：「老夫人的意思是，她老人家相中了你女兒，想說給她的嫡孫。」

葉家要和自家結親？這高攀未免有些高得過頭了！

姜仲行聽了，沒有一絲遲疑，果斷道：「葉家這樣的人家，下官如何高攀得起？再者小女年幼，遠不到說親事的時候，承蒙老夫人抬愛了，實在不敢高攀。」

周縣令一聽都有些愣了，他本以為葉家這樣的人家，姜仲行不說隨即答應，至少也會猶豫不決。沒想到他這樣果斷拒絕，倒讓他吃了一驚，覺得有些難辦，只能再勸。

「這畢竟不是小事，你還是好好考慮。」

姜仲行心裡不安，強逼著自己沈下心來做事，熬到時辰出了衙門，便立即往家裡趕去。

葉家家大業大，什麼樣的媳婦說不到，為何看上他家綿綿？

像姜仲行這樣，靠自己一步步爬上來的人最清楚，沒有天上掉下來的餡餅，葉家越是富貴，他越是不會答應這門親事。

姜仲行回家後，沒去別處，先去了女兒那裡，見她還好好待在家裡，才略略有些安心。

想來也是，比權勢，姜家遠不及葉家，葉家要拿捏他們，簡直是輕而易舉的事情。但像葉家這樣的人家，通常也是要臉面的，無非就是靠著權勢壓一壓他，上門搶人這種事情，是絕做不出的。

「爹，怎麼了？」姜錦魚最是細心，一看姜二郎這個模樣，便問道，拉著他坐下，還給他倒了水。

姜仲行喝了女兒給自己倒的水，倒是徹底不慌了。大不了就是不做這個教諭，絕不能讓女兒嫁到那樣不知根底的人家！

姜錦魚又問了一句。「爹，發生什麼事了？」

姜仲行才把葉家求娶的事情說了，一再囑咐道：「這幾日，妳就不要出門了，有什麼事，讓石叔和錢嬤嬤去。妳娘那裡正懷著身子，我也不敢同她說。」

姜錦魚聽了，一開始還有些慌張，很快便冷靜下來，道：「是這個理，娘這一胎懷得辛苦，有什麼事，我跟爹知道就好，別讓娘操心了。」

又道：「爹，您能不能跟我說說葉家，也好讓我知道情況。」

姜仲行嘆氣，對葉家還有些忌諱，只道：「葉老爺在錦州做知府，聽說此處是葉家祖籍，葉老夫人這次是回鄉祭祖，也不知怎的就想著來求娶妳了。可那樣的人家，咱家如何高攀得起？我只盼著妳能嫁個門當戶對的好人家，這樣不明不白的婚事，我定是不能應允的。」

姜錦魚心裡有了底，反過來寬慰自家爹爹。「爹也別太擔心，指不定人家老夫人就是隨口一說。」

姜仲行也只好如此作想。「但願如此。」

可想是這麼想，第二日，姜錦魚就發現自己貌似有些過於樂觀了。

因為，葉家來人了。

姜仲行不在家中，何氏挺著個肚子躺在床上，姜錦魚不敢驚動何氏，便招來錢嬤嬤囑咐她。「錢嬤嬤，我跟著去一趟，爹若是回來了，再與他說。」

錢嬤嬤哪裡肯答應，著急道：「我還是這就去找老爺吧！」

自家爹爹不過是個縣裡的教諭，蚍蜉撼樹，又能對葉家怎樣？姜錦魚還是搖頭，一再囑咐，見錢嬤嬤應允下來，才朝著葉家來的嬤嬤點點頭，道：「嬤嬤，那咱們就走吧。」

葉家嬤嬤見狀，心裡暗自點點頭。姜錦魚年紀雖小，行事卻異常沈穩，聲音仍帶了幾分稚氣，舉止又大方得很，模樣也生得好，倒是難得。

「姑娘先請。」

第十六章

上了葉家的馬車，一路行了大約一刻鐘，便停下了。

姜錦魚被葉家嬤嬤扶著下了馬車，抬頭便見到高高的匾額，上頭寫著兩個龍飛鳳舞的字——「葉府」。

進了門，在長廊繞來繞去，經過角門，終於在帶著佛香的廳堂，見到了那位老夫人。

姜錦魚走進去，大大方方福了福身，不卑不亢道：「小女子姜錦魚，見過老夫人。」

葉老夫人打量著面前的小姑娘，年紀與自家孫兒相仿，模樣生得極好，肌膚雪白，眼眸澄澈，臉頰微微還有些嬰兒肥，並不難看，反倒正合了她的眼緣，覺得頗有福氣。最令她喜歡的，是小姑娘身上的氣質，沈穩溫然。

葉老夫人越看越滿意，而這邊姜錦魚也在打量著她，到底是葉家的老祖宗，平日裡養尊處優，顯得比尋常老人家要氣派許多。只是她眼尾似乎帶了一絲愁意，面上雖沒什麼表情，可看上去並不像個不講理的老太太。

「快坐。今日把妳請來，也沒提前知會妳一聲，是我們禮數不周。路上沒人冒犯妳吧？若是有，儘管與我說。」

老夫人一開口，姜錦魚的心安了一半，還是講道理的，這樣便能聊。

她微挑眼尾，一副又乖又嬌的樣子含笑道：「回老夫人的話，方才那嬤嬤並無不敬。」見姜錦魚彷彿是不緊張了，葉老夫人摸了摸手腕上的佛珠，溫聲道：「妳可知道，我看中了妳，想討妳做我家孫媳。」

「不瞞您說，這事，我爹同我說過一句。」姜錦魚心裡斟酌語句，面上卻是滿不在乎，冷靜道：「可我爹娘都覺得，打小將我養得嬌了些，怕我進了您家這樣的高門大戶，做不好媳婦的本分。」

老夫人一聽就笑了，擺擺手道：「小姑娘，妳先別急著拒絕。妳可知道，妳若是答應，往後便是我葉家正正經經的嫡孫媳婦。妳父親也不必屈居於小小教諭一職，甚至妳兄長，我也可以讓他進盛京的奉安書院……」

「老夫人，您說笑了。我阿爹不過一舉人，做教諭便是剛好。阿兄才疏學淺，儒山書院的夫子已足夠教他了。」

姜錦魚含笑著道，說罷，抬頭與老夫人對視一眼。

葉老夫人心下微微嘆氣，面上卻是威嚴。「那我若是一定要妳嫁呢？」

姜錦魚抿唇笑了下，乖乖巧巧的樣子，仰著臉道：「我一見您便覺得喜歡，所以，我認為您一定不是強人所難的人。葉家高門大戶，我自知齊大非偶，實非良配。若是老夫人有什麼難處，看得起我，便與我說一說，多個人、多一分力，指不定我不做您的孫媳婦，也能幫上您些許。」

葉老夫人面上鬆了下來，惋惜道：「我是真的挺喜歡妳，可惜妳說得對，強娶這事，我葉家做不出來。」

姜錦魚心裡一鬆，面上卻還一副「我早就猜到了」的表情，還問道：「老夫人若是有什麼難處，與我說一說，便是我人微言輕，幫不上您的忙，也能讓您心裡鬆快些。」

大概是這段時日心裡壓得事情太多了，看著面前小姑娘這樣真誠的神色，她彷彿覺得真的可以和面前的小姑娘傾訴。

葉老夫人娓娓道來。

原來是葉府嫡孫在錦州府跌斷了腿，大夫診治之後說會留下病根，從此他一蹶不振，老夫人見狀痛心，又聽了方士之言，便動了養個童養媳討個吉利的念頭。

不過葉老夫人雖是聽了方士迷信的說法，另一方面也是真心實意打算為自家嫡孫娶個媳婦的，否則何必千挑萬選？到鄉下買個丫頭，對葉家而言，豈不是更簡單？

姜錦魚聽了便主動請纓。「您若是信得過我，便讓我去瞧瞧您孫兒。您方才說，我與他年紀相仿，想來總能說得上話。若是幫不上忙，您也別怪罪我。」

葉老夫人乾脆死馬當活馬醫，點頭應允，讓方才的嬤嬤來領姜錦魚過去。

到了那葉家嫡孫葉然養病的屋外，老遠便聞到一股濃重的藥味，葉家嬤嬤沒跟著進去，於是姜錦魚自己推門而入。

便見窗邊小榻上躺著個比她大一些的小少年，聽到動靜連眼皮子都沒抬，任性地說了一句。「滾。」

姜錦魚走過去，伸手在葉然頭上戳了一下。

葉然從小到大那也是公子哥兒，一碰就直接炸了，睜開眼就罵道：「少爺讓妳滾——」

罵到一半，聲音戛然而止。

姜錦魚皺皺鼻子，軟軟道：「你好凶喔。」

小姑娘烏髮雪膚，嘴唇粉粉的，葉然腦子裡突然就冒出了前幾天被書僮推著出去走動時，看到的院裡桃樹上那顆熟透了的小桃兒。

葉然回神，翻過身，臉上稍稍帶了點興致。「妳是我祖母找來的？給我做童養媳的？」

「我才不做你的童養媳！」

姜錦魚話音剛落，就見葉然變了臉色，黑著臉質問她。「妳也嫌棄我是殘廢？」

好冤啊！這孩子怎麼這麼喜怒無常?!

姜錦魚抿抿唇，慢吞吞解釋道：「小哥哥，老夫人找我來，的確是想讓我做你的童養媳。但老夫人疼你，我爹爹、娘親也疼我，他們捨不得我做童養媳。我小時候聽村裡的人說，童養媳會吃不飽飯，還要餓著肚子幹活，我不做你的童養媳。」

葉然噗哧一下笑出來，另一條好的腿抖了抖。「妳傻不傻？我葉家的童養媳，能與那山溝村裡的一樣嗎？」

姜錦魚歪著頭想了想，道：「那我也不當你的童養媳。我娘說了，不能嫁給懶漢。」頓了頓，皺皺鼻子，有點嫌棄道：「哥哥，你太懶了。」

葉然都給小姑娘說得有點懵了。「我、我哪裡懶了？」

姜錦魚一臉「是你要我說我才說」的表情，扳著指頭說：「我從前村子裡的阿壽叔叔也是跌斷了腿，但他還下地種田呢，怕家裡媳婦餓著。再看哥哥你，打從我進來到現在，你一直躺著，給你做媳婦，肯定要餓肚子的。」

葉然聽她拿自己與那山溝裡的農夫比較，自己居然還被那農夫比過去，氣得翻身起來，一手拄著枴杖一邊站了起來，正要與她理論的時候，突然就瞧見小姑娘眼睛亮了，燦若星辰一般，仰著臉，頗為真情的感嘆道。

「小哥哥，你現在不是懶漢了。」

得，跟個小孩子計較什麼？

葉然嘆氣，過了一瞬，才後知後覺回過勁來，自己居然在個外人面前用了枴杖？

他處於震驚之中，旁邊的小姑娘卻還在喋喋不休，說著那阿壽叔叔如何勤勞、肯幹云云，最後還不忘來了個收尾。「斷腿又不是大事，我看阿壽叔叔現在一點兒都瞧不出來斷腿了，小哥哥你每天繞著屋子走三圈，往後肯定也能和阿壽叔叔一樣的。」

葉然回神，面無表情地想：自己真是被小丫頭給說糊塗了，他幹麼要和一個農夫一樣？

但雖是這麼想，可心裡還是忍不住生出了一絲希望來。他連枴杖都用了，還能有比這更丟人的嗎？繞著屋子走……就繞著屋子走唄！大不了把下人都趕走。

前廳裡，顧衍剛與葉老夫人碰面，他行過禮，道：「外祖母，我來接綿綿。」

葉家嬤嬤原本是立在自家少爺門口，聽見裡面傳來談話的聲音，心下暗自欣喜，卻見前廳來了個丫鬟傳話。「嬤嬤，老夫人吩咐，將姜姑娘請去前廳。」

葉家嬤嬤遲疑。「少爺難得願意同人開口說話，妳去與老夫人稟告一聲，就說我遲些再帶姜姑娘過去。」

傳話丫鬟急得跺腳。「嬤嬤，怕是不行。老夫人催著呢。」

葉家嬤嬤沒辦法，只好敲門。「姜姑娘，嬤嬤領您去見老夫人吧。」

屋裡傳來腳步聲，門被打開了，是姜錦魚出來了。

葉家嬤嬤趕忙探頭去看，彷彿瞥見屋裡少爺站著的身影，手裡似乎拿著枴杖，正待細看時，姜錦魚同她道：「嬤嬤，我們走吧。」

葉家嬤嬤收回視線，有些懷疑自己是不是看錯了，自打少爺腿斷了之後，就不肯用那枴杖，說寧願躺著，也不要用那等殘廢才用的東西。可現在……

葉家嬤嬤沒敢下結論，但對待面前這位姜姑娘，卻是越發重視，一路上和顏悅色的。

來到前廳，姜錦魚進門，一抬眼就有點愣了。

顧衍站在前廳中，與葉老夫人頷首說話，似乎是聽見她的腳步聲，轉過頭來，神色淡然寧靜。

他朝她輕輕點點頭，遙遙望了那麼一眼，態度很是尋常，姜錦魚卻覺得，方才一直懸著的心，一下子便落地了。

她還是怕的。葉家有何等權勢，俗話說「破家縣令，滅門知府」。若是葉家非要強求，姜錦魚怕也只能認了，她不敢拿家裡人的性命做賭注。

她當時來葉家時，心想若是真到了不得不嫁的地步，那她就高高興興嫁出門，絕對不流一滴眼淚，免得讓阿爹、阿娘憂心。

顧衍與葉老夫人說完話，轉頭看過來，向她招手，眉梢帶著溫柔。「綿綿，過來。」

姜錦魚聞言一怔，見顧衍與老夫人都笑望著她，提步走過去，福福身子。「老夫人。」然後，轉頭，抿抿唇，雀躍的喊人。「顧哥哥。」

顧衍亦回頭看她，見她圓圓的眼睛濕潤，鬈曲而翹的睫羽彷彿是沾了些淚，定然受了委屈，心裡莫名有點不舒服。

他來夏縣後，受姜家夫妻照顧良多，與姜家兄妹也關係親近，比起盛京家中的那些庶妹們，姜錦魚更像是他的妹妹。

何況小姑娘一向乖巧溫順，與嬌嫩的花骨朵比，尚不為過，他自己平日不小心撞破了她出糗，都得找法子描補，還心甘情願替她瞞著。眼下小姑娘卻被旁人欺負慘了，即便葉家是他的外祖家，他心裡也有點動怒。

顧衍回過頭，對著老夫人道：「外祖母，那孫兒便帶人回去了。」

葉老夫人擺擺手說：「去吧，得了空來府裡用個飯。」

顧衍應了一句，輕輕在姜錦魚腦袋上摁了摁，手垂下時自然牽住了她的手，溫和道：「沒事了，我們回去吧。」

出了葉府的大門，姜錦魚心中大石徹底落地，也有了打聽的興趣，側頭仰著臉問：「顧哥哥，葉家是你的外祖家啊？」

「嗯。」顧衍隨口應了一句，不欲多提。

轉念想到姜錦魚今日受了驚嚇，又溫和了語氣道：「我生母去得早，我與葉家便漸漸淡了。葉家的事情妳不用擔心，老夫人不會再提了。」

兩人回到姜家，一進門，家裡早已是人仰馬翻。

石叔正拿起扁擔，一副要出門打架的架勢，一向文弱的姜宣也沈著臉，只是礙於顧衍勸告的話，所以還強忍著怒氣。

錢嬤嬤見到人，就撲了上來，抱著姜錦魚哭道：「姑娘，妳可嚇死嬤嬤了！那葉家是什麼人家啊？咋還能上門搶人啊！再敢上門，我就是拚了這條老命，也跟他鬧到底！」

她可是悔死了，怎麼就一時糊塗，讓自家姑娘跟著葉家人走了呢？姑娘要是出事，她就是直接一頭撞死，也對不住太太、老爺的恩情啊！

姜錦魚拍拍錢嬤嬤的後背。「沒事了，錢嬤嬤別擔心，我這不是好好的回來了嗎？娘那裡沒驚動吧？」

錢嬤嬤冷靜下來，擦了眼淚回說：「沒敢驚動。」

「那就好。」姜錦魚這才安下心來。

何氏的年紀可不小了，若是因為她的事情動了胎氣，那自己肯定要自責死了。

等到姜仲行回來，知道白日裡發生這事，嚇得臉色蒼白，面帶慍怒。「都怪爹不爭氣，只是個小小的教諭，護不住妳，反而還要妳委曲求全。」

這些年，家裡日子越發寬裕了，姜仲行也有點得過且過的心態。當個教諭，官雖不大，但家裡樣樣都好，且離雙溪村不遠，還能照顧家中一二。

但經過這樁事情，姜仲行感受到了前所未有的挫敗感和失落。他連自己女兒都護不住，當葉府開口說了求娶的事情，他一個小小的教諭，連面對面同葉知府理論的機會都沒有。

姜仲行握拳，掌心刺痛，這事激起了他被生活漸漸磨平的鬥志。

看爹這個樣子，姜錦魚心疼萬分，忙抓著他的袖子道：「阿爹，您是這世上最好的爹爹。無論什麼時候，我都以您為榮。」

這話是真心的。從毫無背景的農家子，到現在一縣教諭，也許對那些大族而言不算什麼，但對於尋常百姓而言，說是改換門庭也不為過。

再者，這次的事，多少有點禍從天降的意味。只是對於姜家而言，葉家實在是個龐然大物，他們只能謹慎小心。尋常時候，哪裡有這麼多高門大戶要強娶她一個小小的教諭之女啊？實在犯不上。

可姜錦魚勉力安慰，也只讓姜仲行臉色稍霽，他心中早已打定主意，不能這樣渾渾噩噩下去，但面上卻不顯出什麼，態度溫和。「這些事不用妳操心，爹心裡有數。妳這回還多虧了衍哥兒幫忙，明日把衍哥兒請來家裡用飯，我要好生謝謝他。」

姜錦魚也適時露出笑來，故作輕鬆的逗他，道：「阿爹，您不知道，今日顧哥哥可厲害了！」

「是嗎？」姜仲行擺出感興趣的態度，配合道：「那妳好好與我說說。」

父女倆嘰哩咕嚕說著話，好不溫馨。

葉府，葉家嬤嬤在門外踱步，來來回回。

丫鬟從老太太屋裡出來，被門口的人影驚了一跳，走近才認出人來，福身道：「嬤嬤，您這是找老夫人嗎？」

話音剛落，就見葉家嬤嬤一跺腳，也沒看她，直接往老太太屋子裡去了，彷彿有什麼急事。

什麼事啊？丫鬟心下納悶，嘴上卻不敢多問，老老實實去幹自己的活兒。

葉家嬤嬤進了門，正在撿佛米的葉老夫人聽見動靜，回過頭來問：「這是怎麼了？」

葉家嬤嬤連忙湊過去道：「老夫人，今日姜姑娘從少爺屋裡出來的時候，我看見少爺起身用了枴杖。」

葉老夫人心中一喜，追問：「當真？」

葉家嬤嬤一臉誠懇的點頭。「當真。老奴人老了，可眼睛沒花。再一個，您瞧瞧這些天，少爺除了同您說過幾句話，還同旁人好生說過話嗎？可今日姜姑娘進門沒一會兒，老奴便聽見屋裡有說話聲，兩人一來一往的，雖沒聽見說了什麼，可氣氛卻很不錯。」

葉老夫人聽得含淚，忙拜了拜面前的小佛像，虔誠恭敬。「佛祖保佑。」

可葉家嬤嬤卻不覺得是佛祖起了作用，她越想越是堅定自己的想法，定是那方士算得準，這姜家姑娘非但樣貌好看，還命裡旺自家少爺。

葉家嬤嬤盼著小少爺好，試探道：「老夫人，您說的那童養媳的事情，還作數嗎？」

葉老夫人聽得一怔，卻搖頭道：「怕是不成了，往後不提這事了。」

「這……這為什麼啊？姜姑娘不肯啊？」

這姜家肯不肯，那還不是他們葉家一句話的事情。嫁進來那就是葉家嫡孫媳婦，還能虧待姜姑娘不成？

葉老夫人幽幽嘆了口氣，還是堅定搖頭。「不成，這事別提了。」

老夫人說了不行，那肯定就是不行了。

葉家嬤嬤知道主子瞧著慈祥，其實不是個輕易改主意的人。所以，她雖然心裡覺得惋惜，可面上卻不敢多勸。小心翼翼收拾著撿好的佛米，打算明日送去小廚房，熬粥給小少爺送過去。

葉老夫人在床邊坐下，聽得關門的聲響，微微一怔，思緒漸漸飄遠了。

在心裡數了數，阿翡居然已經過世快十年了。以往，她很不願意想起自己這個獨生女，也不許旁人在她面前提起。

第十七章

本來葉老夫人只有這麼一個女兒，自然疼得如珠如寶。可葉翡實在令她失望透頂。

彼時，葉、顧兩家都還未發跡，尚在夏縣。

葉家行醫，在縣裡有個醫館，葉老爺子是縣裡出了名的聖手。

後來，顧家老爺子染了惡疾，葉老爺子宅心仁厚，不顧自身安危，為顧家老爺子診治多日，可換來的卻是顧家的恩將仇報。

顧老爺子不治身亡，顧氏族人上門大鬧，連著鬧了幾個月，官府都來了好幾趟，仍是沒個結果。最後，葉老爺子活活被顧家逼得以死自證。

兩家結下了這樣的血仇，她從小疼到大的女兒卻跑到她跟前，說要嫁給顧忠青，要嫁給逼死她阿爹的人家。

葉老夫人當時便給了葉翡一個巴掌，沒留半分情面，直言道：「妳若是要嫁顧忠青，那我們母女情分到此為止，往後妳再也不要上我葉家的門！我就當妳死在外頭了！」

那一巴掌生生斬斷了兩人的母女情分，葉翡跟著顧忠青走了，而後兒子考上了進士，她便跟著兒子進了盛京，後來便輾轉在地方上當官，母女倆再沒有見過面。

再一次聽到葉翡消息的時候，是顧家來了個下人報的死訊。

兒子當時勸她。「阿娘，妹妹都已經去了，一切都煙消雲散了。往日的事情，您就原諒妹妹吧。」還道：「聽說妹妹還留了一骨血，我如今官也比顧忠青大了，將那孩子接來吧！我怕顧家不會好好對他。」

她當時執拗，非但沒同意，還逼著兒子不許派人去送葬。

如今再看到女兒的骨血，葉老夫人心裡後悔不迭，恨自己當時心狠。可後悔也沒用，她看得出來，在顧衍心裡，她這個外祖母，甚至比不上姜家的那個小姑娘重要。

阿衍看著那小姑娘的眼神，溫和中帶著安撫，彷彿那才是他親近的人，而她只是一個關係疏遠，需要他客套的長輩。

所以，她雖心動，卻也沒鬆口。

姜家那小姑娘是很好，可阿衍從小到大，怕也是難得有這樣讓他心甘情願保護的人。不管他是當成妹妹還是什麼，她都不願意去動那小姑娘一分一毫。

現在她能為自己外孫做的，也就僅此而已了。

從葉府回來後，顧衍沒打算與葉家再續前緣。

對他而言，對於葉家人的印象，並不是很深。在他的記憶裡，葉家除了生母葉翡，其餘人都只是聽過而未見過的陌生人。

至於生母葉翡，在他年幼的印象中，母親這個詞並不代表什麼保護意味，反而是有些癲狂的，她總是因為顧忠青一點點舉動而態度大變。顧忠青來了，她便欣喜若狂；顧忠青寵幸了妾室，她便點著燭火足足哭上一整夜。

彷彿，失去了顧忠青，她就會死去一樣。

當然，事實也的確如此，顧忠青漸漸冷落了她，她開始只是病了，後來便漸漸神智不清，足足病了一年，就撒手人寰了。

到臨死前，她嘴裡呢喃的、心裡惦記的，也都只有一個顧忠青而已。

隨著天越來越冷，何氏的產期也漸漸近了。

終於在縣衙放年假那一天，何氏發動了。她這一胎不容易，但生產時卻很順暢，從何氏發動到孩子落地，大約也就花了兩個時辰不到。

錢嬤嬤進門，將穢物及髒了的床單都收拾出來，對姜錦魚道：「姑娘進去吧，瞧瞧太太。小少爺生得可好了，吃奶都特別有勁。」

何氏這一胎生的是兒子，也就是說，姜錦魚有一個小弟弟了。

推門進入，姜錦魚走到床邊。

何氏正閉眼淺寐，聽到女兒進門的動靜，抬頭朝那邊招手。「過來，來看看妳弟弟。」

小嬰兒被裹在新做的大紅襁褓裡，胎髮黑亮，小臉圓圓的，粉紅小嘴一張一合的，也不知道是睡得太香了，還是夢裡也在吃奶。

這麼小的孩子還看不出長得像誰，反正姜錦魚就沒能從這張肉肉的小臉上，找出哪裡像自家阿爹和阿娘的地方，但何氏卻含笑道：「石頭同妳小時候有些像，不過還是妳生得好些。」

也不知道是不是心理作用，姜錦魚聽了娘的話，再去看這剛出生的奶娃娃，突然就多了幾分親近。

滿月那一天，姜家給小兒子辦了滿月酒。

因為何氏年紀大了，這回做的是雙月子，滿月酒就沒有回老家辦，而是在夏縣辦的。

何氏抱著小兒子出來見客，來吃酒的基本都是姜仲行的同僚，或是結交的好友，對著姜石頭都是讚不絕口，笑呵呵誇他好。

年後，接著開了春，天氣漸漸變暖了，何氏把屋裡放了一冬的衣裳拿出來曬，院子裡滿滿當當的。

姜錦魚抱著姜石頭在屋簷下曬太陽，暖洋洋的光，照得姐弟兩個都昏昏欲睡。

何氏轉身瞧見了，皺了下眉勸道：「綿綿，快回屋去，曬黑了怎麼辦？」

一旁的錢嬤嬤見狀，笑呵呵道：「太太別擔心，我見過這麼多姑娘，就數咱家姑娘模樣最好。這是咱們姑娘還小，等姑娘再大些，咱家的門檻都要被那些媒人給踏破了。」

這時，巷子裡傳來車馬聲，何氏側耳聽了一下，彷彿是在自家門口停下了，便出門去迎，果然是姜仲行回來了。

姜仲行這幾日出了一趟公差，去了府裡一趟，下了馬車，一身風塵僕僕，可面上卻是精神極了，他進門便笑道：「宛娘，咱們在夏縣，怕是住不長久了。」

在一座邊陲小縣城裡，姜宅。

清晨便有賣花的婆婆在門口叫賣，獨特的當地方言拗口難辨，但在這裡生活了六年的姜錦魚，沒費什麼功夫就聽出來了。

婆婆叫賣的是當地岐山上摘來的花。

姜錦魚正把昨天摘來的金銀花茶曬了，秀長姣美的花瓣，剛拿出來還帶了些清晨的露水，弄好了才朝一邊的丫鬟小桃招手道：「拿上銀子，去把谷婆婆的花買了吧。今日怕是要起霧，讓她早些回家，路上小心些。對了，順便問問她孫兒的風寒好了嗎？」

小桃應聲出去，走到院子那裡，便看見錢嬤嬤過來，忙福了福身，恭敬道：「嬤嬤。」

「嗯。」錢嬤嬤對小桃點點頭，拂手讓她幹自己的事情去，隨後走到院子裡。

當初姜仲行從夏縣來到這處小縣城，錢嬤嬤便與老伴咬咬牙跟著同來了，兩人家中又無兒女，自然是一心向著姜府。

來了之後，起先的確很難，此處長年在外族人手裡，收歸大周不過十年不到，無論是民風還是語言，都與大周相去甚遠。好在姜仲行是個辦實事的官員，三、四年的工夫，便把此處的人心收買得差不多了，後兩年，又以辦學等教化手段，讓當地百姓漸漸歸心大周。

尤其是那些孩子們，從小接受的就是大周的教化，連當地的方言都不大會說，都是說官話，心中自然對大周更加親近。況且比起往屆縣令強壓的手段，姜仲行這種潛移默化的政策，讓當地百姓更容易接受許多。

這般下來，總算把蠻縣的事情給理順了。今年姜仲行遞摺子上去，為的就是將蠻縣的蠻字給去了，改名益縣。這事若是成了，當地百姓對他將會更愛戴有加。

小桃出去沒多久，就帶了一籃的花回來，道：「姑娘，您吩咐的事情辦好了。谷婆婆說她這就回去了。」

「好。」姜錦魚拍拍手，把手上沾到的幾片花瓣抖掉，尋思著今日要怎麼打發時間。

小桃卻沒說完，又一副與榮有焉的表情打斷了她的思緒，道：「谷婆婆還說，上回姑娘您給的藥效果很好，一劑下去便起效，她家小磊子的風寒全好了。我家姑娘真是最最厲害了！」

姜錦魚噗哧一笑，柔柔瞪了一眼總愛吹捧她的小桃，點點她的額頭。「快別說了，讓旁人聽了去，還以為妳家姑娘我正在王婆賣瓜，自賣自誇呢。」

她打小便喜歡琢磨那些養生的玩意兒，略長大些，便開始自己找醫書看。

家裡爹爹疼她，非但沒有攔著，還替她說話，道：「綿綿喜歡這個，又不是往後就要以此為生。要我說，姑娘家多學些不是壞事，往後要是遇上了什麼壞人，也沒那麼容易著了道。」

到了蠻縣後，家裡更是給她請了個女學先生來，女先生也教了她不少。幾年下來，她不敢說自己在醫術上有多少造詣，只能說，平素時候給家裡人養生食補、治些小病什麼的，不在話下。

小桃被訓了也不生氣，她知道自家姑娘脾氣最好，溫溫順順的，從來不似別的小姐那樣，動輒摔東西、打罵下人。上次去賴主簿家時，伺候賴三小姐的春紅，不過是杯子沒拿穩，灑了茶水而已，就被狠狠打了個巴掌。

雖說不是賴三小姐親自動的手，可賴家嬤嬤既然會動手打罵小丫頭，那也肯定是順著主子賴三小姐的意思來的。

想到這裡，小桃更加慶幸起來，雖說家裡為了銀子把她賣了，但她走運，能遇上自家小姐這樣的主子，可比在家裡做牛做馬要有福氣多了。

自家小姐長相精緻，小桃雖沒進過學堂，不曉得如何用那些詩賦，但她就是覺得，整個蠻縣，她都找不出一個能同自己姑娘相提並論的。那什麼賴三小姐，更是不能比！

姜錦魚不知道，自己不過一句話，自家小丫鬟便腦補這樣多，算了算，自己上回去醫廬還是五天前，便吩咐小桃去叫馬車。「咱們今天去一趟醫廬，不知道夫子那裡缺不缺藥。」

剛來蠻縣那幾年，這邊還亂得很，何氏壓根兒不放心讓她出門。直到阿爹把蠻縣治理得有條不紊了，姜錦魚才得到機會，偶爾能出門一趟。

不出門還不知道，出去見了幾回世面，姜錦魚才知道，蠻縣當地百姓的生活確實艱難。其他的不提，吃喝住行上略差些，百姓都能忍，可整個縣裡就兩個醫館，還一個比一個貴，不是富戶人家，壓根兒不敢進醫館大門。

那次回來後，姜錦魚便拿出自己的私房銀子交給自己的女先生閔夫子。閔夫子也是個奇女子，年輕時與夫家不和，便乾脆和離，獨自立了女戶，也是個菩薩心腸的人。兩人一合計便辦了醫廬，取名「杏壇醫廬」，用的典故便是三國時期神醫董奉，為人治病，卻不收報酬，只要病人種杏子樹的事蹟。

兩人本是小打小鬧，哪知被姜仲行看入了眼，從衙門撥一筆銀子，讓開了三間鋪子，作為醫廬的支出銀錢的來源。蠻縣百姓萬分感激，尋常要買什麼，都搶著去那三間鋪子買，這些賺來的銀子又用回到醫廬上，等於最後得利的還是他們，一舉兩得的事情，百姓們自然願意做。

如今，醫廬也辦得有模有樣了，今年還把來義診的大夫送去府裡進修。

到了醫廬，姜錦魚下了馬車，走近醫廬，一路上都有來看病的百姓給她讓路，臉上皆帶著感激之意。

有那外來客色迷迷的盯著姜錦魚看，便被旁邊小混混模樣的少年們，拽著往屋簷下一頓踹，末了還不忘捏著拳頭威脅。「下回再盯著姜姑娘看，我們還揍你！」

待他們口中的姜姑娘看過來，方才還耍狠的小混混們，頓時乖得不行，露出了憨厚的笑容，看得被揍了的那男人見了鬼似的。

這是什麼小混混啊？咋變臉變得比唱戲的還快呢？做什麼小混混，乾脆唱戲去吧！

想是這麼想，可嘴上哪敢說。男人見少年們都沒了動作，趕忙乘機溜了。

怕了怕了，再不來蠻縣了！還是回我們自己縣吧！

姜錦魚朝那邊看了一眼，招手喚來小桃，小桃便上前去，把幾個小混混喊了過來。

這幾人說起來是小混混，其實也從未做過什麼偷雞摸狗的事情，不過是當時打仗，家裡父母出了事，一群孩子無依無靠，便在街上遊蕩。當地的百姓們也心善，東家給碗飯，西家給點菜，硬是把他們餵大了。

領頭的叫莊宿，他走過來，被帶著溫和笑意的姜錦魚看了一眼，黑黝黝的臉熱得都能燙餅子了，滿臉不自在道：「姜姑娘找我們什麼事？」

小桃翻了個白眼，扠腰道：「自然是好事！不然找你們這些小乞丐做什麼？」

小桃平日裡是個好脾氣的姑娘，這一點隨了她家姑娘，不過每回對上這些小混混，她就想起，第一次自己替姑娘給他們傳話時，這個叫莊宿的一副瞧不起她家姑娘的樣子，頓時就來氣了。

莊宿沒同個小丫頭計較，黝黑的眸子看過來。姜錦魚見他黑亮黑亮的眸子，猶如隔壁那隻溫順的家犬，忍不住笑了下，道：「上回同你商量的事情，你可考慮好了？你若是願意，我今日便同醫廬管事說了。」

莊宿想起上回她同他說的事情，微微猶豫。

那時剛入秋，他弟弟得了風寒，厚著臉皮來醫廬治病。卻不想被來找閔夫子的姜姑娘給看見了，待弟弟病好了，她便同他商量，說是醫廬缺幾個打下手的，他若是願意，便帶著兄弟們來醫廬幫襯一二，也不要他們白幹活，每月管吃管住。

莊宿不喜占人便宜，這樁差事，怎麼看都是他們占了便宜。醫廬要找學徒，什麼念過書的人找不到，何必找他們這樣大字不識的小混混，還累得醫廬名聲不好。

見莊宿那樣猶豫不定，姜錦魚抿唇輕輕笑了下，抬眸認真道：「你不要覺得自己占了醫廬多大的便宜。你想想，你們來醫廬幫忙，醫廬只管吃住，卻是半兩銀子都不會給你們的。尋常找個學徒，師傅也得給學徒工錢，我說這個道理，你應當能明白吧？」

自己姑娘這樣好聲好氣的，偏偏這小混混還這樣支支吾吾，小桃扠腰氣憤道：「你這人怎麼這樣！讓你幫忙也不肯……」

「我答應姜姑娘。」莊宿打斷了小桃的話，一句話答應下來。

見莊宿答應，姜錦魚便含笑起身，轉身找醫廬的管事，讓他幫忙安排莊宿幾人。

眼看著姜姑娘走遠了，莊宿才收回視線，卻見旁邊的小桃氣咻咻瞪著自己，冷哼了一句，道：「我警告你！我家姑娘是好心，你不許盯著我家小姐，知不知道？」

被小桃說中心事，莊宿紅了下臉，好在他臉黑，不細細看根本看不出來，掀唇吊兒郎當笑道：「做什麼？我與姜姑娘說話，自然要看著她，難不成讓我盯著妳看？」

跟著一道過來的小混混哄笑起來，氣得小桃轉身就跑，走遠了都還聽得到她嘴裡罵罵咧咧的聲音。

小桃走了，才有少年小心翼翼問道：「宿哥，咱們往後就住在醫廬了，不用住那破廟了？」

見同伴小心翼翼含著期待的眼神，莊宿重重點頭。「嗯，往後咱們就住在醫廬了，你們都要把醫廬當成自己的家。要是誰做了什麼對不起醫廬的事情，別怪我心狠。」

小混混們都樂不可支點頭，一一保證。「那是自然，誰敢打醫廬的主意，看他硬不硬得過我的拳頭！」

「嘿嘿，我還想說天冷了，去找些茅草來，現在也不用了！姜姑娘真是我們的福星！」

姜錦魚回到姜宅，剛把白日裡曬的金銀花收起，便看見錢嬤嬤拿了個帖子過來。接手一看，是賴家送來的。落款是賴家三小姐的閨名。

姜錦魚讀完帖子，下意識擰了一下眉頭，錢嬤嬤疼她，見狀便道：「姑娘若不想去，老奴就去回了。」說罷，又抱怨似的道：「這賴三小姐也真是的，姑娘和她關係不過爾爾，總是遞帖子來府裡做什麼？這嫡庶不分的人家，就是沒規矩！」

沒把錢嬤嬤的抱怨聽在耳裡，姜錦魚鬆開眉頭，將帖子丟到桌上。「還是去吧，賴主簿家裡的面子，咱們不好隨隨便便不給。」

說來，姜家在此處還是個外來戶，倒是賴主簿，才是當地人出身。

俗話說：強龍不壓地頭蛇。便是姜錦魚也知道，自家爹爹這個縣令當得不容易，她這個做女兒的，能幫則幫，便是幫不了，也不好拖後腿。

錢嬤嬤聽罷就下去做準備，去裡屋吩咐小桃把入秋時剛做的新衣拿來，兩人認認真真挑了一下午，連腰間掛什麼香囊，頭上用什麼簪子，都沒落下。

小桃拿出支桃花步搖來，尾部綴著長串的珠子，稍微動一動，便叮咚作響，問錢嬤嬤道：「嬤嬤，您瞧瞧這個怎麼樣？這還是少爺從府裡寄來的呢。」

小桃是本地人，但在府裡已有四年半了，知道自家府裡除了姑娘和小少爺，還有個大少爺，在錦州府念書，聽說讀書讀得可好了。

錢嬤嬤看了看步搖，滿意的點頭，一再囑咐。「明兒妳跟著姑娘去，得把姑娘看好，別讓姑娘落單了。」

「知道了，錢嬤嬤。」

第十八章

第二日，從家裡出門，大約一刻鐘的工夫，便到了相隔不遠的賴家。

姜錦魚進了賴家的宅子，賴家的宅子比起姜家體面不少，幾代人積累下來，富是真的富。不過就像蠻縣百姓所說，這富多多少少是從老百姓那兒刮來的民脂民膏，算不上什麼值得稱道的事情。譬如蠻縣那兩家要價頗高的醫館，其中一家便是賴主簿的小舅子家開的。

「姜妹妹。」賴三小姐遠遠瞧見姜錦魚，便熱情迎了上來，唇邊帶笑，一副好姐妹許久不見的樣子。

姜錦魚也含著笑回她。「賴姐姐。」

賴薇牽著她往裡走，微微側頭過來同姜錦魚說話，見她側臉輪廓秀美姣好，抿唇淺笑時猶如微風拂面，突然便想起了自家哥哥寫的那首窮酸詩，什麼「佳人遺世獨立、嬌弱靜美」的。

嘖！這姜錦魚平素不出來走動，還以為她貌若無鹽，不承想，頭一回把人請進府裡時，不但她狠狠驚豔了一把，還把自家那沒出息的哥哥給迷了心竅。

「妹妹今年應當及笄了吧？」賴薇示意丫鬟遞茶，然後不露痕跡打探道。

姜錦魚接了茶水，對那遞茶的小丫鬟含笑點點頭，回答賴薇。「還得再過一陣子。」

「嗯，那倒也快了。」賴薇喝了口茶水，自言自語道。

姜錦魚聽得糊塗，她和賴薇交情爾爾，難不成賴薇是想著給她準備及笄禮，那倒不必了吧！

兩人交情淺，從頭到尾也沒幾句話可聊，姜錦魚想先走，可主人家賴薇都沒送客的意思，她也只能乾坐著，正聽著賴薇說新料子說得起勁的時候，旁邊突然傳來撲通一聲。

姜錦魚聞聲看過去，便見個約莫十八、九的男子，從假山上翻了下來，在地上滾了好幾圈，口裡「唉唉」喊著疼。

賴薇見自家哥哥這樣丟人，心裡埋怨他沒用，可卻還得為他描補，她在家裡是庶女，可與大姐、二姐地位卻差不多，就是因為她有同胞兄弟，且這兄弟還是賴家唯一的男丁。要不然，她怎麼肯為賴傑費這樣大的力氣，還替他謀算婚事？

賴薇忙拽住姜錦魚的手，道：「我們進屋喝茶吧，外頭的風大了些。」

姜錦魚收回視線，不再看那男子，隨著賴薇進了屋子。

從賴家出來，上了自家的馬車，小桃便氣呼呼道：「姑娘，也不知那登徒子是誰，居然躲在那假山後頭偷看！」

賴家那幾口人，姑娘家是多，可男丁卻只有賴薇的同胞兄長一人。賴薇無緣無故待她這樣親熱，原來是打這樣的主意。

被人算計總是有些不悅，姜錦魚對賴薇的觀感又差了些，決定往後還是躲著賴薇些。

好在她快要及笄了，及笄後便有理由不出門了，這邊成婚早，似賴薇那樣十七還未訂親的，都算是少數，一及笄便定下親事的一大把。所以她以這藉口不出門，絲毫不引人注意，頂多賴薇心裡猜出點什麼。

回到家裡，弟弟姜硯一見她便跑過來，親親熱熱喊人。「姐姐！」

姜硯生得虎頭虎腦的，是典型的姜家人的長相。他是在夏縣出生的，可還沒滿周歲便跟著來了巒縣，到了巒縣後，姜仲行和何氏總是很忙，姜錦魚帶他的時候多些，先前還跟她住在一個院子，直到滿四歲入學了，才搬了出去。

「石頭今天在學堂有沒有聽先生的話？」姜錦魚坐下後，就吩咐小桃去泡杯紅棗茶來，又往裡丟了幾個蜜豆，才遞過去給姜硯喝。

紅棗祛寒，這樣年紀的小郎君，總是喜歡四處亂跑，出了汗、吹了冷風，很容易寒氣入體，姜錦魚每逢換季，都會給姜硯喝各式各樣的補身茶。

姜硯習以為常，喝一大口，然後小臉紅撲撲道：「我可乖啦！」又眨眨大大的眼睛，可愛兮兮說：「姐姐，妳讓小桃姐姐出去嘛！我有話要和妳悄悄說。」

虎頭虎腦的小郎君，偏偏還要一本正經的樣子，實在惹人憐愛。

姜錦魚掩唇笑了下，眉眼彎彎招手，示意小桃先出去。

等小桃出去了，她托腮笑道：「有什麼話，還要這樣保密？」

然後就聽弟弟湊過來小小聲道：「阿姐，我聽娘說，阿兄要來了。」

姜錦魚聽得一怔，當初爹說要來蠻縣當縣令，考慮到這邊的教育水準比不上夏縣，便沒有把阿兄姜宣帶來。這些年兩邊通信，她也只知道阿兄的一些近況。

姜硯見阿姐不說話，扭扭身子，扭扭捏捏道：「阿姐，阿兄是什麼樣的人啊？會不會很凶？是不是長得很高啊？」

姜錦魚回過神來，看姜硯好奇打聽的樣子，認真道：「阿兄脾氣很好的，我從來沒見他凶過人。至於高嘛……」

她腦海裡驟然出現，還在夏縣時，總是形影不離的鄰居顧哥哥和自家哥哥，頓了頓，道：「高應當還是滿高的，我記得上回見阿兄，阿兄只比阿爹矮兩個頭，這麼些年過去，應當和阿爹差不多了。」

姜家人普遍長得高，就連小小年紀的姜硯，都比同齡人高些，唯一一個例外就是姜錦魚自己，大概是骨架小的緣故，她看上去比同齡人都小巧許多。

姜硯聽完皺皺小臉，一臉嚴肅的拉著阿姐的手，板著小臉道：「阿姐，我現在已經開始跟著武師傅練武了，以後肯定能長得比阿兄還高！我以後會保護妳的，妳還是要最最喜歡我，好不好？」

姜錦魚被逗笑了，伸手揉了一把自家弟弟的腦袋，笑咪咪道：「好啊，最最喜歡我們家石頭了。」

把弟弟哄走後，姜錦魚去了一趟何氏那裡，得知自家阿兄是特意過來給她過及笄的，心下感動，也把賴家的事情拋在腦後，開始一心期待著許久未見的兄長了。

「少爺，咱們還有一個時辰就進城了！」

書僮從外探頭進來，滿臉喜色道。他知道自家少爺早就盼著來探親了，好不容易來了，便隔一會兒就進來喊，一向沈迷念書的少爺，居然也沒露出什麼不耐煩的表情。

姜宣有些無奈，他就是再遲鈍，也看穿自家書僮那點小把戲了，不禁忍著笑，搖頭訓斥道：「行了，一路就聽你嚷嚷了。」

姜宣翻了頁書，又彷彿順口吩咐一般說：「讓車夫快些，天黑之前進城，城外不好尋住處。」

書僮樂呵呵答應下來，扭頭就出去了。

馬車內沒了人說話，姜宣反倒看不進去書了，乾脆放到一邊，一心等著見許久未見的親人。

綿綿應當長成大姑娘了吧？她從小就生得好，長開了應當更惹人注意了，好在阿爹在蠻縣大小是個縣令，應當沒人敢覬覦綿綿。

石頭這胖娃娃也應該開蒙念書了吧？也不知這孩子學問學得如何了，打小就是個待不住的，翻身都比別的孩子早，讓他在學堂坐半天，估計難。不過他們姜家的孩子，除了念書也沒別的出路，等他到了鑾縣，還得盯著弟弟念書。

胡思亂想一通想下來，總算到了鑾縣了，進了縣城，兩側街道上便熱鬧起來。

自家爹在此處做父母官，姜宣撩開簾子打量著街道，見來往行人衣衫齊整，街道也是乾淨清爽，小攤販們都面上帶著笑，想來日子過得不錯。

他從小就知道，自家爹是個能做好官的人，不似那些一心弄虛作假的人。

而在他掀簾子的街道同側，賴薇正巧經過，就那麼抬眼一看，愣神了。

身旁的丫鬟被賴薇的模樣嚇了一跳，小聲道：「小姐……小姐？」

賴薇愣愣看著馬車走遠，回神後招招手，吩咐貼身丫鬟。「妳讓妳哥哥去打聽打聽，那是誰家公子。要是讓別人知道了，小心妳的嘴，知道了沒？」

姜宣從小就長得好，這一點和姜錦魚完全一樣，且他如今年歲大了，偏生連訂親都還未，免不了有些桃花。於是他平日在外行走，便學著顧衍做冷臉，如今到了鑾縣，下意識不再隱藏自己的性格，恢復了本來溫和笑面的模樣。

越是這種不經意間流露出的氣質，越是能夠引得狂蜂浪蝶。

他還不知道，自己不過一個露面，便給自己招來一朵桃花。

片刻後，馬車在姜宅外停穩，姜宣下了馬車，便有石叔和錢嬤嬤出來迎他。「大少爺快請進，夫人、姑娘和小少爺都等著您呢。」

姜宣被急匆匆拉著，腳步有些亂，可面上卻是滿滿笑意，還道：「嬤嬤走慢些，您近來身子可還好？」

「好，好得很！」錢嬤嬤直笑，也放慢了腳步，認真打量闊別已久的大少爺。

他們離開夏縣的時候，大少爺還是個少年人，如今已經完全長成了溫潤如玉的青年，且因著這些年一直讀書，無論性情還是氣質，都是很招人眼的那種。

錢嬤嬤越看越覺得驕傲，等把人送到廳堂門口，便道：「那老奴去給您炸丸子去，您小時候最愛這一口了，也不知道現在做的，還合不合你的胃口。」

說罷，急匆匆走了。

姜宣在原地理了理長衫，按下心中那點緊張，面上揚起笑，踏過門檻，入了廳堂。

先入眼的是坐在右側的何氏，比起上回見面，並沒什麼老態，仍舊還是他記憶裡那個溫柔賢淑的娘。看到坐在右側下首，笑盈盈望著他的大姑娘時，微微怔了下，一時沒認出來。

姜錦魚起身，含笑福了福，抿唇道：「阿兄。」

姜宣怔了一瞬，回神後面上不自覺便帶上笑意，搖著頭自嘲道：「阿兄險些認不出我家綿綿了，真是個大姑娘了。」

姜錦魚厚著臉皮打趣自己。「那是，我如今可是蠻縣一枝花了。」

何氏聽了直搖頭。「又胡說八道！姑娘家怎可說這種渾話。」

姜宣聽得一笑，心裡卻是不由得想著，自家妹妹如今的容貌氣質，莫說蠻縣，便是拿到錦州府裡，那也是很能哄一哄人的。

這一點倒真不是姜宣誇張。

似何氏和姜仲行兩人，與自家女兒日日處在一起，見多了，便不覺得如何驚豔，只依稀有點感覺，自家閨女長相是挺招人的。可姜宣與妹妹闊別已久，自然有了「旁觀者清」的優勢。

這個年紀的姑娘家，沒什麼缺陷的，大多討人喜愛，被稱讚一句「貌美」的也不在少數。可姜錦魚不大一樣，她五官精緻，哪裡都挑不出毛病，這還只是其一。其二便是，臉上那一雙眸子，猶如點睛之筆，看人時盛滿濃濃的笑意，微微笑起來，便猶如一汪春水蕩開，暖暖的，彷彿能看到人心底。

最後一個便是，她長得一團福氣相，有的姑娘家如弱柳扶風，美則美矣，可看著就讓人覺得不放心，甚至還有點怕她暈了。可姜錦魚不大一樣，她打小吃的、用的，家裡都格外上心，長大後又學了醫術，雖說只學了個雞毛蒜皮，可用在自己身上很是實用。肌膚是白嫩可白裡還透著紅；腰是細，可瞧著不似弱柳；臉是小，可笑盈盈的，一臉福氣，任誰看了，都覺得喜歡。

姜宣越看越堅定自己的想法，往後誰娶了自家妹妹，那肯定是上輩子做了什麼好事了。

不過這念頭，他從小便有，現在也只是那麼過一下腦子。待看到一旁好奇打量自己的弟弟姜硯時，他不自覺收起笑容，一臉正色的頷首點頭。

姜硯頓時怕了，他還以為阿兄也跟阿姐一樣溫溫柔柔的，結果是個比阿爹還高、滿臉嚴肅的青年，頓時也有樣學樣，板著肉肉的小臉，有模有樣給他行禮。「見過阿兄。」

姜仲行提早從衙門回來，看到闊別已久的兒子也很高興。

一家人吃過飯，父子倆便去了書房，聊下來，姜仲行十分滿意，拍著姜宣的肩膀。「看來這些年我和你娘不在你身邊，你的學業沒有半分鬆懈。」

父子倆相攜往回走，姜仲行又道：「等過了年，兩屆任期就到了，這一回，我怕是能動一動。也正好，你和綿綿的親事，我和你娘也得趕緊相看起來了。」

提到婚事，姜宣顯然沒太大的興趣，倒是把自己的打算說出來。「來年的院試，孩兒想下場一試。」

姜仲行聽了只點點頭，沒多說什麼。方才考校了長子的功課，的確學得很扎實，想來一個舉人應當沒什麼大問題。

兩人到了姜宣的房間，姜仲行便回頭了，姜宣進了屋子，點燈坐了片刻，便聽到門外傳來敲門聲。

起身開了門，見是姜錦魚，面上便帶了笑。「進來吧。」

姜錦魚進門，將帶來的食盒往桌上一放，對自家阿兄眨眨眼，俏皮又貼心道：「我就知道阿爹定是要拉著你說話的，喏，給你送宵夜來了。」

掀開食盒，煮得綿軟的白粥，米香濃郁、米粒軟爛，旁邊是幾碟子小菜，入口清爽，帶著微微的酸，很是開胃。

姜宣乾脆拉著妹妹一道用，兄妹倆說起話來。

「妳的及笄禮沒法在家裡辦，老家那邊都託我捎了禮過來，明日我讓人送去妳屋裡。」姜宣這回過來，一是探親，再一個便是來參加妹妹的及笄禮。

這些年，姜仲行在外頭做官，鮮少回雙溪村，可老家那邊還是很惦記他們二房的。尤其是姜老頭和姜老太，二房就是他們的驕傲，這些年也都一直盼著他們回去。

姜錦魚笑盈盈答應下來，說明日讓錢嬤嬤安排人過來拿，然後眨眨眼睛，托腮道：「阿兄，我問你件事噢。」說著頓了一頓，有些不好意思道：「其實是娘讓我來探探你的口風啦，不過阿兄你這麼聰明，肯定一眼就看出來了，我就不瞞著你了。」

姜宣低頭笑了下，擱下勺子，好整以暇問：「何事？」

「娘想讓我問問你，你在府裡有沒有心儀的姑娘家？」姜錦魚抿唇笑。「娘的意思是，阿兄你也到成家的時候了，這親事也該相看起來了。又怕你心裡有人，挑來挑去，沒挑到你喜歡的。」

姜錦魚這樣問，一般人怕是要臉紅了。

可姜宣倒還好，大抵是感情這方面還沒開竅的緣故，也不覺得有什麼，只含笑搖頭，「父母之命媒妁之言，這樣的大事自然是爹娘拿主意就好，我沒什麼意見。」

看來自家阿兄確實是沒有青睞之人。姜錦魚見夜已深，娘吩咐的事情也問到了，囑咐一句阿兄早些睡，便收拾食盒回去了。

第二日同何氏說了，何氏聽完，臉色卻是有些發愁。

姜錦魚是女兒，與兄弟們相比，自然與何氏更親近些，便遞了泡好的芝麻糊過去，道：「娘，怎麼了？」

何氏接了芝麻糊，越發覺得還是女兒貼心，搖搖頭道：「也沒什麼。對了，上回賴家三姑娘請妳過去，後來怎麼沒見妳們來往了？」

說起來，何氏還不怎的樂意自家閨女和賴家女兒來往。

那賴家是什麼人家，真隨了這個姓，不分好賴、亂七八糟。賴老爺是縣裡的主簿，先前府裡派縣令來，個個都被他壓著，十幾年的主簿當下來，老百姓什麼好處沒得，倒是賴家的宅子越修越大了。

賴老爺非但在政事上是個糊塗蛋，只管著自己撈錢，自家後院也是弄得一團亂。妾室好幾房，唯一的兒子還是個小妾生的，差點把大房都給排擠出去。寵妾滅妻這種事情，沒有哪個做正房的會覺得是體面事，何氏也不例外。

可不樂意歸不樂意，真要是自家閨女同那賴家女兒有了齟齬，那她這個做娘的，也得提前知道內情，免得被人算計了去。

姜錦魚皺了下眉頭道：「娘，我不喜歡賴家人。賴薇瞧著與我親如姐妹似的，親熱得很，可我總覺得，她背地裡似乎在算計我什麼。」

上回賴家公子那事，姜錦魚也沒個證據，不好拿出來說，只能含糊說上那麼一、兩句。

何氏一聽，對賴薇的感覺也不大好了，摸摸女兒的腦袋。「也好，那就少和她來往。正好妳也要辦及笄禮了，辦完就是大姑娘，再出門也不合適了。醫廬那裡也少去，反正妳阿兄來了，有什麼事，就讓妳阿兄替妳跑。」

「嗯嗯。」姜錦魚滿口答應下來，可有些人不是她想躲，就能躲著的，至少賴薇就不是個體貼人的。

第十九章

布莊裡，姜錦魚跟阿兄姜宣正認真挑著料子。

蠻縣這邊的染織技術很獨特，是用山裡的果子打出果漿所染，染出來的布顏色亮，且怎麼洗都不容易褪色。不過以前蠻縣的染布在外頭沒市場，而那些南來北往的商人，也不敢往蠻縣來，嫌這裡亂。還是姜仲行當了縣令後，才把蠻縣的染布給推銷出去。

本來已經及笄，姜錦魚該在家裡待著，這次會特意出門來挑，也是想著老家一群長輩還惦記著她的及笄禮。做晚輩的自然也要有些表示，給奶奶、伯母、嬸子等女眷準備的，自然就是當地的染布了。

挑得正認真時，她就聽到旁邊一聲親親熱熱含著笑意的「姜妹妹」。

一回頭，居然是賴薇。

賴薇臉上帶著萬分熱情的笑，尤其是瞥到一邊溫潤如玉的姜宣，更是燦爛了幾分。

賴薇得知自己一眼相中的郎君後，便心動得不行。

姜少爺是縣令家的大公子，以往沒見過，那是因為一直在錦州念書，這回是來探親的。

一個是主簿家千金、一個是縣令家公子，她越想越覺得，這與自己簡直是門當戶對、天生一對，簡直不能更般配了。

賴薇走上前，親親熱熱挽著姜錦魚的手，彷彿才看到一旁的姜宣，臉上微微露出羞澀來，正待開口，就見姜宣避嫌似的走開了。

不怪姜宣躲得快，實在是他在錦州時，這樣的事情碰得實在太多了。他走在街上，都會有自認貌美的小娘子撞上來，曉得他一人在府裡念書，家裡也沒個長輩幫襯著，若是沾上了，那要是厚臉皮賴著，他一個讀書的年輕郎君，難不成還真能同她們這些小娘子計較？

所以，一看到自家妹妹的小姐妹來了，姜宣便連忙走開避嫌了。

賴薇笑著的臉一僵，「呵呵」笑了下，扭頭開始跟姜錦魚套近乎。「姜妹妹，上回的事情，姐姐我是真沒想到。我也不知我阿兄素日裡那樣正經溫潤的一人，竟著了迷似的……」話說一半，開始掩唇笑，先抑後揚道：「我兄長平日在縣學裡念書，哪個不稱讚他一句沈穩好學的？便是家裡有那貌美的小丫頭想勾著他，也沒瞧見我哥哥多看一眼的。」

姜錦魚側頭看她，哪裡不知道她這話的意思，若是一般的姑娘家，知道主簿家公子愛慕自己，還為了自己失了體統，便是心裡本來沒感覺，也會有一點心動。

可她又不是那種好騙的小姑娘，只裝著不知，慢條斯理道：「賴姐姐什麼意思，我怎麼聽不懂。賴姐姐也是來挑料子的嗎？」說罷，扭頭對掌櫃道：「掌櫃的，來貴客了，賴姐姐素來出手大方，還不把好東西都送上來給賴姐姐挑。」

布莊掌櫃是個有眼色的，也知道賴家有錢，隨即把最貴的都給送了上來，還躬身道：

「賴小姐慢慢挑，這都是咱店裡最好的料子。」

賴薇哪有心思挑什麼料子？可姜錦魚才不會讓她繼續胡言亂語，笑盈盈的，一會兒說「賴姐姐，這個鵝黃的襯妳膚色」，一會兒說「那疋靛藍的做襦裙定然好看」。

賴薇被捧得稀裡糊塗，一心又覺著不好得罪姜錦魚，便滿嘴都是好好好，等要走的時候一看，她今天一天居然買了十幾疋的料子，還都是上好的那種，加起來都快一百兩了。

她雖說在賴老爺那裡還算得寵，可家裡的銀子也不是大風颳來的，怎麼可能在她這個庶女身上花太多？一百兩銀子，也算是去了她大半的私房了，這麼些年從公中那裡算計來的，今天一天都給折騰進去了。

賴薇表情僵硬，可看著一臉殷勤的掌櫃和早就包好的布料，也只能硬著頭皮道：「嗯，等我回了府裡，讓下人送銀子來。」

掌櫃一聽，殷勤道：「那小的這就讓人送到貴府去，也省得賴小姐還派人多跑一趟。」

賴薇臉都綠了，姜錦魚走過去，看見她的臉色卻故作不知，面上笑吟吟與她道別。

賴薇回了府裡，身後就跟著來送料子的布莊小二，她也是要面子的人，此時哪好說不要？只能硬著頭皮，把自己的私房都掏空了。

回到屋裡，丫鬟小心翼翼送了茶水過來，賴薇氣不打一處來，整個杯子摔了出去，落得那丫鬟滿頭的茶葉渣子，心裡才好受些。

發洩了一通，賴薇起身去找生母秋姨娘，進門便氣哄哄道：「娘，我讓妳想法子探探姜夫人的口風，這麼多天了，妳問著了嗎？」

秋姨娘揪著帕子，一臉為難。「我倒是想為妳謀劃，可我跟姜夫人搭不上話啊！」

秋姨娘只是個妾，在府裡還有些體面，可放到外面，正經人家的正頭娘子，壓根兒不會拿正眼瞧她。至於何氏，就是要打交道，也只會跟府裡主母賴夫人來往，她一個妾室，哪裡能與何氏搭上話？

賴薇心裡來氣，嫌棄姨娘不會辦事，又想到自己今天大出血了一回，更是肉疼不已，咬牙道：「娘，這可不是我一個人的事情。我要是能嫁到姜府，就能幫著哥哥說話，到時候哥哥娶了姜家小姐，那往後咱們都不用看正房的臉色了。」

秋姨娘一聽，心思活絡了起來，她要真是個傻的，也不能生下賴家唯一的兒子。女兒的事情，她當然上心，可再上心，也越不過兒子的事情重要。

「妳說得對，傑哥兒現在一心惦記著那姜家姑娘，可人家瞧不上咱家。我也不是沒試探過，可姜家挑明說了，不會在咱們縣裡找人家。」

賴薇聽了，心裡不由得冷笑，她就知道姨娘對她的事情不上心。她笑了下，故意賣關子道：「娘，我倒是有個主意……」

秋姨娘知道女兒打小就是個心思活絡的，連忙問她，母女倆附耳說了許久，心裡各自都有了盤算。

約半個月後，姜家就收到了來自賴家的帖子，這回不是什麼小打小鬧的帖子，正是那賴老爺辦壽。

可等細細看了那帖子，又覺得有些莫名其妙，賴主簿這回是四十六歲的壽宴，非整、非十的，用得著這樣大張旗鼓的辦嗎？

心裡覺得奇怪，可人家既然遞了帖子來，那總得要出席。

到辦壽那一日，姜家一家人去了賴家。

姜家在鑾縣安定下來，已經很多年了，可全家人一起露面，卻還是頭一回。平日裡與何氏親近的官夫人們，以傅教諭家的傅夫人為首，都含著笑看過來，眼睛都亮了，態度親暱中帶了絲埋怨道：「妳也真是的，妳家孩子這樣出色，也不早些帶出來，讓我們也好開開眼界。」

何氏自然謙虛道：「孩子家家的，有什麼出色不出色的？還說什麼開眼界，妳家大姑娘，那才叫一個端莊大氣。我家這個，還是個孩子呢。」

說笑間，賴家下人將男客和女客分開領走，男客自是去了前廳，而女客的宴則安排在後院。

姜錦魚跟著何氏進了後院，剛坐下，便瞧見賴家夫人出來了，賴夫人年紀比賴主簿小一些，可看著比賴主簿老態不少。在座除了沒出閣的姑娘，大多是在家裡掌權的正頭娘子，一看心裡就有數了，女人老得快，那就是日子過得不舒坦，可見這賴夫人在賴家的地位，的確如同外頭傳的那樣，是被妾室們壓著的。

賴薇也跟在賴夫人身邊，這回的壽宴，是她和秋姨娘兩人勸著賴老爺大辦的，也是二人操持下來的。但家裡嫡庶不分是一回事，放到明面上讓外人指指點點，又是另一回事，因此哪怕是賴薇和秋姨娘操辦的，出面領功勞的卻只能是嫡母。

不過她現在沒把這點小功勞放在心上，反而覺得嫡母出面也好，省得秋姨娘得在這裡耽誤事。她微微笑了下，向姜家人那一桌走去。

賴夫人冷眼看庶女走開，見她走到何氏身邊，那樣小意逢迎著，便已經猜出她那點小心思，內心不由得冷笑道：她還真是小看了秋姨娘母女了，本以為她們是想藉著辦壽的名義，討那男人開心。沒想到，人家的眼界可高著，想來這是看上了姜家那位來探親的大少爺？

何氏能感覺到，面前這姑娘，在竭力討好自己。可是，討好她的人多了去了，她也不是每個都要搭理的。面對賴薇的討好，何氏臉上客客氣氣，可客氣是客氣，就是沒有半分親暱。

賴薇臉皮再厚，再肯為自己謀劃，可無奈何氏不接招。

周圍哪個人不是人精，似姜家這樣家風清正，姜仲行除開何氏一個，屋裡連個妾都沒有的人家，壓根兒沒有幾個。而在座的夫人們見慣了妾室、庶子算計，哪裡看不透賴薇的心思，都不動聲色交換著眼神，充斥著鄙夷。

這賴家庶女，還真以為別人家如同他們賴家一樣，嫡庶不分、不講規矩嗎？小姑娘家家的，有想攀高枝的心思，可以理解，但沒瞧見人家何氏都不搭腔嗎？真沒臉皮！

素來看不慣賴家作風的傅夫人掩嘴笑了笑，朝著賴薇招手，貌似親熱，實則話裡有話道：「瞧瞧這孩子，長得真好。別只顧著同姜夫人說話，也來同我們說說話，好歹讓姜夫人喝口茶啊……」

賴薇瞬間羞恥到了極點，再看周圍的人，覺得她們彷彿都用鄙夷的目光看自己的笑話。

見賴薇被傅夫人給打發過去，何氏才算是輕鬆了不少。

傅夫人也不是真心要同賴薇說話，按照她的脾氣，怎會願意和一個庶女說什麼話？兩、三句便把賴薇推給了身邊人，反倒自己過來同何氏說話。

她細細打量了一下坐在旁邊的姜錦魚，剛及笄的姑娘柳眉墨眸，眉眼帶著笑意，整個人透著一股溫然的氣質，讓人看了便覺得舒服。再想起平日聽自家大女兒所說：姜姑娘脾氣溫溫順順的，不似旁人家那等倨傲爭高下的人，脾氣是好，可也不是那泥捏的，做事頗有章法。

她這下子是真心實意替自家長子覺得遺憾了，要是有機會，那她就算是覺得自家高攀了，也肯定要開口試試。可她早就從自家老爺那裡知道了點內幕消息，姜縣令這回任期下來，怕是要往上調了。

既然要往好地方去了，自然不可能把女兒留在這地方嫁人，換作她自己，將心比心，那也是絕對不能答應的。所以，傅夫人雖然覺得惋惜，可到底沒開這個口，反倒把自己最近相看的幾個閨女同何氏說了，讓她幫自己參謀。

何氏不知道傅夫人曾經屬意自家閨女，還認真替她參謀著，不過就算她知道，也是絕對不肯把女兒嫁在這蠻縣的。不是蠻縣不好，而是她膝下就這個一個閨女，雖說平日裡待她嚴厲，可也是真心疼的，哪肯讓她遠嫁？

莫說蠻縣這樣的地方，就是盛京那樣繁華的地方，她都不一定樂意。

見娘同傅夫人說得起勁，姜錦魚便轉頭同傅大姑娘說起話來，傅姑娘的性子挺好，有點像傅夫人，都是有話直說的人，兩人聊起天來，倒是比與賴薇說話要自在許多。

有丫鬟上來送甜湯，一桌桌的送，直送到姜錦魚她們這一桌的時候，上湯的那丫鬟手一抖，甜湯便往傅姑娘頭上潑去。

幸好姜錦魚眼疾手快，趕忙一個起身，拉著傅姑娘避開，才沒鬧出大事來。

那丫鬟嚇得趕緊跪在地上磕頭求饒，手都壓在碎了一地的陶瓷上。「奴婢不是有意的……」

苦主是傅家小姐，姜錦魚便沒出面說話，倒是一邊的賴薇急急忙忙跑過來，一臉擔憂。

「姜妹妹，妳沒燙著吧？」

姜錦魚看了賴薇一眼，覺得她莫名其妙。明明是傅姑娘險些倒楣，她急匆匆跑來問自己有沒有事做什麼？這是打算給她拉仇恨嗎？

一旁的傅夫人也是一肚子氣，本來自家女兒差點遭了罪，她就後怕不已，結果這賴薇跑過來，一句都不關心她家傅敏，居然去問救了她女兒的姜錦魚？

傅夫人看不過眼，冷笑一聲，而傅敏卻是個不愛作踐下人的，站出來對那磕頭的丫鬟道：「算了，我沒事，只是衣裳髒了而已，下回小心些。」

賴薇這才反應過來，暗暗瞪了一眼那壞事的丫鬟，滿臉愧疚道：「傅妹妹、姜妹妹，都怪我沒安排好。我帶妳們去換身乾淨衣裳吧。」

姜錦魚和傅敏應下。

賴薇在前面引路，面上陪著笑，可袖子下手心都出汗了，心裡緊張得不行。

姜錦魚和傅敏兩人跟在後面走，看賴薇那個樣子，就覺得不對勁。傅敏心思單純，與賴薇沒什麼過節，還沒想那麼多，姜錦魚卻是想深了一層。

這甜湯早沒潑、晚沒潑，偏偏潑在了她身邊的傅敏身上。賴薇現在還一副緊張兮兮的樣子，越想越覺得不對勁，心裡便警惕了起來。

姜錦魚含笑道：「賴姐姐，還沒到嗎？」

賴薇陪笑道：「要到了，就在前面，我陪妳們過去吧。」

到了客房，有左中右三間，賴薇是主人，她來分配，姜錦魚和傅敏自然無二話，兩人相繼進了客房。

傅敏是左邊的客房，姜錦魚則是中間那間，一聽到外頭賴薇離開的腳步聲，她便推開門出來了，走到左側去，敲敲門，喊了句。「傅姐姐。」

傅敏來開門，有些疑惑道：「怎麼了？」

姜錦魚抿唇輕輕一笑，道：「我那間客房，似乎是有人住過了，有些亂。」

傅敏一聽就明白了，在她心裡，賴家就是個沒規矩的人家，嫡庶不分、寵妾滅妻，連下人都沒調教好，她剛剛不和丫鬟計較，那是她看不過眼那丫頭那樣可憐，卻不代表她覺得賴家沒錯。現在一聽，更是沒懷疑，直接認為肯定是賴家沒安排好，以為她們不會來客房，便沒仔細收拾。

「快進來吧，我這邊還好。」傅敏趕忙將門拉開些，輕輕拽著姜錦魚的手腕。

兩人輪流在裡間換好了衣裳，一個在外頭守著，一個在外面換衣裳，兩人都覺得安心不少。可等了片刻，也不見賴薇過來，兩人便乾脆在屋裡小坐片刻，一壺茶喝了幾口，就聽到屋外傳來一陣吵鬧聲。

傅敏嚇了一跳，可她畢竟比姜錦魚年紀大些，眼看一出事，就下意識把姜錦魚當妹妹護著，拉著她的手道：「等等，先看看情況，我們先別急著出去。」

姜錦魚也正有此意，她知道，大抵是因為她方才來了傅敏這裡的緣故，讓賴薇的算計落了空。她雖不知道賴薇具體是怎麼計劃的，可害人的手段無非就那幾種，就是誤闖了姑娘家換衣裳的客房，壞了姑娘家的名聲之類的。

兩人在屋裡躲著，外頭卻是一團亂糟糟的。

女客們本來在前院好好的，忽然就見秋姨娘跑了出來，一露面便撲到賴夫人身邊，哭天喊地道：「夫人，出事了，出事了！」

這好好的擺酒的時候，就算是出事了，正常人家那也是藏掖著，哪有像這樣大聲嚷嚷出來，生怕別人不知道似的？

因此一看這情景，大家心裡都有點覺得奇怪。

眾人跟著秋姨娘來到了後院客房，就見中間和右邊兩間客房，被壯碩的僕婦給守住了，裡頭隱隱約約傳來女兒家的哭泣聲。

女兒不在身邊的何氏和傅夫人，兩人都皺起了眉頭，彼此看了一眼，還沒來得及說話，便聽那秋姨娘哭哭啼啼道：「妾本想著，今日是夫人主持壽宴，我就在我那碧水院好好待著。可春紅這丫頭見出了事，拿不定主意，就跑去找我了。」

賴夫人煩透了秋姨娘的嘴臉，冷冷道：「別哭了，到底出什麼事了？」

秋姨娘支支吾吾間，就見前院的男客們也簇擁著過來了，一群人擠在後院處，一問才知道，也是被秋姨娘這邊喊來的。

賴老爺平日還是個憐香惜玉的，可壽宴上出了這樣的糗，他覺得頗沒面子，對秋姨娘也失去好臉色。「到底什麼事？」

秋姨娘方才哭哭啼啼不說，就是故意等著前院來人，見人都到了，才緩過氣來一樣指著那客房道：「妾也不知道，只是春紅那丫頭，哭哭啼啼過來和我說，客房出事了，有人醉酒誤闖了客房。」

第二十章

眾人一聽，看秋姨娘和賴老爺的眼神都不對了，尤其是賴老爺的同僚們，心中紛紛鄙視。

這賴主簿看女人的眼光也太差了！這樣沒腦子的女人也能寵了這麼多年，還把正房夫人給越過去了？自己家裡要是出了這樣的醜聞，肯定先封了下人的口，知道的人越少越好。像這樣大張旗鼓把人喊來看熱鬧的，還是頭一回見！

賴主簿被眾人看得滿肚子氣，面子都掛不住了，正要開口說話的時候，就見中間那間客房的門開了，姜宣從裡面走了出來。

何氏一怔，忙問：「宣兒，你怎麼在這裡？」

姜宣也彷彿是被面前的情景給弄糊塗了，看了眼兩個僕婦，頓了片刻才道：「方才賴少爺醉了，我扶他過來客房休息。湊巧我衣裳也污了，便換了一身。」一頓，又問：「這是怎麼了？」

秋姨娘見只有姜宣一個人出來，往裡一瞧，沒找著賴薇的身影，心知姜宣和賴薇這一齣，怕是不成了。好在她對女兒的事情也不算上心，眼下她心裡最重要的，還是自己的兒子。

她故意癱軟在地，雙眼無神呢喃道：「難道這客房裡的，是我家傑哥兒？」

這時賴主簿早已氣不打一處來，狠狠瞪了一眼秋姨娘，咬著牙強笑道：「今日我這個妾室無狀，讓大家見笑了，大家先回前廳吧。」

可秋姨娘不願意，一聽立刻跪下了，一副敢作敢為的樣子，義正辭嚴道：「妾不知我家傑哥兒冒犯了哪家小姐，可一人做事一人當，還請大家為我做個見證，不論是誰家小姐，我家傑哥兒都立刻上門求娶。」

話說到這裡，諸位夫人都看向了何氏和傅夫人，眼神中飽含同情和憐憫，任誰都看得出來，甭管這客房裡是傅小姐還是姜小姐，那肯定是被秋姨娘和賴傑給賴上了。

傅夫人是眼前一黑，險些暈過去，她就怕這客房裡的是自家姑娘。何氏倒比她好些，她瞭解自家綿綿，瞧著脾氣軟，卻不是好算計的人。

就在秋姨娘大義凜然的時候，左邊那間客房門突然被推開了。

姜錦魚和傅敏攜手站在那裡，兩個小姑娘都有些發怔，彷彿被嚇到了一樣。

傅敏還疑惑的看了看眾人，問道：「這是怎麼了？」

傅夫人提著的心落了地，明白自家姑娘和姜家姑娘躲過了一劫，再看向秋姨娘的眼神，就充滿了恨意，咬著牙道：「不是說要我們做個見證嗎？還不把人請出來？賴夫人，讓人開門吧！」

秋姨娘整個人都傻了，沒想明白，明明應該跟自家女兒在一個屋子裡的姜宣，怎麼會一個人出現在客房？而本該和自家兒子困在客房的姜錦魚，怎麼會和傅敏在一起？

那……屋子裡的人又是誰？

再聽屋裡傳來的哭聲，莫名覺得有些熟悉，秋姨娘背後一涼，好像被塞了一塊冰，渾身冒了冷汗，只顧得上搖頭。「不行！不能開門！不能開！」

傅夫人瞥她一眼，慢條斯理道：「賴夫人脾氣好，容得了妳這個賤妾指手畫腳。我可不是那等好脾氣的人，秋姨娘，這裡輪得到妳說話嗎？」

秋姨娘還在拚命搖頭，甚至用身子擋在客房前。

賴夫人也看出了端倪，心下冷冷一笑，面上卻和氣得很。「妹妹方才說得對，咱們賴家也是高門大戶，出了事，總得擔著。今日不管是誰在這屋裡，傑哥兒總得給人家姑娘個交代，是吧？」

「開門吧！」

賴夫人發話，幾個僕婦都不敢有二話，右側客房的門驟然打開，只見離門不遠處，便落了一地的女兒家的襦裙。

眾人都撇開頭去，覺得被這畫面給污了眼睛，倒是賴夫人，還好聲好氣對守門僕婦道：「去把少爺和那姑娘給請出來。」

等了片刻，裡面的哭聲一下子響了起來，這下子眾人都聽出來了，這聲音分明是剛剛還在陪著她們的賴薇。

僕婦出來，滿臉為難道：「夫人……」

賴夫人心情頗好，顯然十分痛快，笑咪咪道：「請不動是嗎？那我們進門看看吧。」

說著，眾人進了客房，連癱軟的秋姨娘，也被賴夫人「好心」吩咐僕婦扶著進門。

屋內，被褥都散了一地，床榻上雜亂不堪，讓人看了都覺得臉紅。

男人渾身酒氣，被強壯的僕婦壓制著，正是賴傑。

而另一邊的女子，滿目倉皇，淚珠滾了滿臉，珠翠散了一床，呢喃著搖頭。「怎麼會？怎麼會？明明不是這樣的！」

屋裡的應該是被灌醉了的姜宣，怎麼會是她的同胞兄長？到底是哪裡出了錯？

賴薇想不明白自己的算計，究竟哪裡出了錯，可她心裡很明白，她這一輩子都毀了。

傅夫人忙遮了遮眼睛，拉過女兒傅敏和姜錦魚的手，道：「妳們姑娘家的還是別看了，這骯髒事看了不好。快出去，快出去。」

姜錦魚和傅敏被推搡著出了門，兩人彼此對看了一眼。

傅敏後怕不已，抓著姜錦魚的手，慌亂道：「賴薇她是想算計我們！要是沒出錯，在那屋裡的人，應當是妳或是我！」

感到握著自己的手心發涼，姜錦魚抿唇安慰道：「傅姐姐，沒事了。」

再一次聽到賴薇的消息，已經是一個多月之後了。

自從上次出了賴薇的事情，賴家幾乎成了整個蠻縣的笑柄。本來大家給賴家留了情面，那天在場的人雖然多，可真的把事情拿出去四處說的人，卻不多。

出了這樣的事情，其實等風頭過了，賴家再給賴薇說一門外縣的親事，倒也糊弄得過去。哪曉得，把這事情給捅出來的，不是傅夫人和何氏，而是賴家主母賴夫人。噢，現在應當叫馮氏了。

賴馮氏拿著賴家的帳本，直接去縣衙擊鼓鳴冤，生生把賴主簿這些年魚肉百姓的事情全抖了出來，然後狀告賴主簿寵妾滅妻、立身不正，縱得妾室、庶女私吞她的嫁妝，要與賴主簿劃清界線，兩人和離。

一樁樁、一件件，全是當著全縣百姓的面抖出來的。賴主簿臉都綠了，直接就暈過去，等醒來的時候，主簿的官職都給撤了，這還不算完，眼看著賴家倒了，以往被賴家侵占財產的幾家商戶聯合起來狀告賴主簿。

賴主簿還在牢裡，等著案件進一步審理，可秋姨娘和賴薇卻是很好判的，妾室侵占主母財產，且馮氏拿出來的證據也很清楚，足夠定罪。最終，按偷盜罪判，秋姨娘是主犯，徒一年，賴薇是從犯，杖責二十，並且要將侵占的財產如數奉還。

至於馮氏，則如願和賴主簿和離，帶著自己的嫁妝，立了女戶。

而賴家落得什麼結果，已經不是姜家人關注的事情了。

姜仲行呈上去的摺子進了盛京，近年來大周如蠻縣這樣的地界不少，他這封摺子遞得正是時候，被內閣拿去邀功了，入了當今聖上的眼，非但允了蠻縣改名益縣一事，還對姜仲行留下了不錯的印象。

不過這些盛京內幕，也就那些官爵內廷之人才知曉，傳到蠻縣來的，除了有給蠻縣更名為益縣的文書，另外就是給姜仲行的調任書。

調任地，便是天子腳下——盛京。

調令一下來，姜仲行這邊就開始做交接準備了，往年的卷宗賦稅等等，都要盤點清楚，一併交給新接任的縣令。

好在自打賴主簿入獄後，傅教諭做了新主簿，一個是新官上任，一個是馬上就要高升，兩人毫無利益糾葛，兩人合作，做起事來倒是難得的順利。

而何氏這邊得了確切消息後，也開始準備離開益縣的事宜，家中忙忙碌碌，連帶著姜錦魚，都被何氏抓著幫忙。

散酒飯吃了幾回，接任的新縣令總算來了，做好交接，姜家這邊也就上路了。

因著朝廷發的調令文書上，定的是年後去吏部報到，姜仲行便決定，帶著家人先回一趟老家。

路上行了一個來月，中間路上碰到了幾場小雪，好在還沒到落大雪的時候，否則姜家的馬車，還真要被堵在路上了。

到夏縣時，已經過了十一月，昨日下的雪開始融了，即便是官道上，也是泥濘不堪，馬車行得有些艱難。

姜錦魚掀開簾子，看了看熟悉的街道，聽到石叔下了後頭的馬車，過來道：「老爺，今日怕是回不去村裡了。這路太滑了，天黑後怕不好走。」

姜仲行看看天色，便吩咐先去客棧住一晚。

第二日天微微亮，眾人便起身了，略收拾了下，便乘著馬車往雙溪村去。

馬車一進鄉下，就開始變得顯眼起來。鄉下不似城裡，來來往往馬車不少，鄉里人慣常使牛車或騾子，因此見到馬車，都看熱鬧似的打量。

外頭的小雪總算停了，趁著雪還沒化，車夫加快車速，終於在午飯前趕到了雙溪村。

一進村子，拐了幾個彎，就到了姜家的新院子。

幾年前，姜家便修了新院子，還把隔壁空著的地給買下來了，中間依舊是他們老姜家的舊院子，不過是推翻重新起了個新院子，算是主房，還是由姜老頭、姜老太住著。

周圍修了四個新院子，除開長年在外的二房，其餘各房都住在自家的院子了，不過尋常時候，哪家做了好吃的，也都是趕著給兩個老的送去。畢竟姜家男兒最孝順不過，幾個媳婦們自然也跟著看重兩個老的。

車一停穩，東小院住著的姜大郎就聞聲出來，就是怕兩個老的大冷天出門吹了風，一開始看到下了車的姜宣，還沒認出來，心裡還琢磨著，這是誰家的後生，生得這麼俊？

而已經成了家的姜興倒是一眼給瞧出來了，衝出來喊道：「二弟！」跑一半才想起來，回頭朝自家老子喊。「爹，是二叔家宣哥兒啊！」

姜興這麼一喊，倒是把正小院裡的二老給驚動了，姜老頭雖然年紀大了，可腿腳還索利，抖著旱煙出來，恰好就瞧見了剛露面的二兒子，還以為自己眼花了，揉了下眼睛，轉頭就向屋裡喊。

「老婆子，別折騰了！二郎回來了！二郎一家回來了！」

姜老太一聽，急忙站起來，籮筐裡挑好的黃豆灑了都沒顧得上，跑出來看見馬車邊站著的二兒子一家，眼淚頓時就流下來了。

姜二郎離家六年未歸，也是感慨萬分，領著妻子、兒女們上前幾步，恭恭敬敬磕了個頭，道：「不孝兒回來了！」

一看兒子跪在雪裡，姜老太也急了，上來抱著兒子就哭，拍打著他的肩膀，硬要拉他起來。「你這孩子，不像話！一回來就跪我，誰要你跪了！」

姜仲行無奈的起身，然後就被老太太一頓訓，又是說他瘦了，又是怪他跑到那麼遠的破地方去。姜仲行在益縣，那也是一縣之首，走出去也是人人尊敬的縣令，到了姜老太面前，倒是被娘訓得心甘情願。

姜錦魚見狀，連忙把自家弟弟姜硯給推上去，拯救自家阿爹於水火中。

果然，姜硯一露面，姜老太立刻被轉移了注意力，摟著孫子「心肝肉」、「寶貝蛋兒」一頓瞎喊，也顧不上數落不聽話的二兒子了。

孫氏和姜三郎、姜四郎夫婦聽到外頭這麼大動靜，都急急忙忙出來了，一看這情景，都喜上眉梢了。

「進屋吧，別凍著孩子了。」還是姜老頭發話。「大郎、三郎、四郎，今兒都來老屋吃，你們家裡都甭做飯了。」

「欸，爹，那我把剛割的臘腸拿來。」孫氏趕忙笑呵呵應下來，她以前還對何氏起過嫉妒心，現在早就服氣得不行了，人家就是命好，先做了秀才娘子、後做了舉人娘子，現在更是成了官太太了，她還能不認命嗎？

眾人進了屋子，正說著話，就聽得外頭傳來敲門聲，姜三郎忙去開門，過了一會兒，就領著里正和村長過來了。

兩人都是熟面孔，鄉下的村長、里正啊，基本都是做到年紀到了，走不動路了才換人。兩人一進來，居然要給姜仲行行禮，嚇得姜仲行趕忙扶住兩個老爺子，道：「折煞晚輩了，怎麼能讓您二位給我行禮。」

村長摸著鬍子笑咪咪點頭。「要的要的，你現在可是縣令了。」

姜老頭就在一邊搖頭。「叔，您二位也真是的，二郎還是你們看著長大的。咋能給二郎行禮？這不亂了輩分嗎？甭管多大的官，那也得喊你們一句老爺子不是！」
村長和里正也是一笑，孫氏和鄭氏忙過來添了兩杯茶，請兩位老人家坐下。等坐下了，村長才道明來意，道：「這回我來啊，就是想求二郎個事兒。」
姜仲行隨即道：「老爺子有什麼事，只管吩咐。」
這兩位輩分高，且一輩子為村裡付出，德高望重。就連姜錦魚入族譜時，都是兩位老爺子操持的。姜仲行也是真心敬重兩位。
村長和里正兩人含笑對視一眼，才道：「這麼些年，咱們村日子過得越來越好了，我同你三太爺就商量啊，能不能在咱們村辦個村學，這不剛定了個章程，聽說你回來了，我跟你三太爺就急忙趕過來了。」
一聽是辦村學的事情，姜仲行也正色起來，道：「這是好事，咱們村裡孩子不少，是該送去讀書。再者這村學辦起來，附近的孩子們也能受益。您二位既然來找我，那我就給您二位介紹個人選，那位當初同我一起考中秀才的梁秀才，您二位可還記得？」
村長忙道：「那自然記得！」
姜仲行接著道：「梁兄學識扎實，若是肯來，那這村學必然能辦起來。且他為人品行高潔，教書育人最合適不過。」他頓了頓，接著道：「另外，若是辦村學，我出兩百兩給村裡買些田地，就當是祭田，日後出息就用於這村學的開銷。」
村長本來只是想姜仲行介紹個夫子，沒想他卻主動提出要出銀子，頓時又是喜，又是覺得羞愧，生怕姜家人誤會他是刻意上門來要銀子的，忙擺手道：「不成，這不成！這錢該村裡人出，咋能讓你出？這不是占了你的便宜嗎？」

姜仲行豁然一笑，他為官多年，手裡銀子真的不缺，能為村裡做些好事，也算是他給一家子積功德了。再說，他長年在外做官，可姜家卻還是扎根在雙溪村的，要是能打點好關係，也是好事。

「老爺子別推辭。我出這銀子，談不上占便宜不占便宜。我也不是那等胡亂做善事的，這村學的束脩啊，您還是得收。我這祭田的出息，也不是隨隨便便誰都給的，只給那些考出功名的，就算考上個童生，咱們村裡給他們一家子送個十兩銀子，那也是一種勉勵不是？」

村長恍然大悟。「到底是讀書人聰明，想得多！別說十兩銀子，就是五兩、三兩，村裡人肯定也願意送孩子來村學！」

鄉下為什麼讀書人這麼少呢？一來，就是沒銀子送孩子上學；二來，大多數人都覺得，讀書就是費錢，只出不進的，供不起！

若是讓村裡人知道，這讀書讀得好，不僅不費錢，反而能往家裡送銀子，那願意送孩子來念書的人就多了。

姜仲行也不是嘴上說說，第二日便去了一趟梁秀才家裡。

到梁家後，梁秀才媳婦張氏剛開始還以為，姜仲行只是自家丈夫的一個普通同窗。等知道這同窗還是縣令老爺之後，面對何氏和姜錦魚時，就有些戰戰兢兢了。

梁秀才和姜仲行進了書房詳談，便留下張氏招呼何氏。

張氏小心翼翼端水進來，臉上的笑容也有些僵硬。「二位喝水。」

作為秀才娘子，張氏在村裡，那也算得上是嫁得好的。可這「嫁得好」與何氏比起來，就矮了一截了。

何氏習慣了旁人這般態度，並不端著架子，反而與張氏話著家常，見到張氏的小女兒，還喚過來跟她說幾句話。

而此時的書房裡，梁秀才看著面前曾經的同窗，心裡多少有點不是滋味了。

兩人同一屆考中的秀才，結果姜仲行一路高升，中了舉人、做了教諭、當了縣令，現在甚至還要往上升，而他還只是個小小的秀才。彷彿所有的運氣都在那一次的秀才考試中用完了，又考了兩、三回，他自己都考得心灰意冷了，乾脆不再惦記舉人功名了。

好在他心思正，又是個心胸開闊的，很快調整好了情緒，聽了姜仲行的來意，微微考慮一下，便答應下來。

姜仲行得到消息，也看出梁秀才心中那點情緒，不露聲色將兩人還在縣裡念書時的趣事拿來說，幾番下來，倒是讓梁秀才都折服了。

第二十一章

中午在粱家用了飯，一家子乘馬車回了雙溪村。姜仲行先去村長家裡把這事與他說說，怕老人家心裡惦記著。

姜錦魚則跟著何氏先回了姜家，才進院子，就聽到院子裡傳來歡聲笑語。進屋一看，自家弟弟又在綵衣娛親了，不過表情挺委屈的。

姜硯一看到自家阿姐，像是找到了靠山，拋下眾人跑過來，委屈巴巴道：「阿姐，你們出門怎麼不帶我？」

姜錦魚笑咪咪，揉了一把自家弟弟的腦袋調侃。「誰讓你睡懶覺了？」

姜硯一聽更委屈了，拽著姜錦魚的袖子道：「阿姐妳不知道，阿兄一大早就來喊我，讓我練字、背書，被奶聽見了，她就喊我在院子裡背，還要當著那麼多人的面，多奇怪啊！他們都盯著我看，好似我是什麼猴子！」

姜錦魚忍笑忍得肚子疼，輕輕捏了一把弟弟的腮幫子，憋笑道：「哪裡的話？是我們家石頭太可愛了，大家才忍不住盯著你看的。」

兩人邊說邊走，屋裡正暖和著，一進門便見十來雙眼睛看過來。最先看的自然是走在前面的何氏，可很快便輪到了姜錦魚。

她走進去，發現基本都是眼熟的嬸子、伯母的，拐來拐去還有些親戚關係，便上前挨個兒喊了人。

這時就有人誇上了，其中三嬸子嘖嘖兩聲，對何氏道：「嫂子，妳這女兒養得好！瞧瞧咱們綿綿，這一進門，我的眼睛都看不過來了，真是哪裡都好！」

何氏還要謙虛一句，一旁的姜老太可不謙虛了，拍著胸脯道：「那是，我早就說了，我這孫女命裡有福氣！你們都不知道吧？就她剛出生那會兒，還有老神仙上門算命，說我家綿綿命裡旺家！這不？她爹先前還考不中呢，打從綿綿生了，順利得不得了！」

三嬸子忙問：「真有這事啊？」

姜老太一口咬定。「我還能騙大家不成？比真金還真！」

旁邊聽的人覺得稀奇，心裡想著：天底下哪有這麼玄乎的事情？還老神仙？那會兒姜家也就是個普通農戶，哪來的老神仙上門？

可仔細想想，又覺得這姜家女兒指不定真有福氣，否則咋能做縣令家小姐呢？

姜錦魚都被自家奶捧得無地自容了。她捫心自問，還真沒覺得自己從小就旺家。這過日子的事情，都是人過出來的，哪有什麼命不命，福氣不福氣的？

可這拆臺的話她不好說，不能敗了老人家的興致。

好在姜老太沒事幹，可陪著說話的嬸子們，家裡卻是有活兒要幹的，眼瞅著時辰差不多了，紛紛散了，只留下意猶未盡的姜老太。

姜錦魚見她臉上遺憾的表情，笑盈盈吩咐小桃去把自己帶回來的料子取來，哄著老太太道：「奶說累了吧？坐下歇會兒，孫女今次從益縣回來，帶了好些料子，都是給您和伯母、嬸子們準備的呢！快過年了，我給您做身富貴的，保准您是這雙溪村最有面子的老太太！」

姜老太一聽就樂了，坐在炕上等著看料子。

小桃搬了料子過來，幾十疋都堆在炕桌上。

姜錦魚都是挑上乘的料子，加之益縣獨特的暈染工藝，在亮堂堂的堂屋裡一拿上來，就把孫氏、鄭氏等人稀罕得不行，皆是小心翼翼摸著那料子。

鄭氏有見識些，摸了摸道：「這料子染得真好，顏色瞧著格外的正。這疋正藍的，繡些紋，裁一裁，做馬面裙肯定好看。」

孫氏也眼饞得不行，眼珠子黏在一疋梅紅的料子上挪不開了，喃喃道：「這疋做斗篷合適，襯得人精神不少。」

說著，就拉著自家三女兒姜慧過來，把梅紅的料子往她身上一搭，嘖嘖道：「果然合適，真好看！」

姜慧也喜歡得不行，扭扭捏捏道：「四妹，這料子能送我嗎？」

家裡幾個姐妹，姜錦魚和姜雅關係還算得上好，跟姜慧那是從小不對付。也不是她不喜歡姜慧，而是姜慧打小就不待見她，見了她就吹鬍子瞪眼的。

不過姜錦魚不是那麼計較的人，大方點頭。「當然！本來就是給家裡人帶的，三姐妳自己挑就是。等大姐和二姐回來了，讓她們也帶幾疋回去。」

大姐姜歡早就嫁了人，而二姐姜雅是去年才嫁的，姜家現在日子過得興旺，來家裡說姑娘的人家也不少，女兒多留一陣也沒人敢說話。於是三叔千挑萬選，終於挑中了縣裡的布莊家，三姐夫是家裡的長子，底下還有好幾個弟弟，聽說相貌平平，但為人十分沈穩。

孫氏一聽立刻稱讚道：「還是綿綿大氣！」

姜老太懶得搭理眼皮子淺的大兒媳婦，現在家裡有錢了，她也沒那麼計較了，睜一隻眼、閉一隻眼就算了。

姜錦魚取了幾疋給姜老太搭在身上，又讓伯母、嬸嬸給些意見，最後才敲定了一疋正紫暗紋的和一件銀鼠皮的料子，這顏色大氣，剛好做成裡頭一套再加一件披風，老太太穿上身肯定好看。

挑完了料子，孫氏和鄭氏兩個就去廚房了，何氏也是兒媳婦，當然不能乾坐著，也跟著一起去了。

姜錦魚和姜慧坐著陪老太太說話，大概是因為收了料子的緣故，姜慧對她態度也好了些，還主動同她搭話道：「四妹，二嬸開始給妳相看人家了嗎？」

在鄉下，親事說是家裡長輩拿主意，可女孩子私底下討論得也不少，不過大多都是關係親近的才會討論。不過兩人是堂姐妹，姜慧說這話，倒不算不合適。

姜錦魚笑了下，搖搖頭道：「還沒，我不急，我娘說了，想多留我些日子。」

姜慧聽了就有點酸了，也對，二叔是縣令，四妹哪用得著發愁呢？隨隨便便挑一挑，也比她好得多。哪像她，挑來揀去也就是那麼些人家，要不就是窮讀書的、做生意的，要不就是地主兒子。

「也是，反正四妹妳不用愁。二叔當官了，妳往後肯定也是嫁給做官的人家吧？」

這話酸得很，姜錦魚就沒法接了，她乾脆笑笑沒作聲。

姜慧見姜錦魚不開口了，心裡頗有些不是滋味，她如今是家裡唯一一個在說親事的，她娘孫氏也私底下同她透了幾句，大抵是鎮上的地主胡家的二兒子，聽說性情忠厚老實。可在她看來，本來就是老二，底下還有小的，又是個忠厚老實的性子，想想都知道，這胡二在家裡肯定不受寵。

那她嫁過去，豈不是跟著一塊兒吃苦？

比不上姜錦魚這麼命好，爹是縣令，往後還要進盛京那樣的地方！親哥哥更是年紀輕輕，就成了秀才，大姐夫考這麼多年，也是去年才考中的秀才，還不像二叔那樣是什麼廩生，只是個普通秀才，連官府米糧都沒得領。

想到不如自己的大姐，姜慧心裡倒是好受了些，比上不足比下有餘嘛！比不過四妹，總能把大姐給比過去。

廚房裡，孫氏也在試探著問道：「二弟妹，綿綿瞧著也要相人家了吧？妳給她準備了多少嫁妝啊？」

何氏心裡有一桿秤，她膝下就這麼一個閨女，自然是能多準備些便多準備些，打從自家相公做教諭起，她就開始攢了，到現在也是一筆不小的數目。

不過，這些話她當然不會在孫氏面前說，財不露白的道理她懂。

何氏低頭用水沖了沖醬菜，彷彿不在意的道：「她還小呢，給她準備什麼？大嫂妳也知道，我們在益縣待了六年，綿綿也跟著我們受苦，我總想著，多留她幾年，這嫁妝啊，我也好慢慢給她準備。」

旁邊的姜四郎媳婦鄭氏也有個女兒，不過還小，頗有同感道：「二嫂說得對，我也是這個想法。我家珠珠，我也得多留幾年。在家裡做閨女多舒服，去了別人家做媳婦，又是操持家事，又是侍奉公婆、夫婿的，我可捨不得。」

孫氏面上訕笑一下，心裡暗唾了一口。

還以為四弟妹是不愛吭聲的，合著不是不愛吭聲，這不到了二弟妹面前，可真能說，拍馬屁拍得真索利，平時咋不見她這麼給她這個嫂子面子？

至於二弟妹的鬼話，她一句也不信。二弟在外頭做了這麼些年官，肯定撈了不少，不然怎麼隨隨便便出手就是二百兩。

想到這二百兩銀子，孫氏又開始肉疼了，雖說這銀子是姜二郎的，可白送給外人幹麼？

還不如給他們哥哥、嫂子呢！

雙溪村位於兩座大山之間，到了冬天就很容易落雪，才晴了一日，屋外又淅淅瀝瀝開始下起雪來。

姜老太掀開厚厚的布簾瞧瞧外頭，搖搖頭對姜錦魚道：「今兒這天氣，妳大姐、二姐她們估計來不了了。」

拿剪子沿著畫好的線一刀下去，上好的料子便分成了兩截。比了比長短，姜錦魚才抽空回話。「奶，反正我們會待到過了年才走呢，遲早能見著的。您把簾子拉上吧，風大，您別著涼了。」

姜老太聽得心裡暖烘烘的，把簾子放下了，慈祥的看著自家孫女，覺得孫子是好，活蹦亂跳的，可到底比不過孫女貼心。

本以為姜歡和姜雅來不了了，沒想到過一會兒，就聽到院子裡傳來了動靜，有人開門關門，然後便瞧見姜歡和姜雅夫婦進來了。

這大姐家的章姐夫，姜錦魚是見過的，成年人也不大變樣子，一眼就認出來了。至於二姐夫，她從來沒見過，畢竟二姐出嫁的時候，她還在益縣呢。

二姐夫瞧著是個忠厚老實的，最難得的是，吳姐夫瞧見二姐肩上落了雪，還伸手幫忙掃了掃。這體貼勁兒一看，便知道夫妻二人的感情應當不錯。

姐妹許久未見，姜錦魚也不急著做衣裳了，起身跟姜歡、姜雅見禮。

姜雅自然高興，上前一步拉著姜錦魚的手道：「四妹長大了，可比之前高了不少了。」

姜錦魚笑得眉眼彎彎，打趣道：「我若是再不長高，那還得了。二姐，妳沒把小外甥帶來啊？我還給他準備了長命鎖呢。」

姜雅是去年成婚，一進門幾個月就懷上了，順利生了個兒子。

姜錦魚把長命鎖拿出來，純金的鎖，用一根紅線繫著，這東西值多少銀子還是其次，主要是這個心意，就讓姜雅感動得不得了，高興道：「虧妳還惦記著他。我本來是要帶小寶來的，結果我婆婆看下雪了，就不大放心他出門，怕他凍著了。」

姜錦魚覺得有點遺憾，不過總歸還是小孩子最重要，就把長命鎖讓姜雅帶回去給小外甥。

正說著話，孫氏、何氏她們也進來了，一家子坐在暖烘烘的炕上說話，就聽孫氏發愁的對姜歡道：「妳瞧瞧妳二妹都生了個大胖小子了，她婆婆不知道多高興。倒是妳，這麼多年了，咋連個閨女都沒生呢？」

聽了這話，姜錦魚有些驚訝，她是沒聽說姜歡孩子的事情，可也沒想到，姜歡都成親這麼久了，居然一個孩子都沒有。

被自家娘這麼當面捅破，姜歡臉上掛不住，臉色不太好看。

她一開始的確是不想生，她總想著，等章家日子好過了再生，她是受不了自己孩子跟著吃苦，至少也得送他念書，不是認幾個字的那種，是像二叔那樣，考舉人、做官老爺。可到現在，不是她不想生，是她生不出來了，大夫看過好幾個了，藥也吃了半年了，肚子就是沒動靜。

要不是她還有個做官的二叔，眼瞅著這官還越做越大，章家不敢輕易得罪姜家，還想著讓姜家幫襯一把，她婆婆早給兒子納妾了。

見姜歡臉色不好，何氏出口開解。「大嫂，他們夫妻倆心裡有計較，這也要看緣分的，催也沒用。」

話是這麼說，可孫氏還是一副愁眉苦臉的樣子，還有點埋怨何氏的語氣。「弟妹啊，妳這話說得輕鬆。我家姜歡跟妳家綿綿沒法子比啊，若我不催，怕就輪到親家母催了！」

何氏也是一番好心，結果還被孫氏埋怨，乾脆懶得搭理她，由著她唉聲嘆氣，轉頭跟四弟妹鄭氏說起話來。

孫氏見沒人理自己，唉聲嘆氣也是白費力氣，倒是惦記起了姪女帶回來的料子了，忙道：「綿綿啊，妳不是說要把料子拿給妳大姐挑嗎？快拿出來吧。妳不知道，妳大姐家裡日子不好過啊！姑爺就是個秀才，她那婆婆又是個面慈心狠的……」

孫氏這一抱怨起來，就是沒完沒了的，直說得姜歡恨不得找個地縫鑽進去算了。她本來就是個不肯服輸的性子，就是過得再慘，來娘家也得光鮮亮麗的來。結果自家老娘不給面子，愣是把她的臉都打腫了。

料子原本就是準備好的，這邊一吩咐，那邊小桃就搬過來了。

姜錦魚招呼大家挑料子，姜歡還礙於面子沒動手，可孫氏卻坐不住了，一下子把早就相中的料子都給扒拉到自己身邊來。

她是長輩，姜錦魚也不好跟她計較，只能對一旁安安穩穩坐著的姜雅不好意思笑了笑。

而姜雅自己家裡就是開布莊的，她相公也疼她，生了兒子之後，家裡婆婆對她也大方起來了，料子她不缺，就回笑了一下。

兩人這個笑容，落到姜歡眼裡，就不是那麼舒服了。

到底是出嫁女，不好在娘家過夜，看著天色差不多了，姜歡和姜雅夫婦就告辭了。

回到章家，章母很快迎了出來，先是抓著兒子章昀問：「今兒跟你媳婦二叔搭上話了吧？人家可是縣令老爺，要是願意提拔你一下，那可不得了！」

章昀不耐煩這種事情，無奈詢問自己的又是親娘，只能點頭應一句。

章母滿意了，轉頭看兩人帶回來的料子，眼睛一下子亮了。「這都是好料子啊！快搬我屋裡去，我給昀哥兒做件好衣裳，過年穿出去也體面。」

說完，不顧兒媳婦難看的臉色，就把料子全部搬回自己的屋子去了。

章昀見狀，對妻子歉疚一笑，無奈姜歡壓根兒看都不看他。

夫妻兩人不歡而散，章昀去了書房，姜歡滿肚子氣回了房間，越想越覺得嘔氣！

被姜錦魚比下去也就算了，可現在連姜雅都過得比她好了！姜歡就想不明白了，自己到底哪一步走錯了，怎麼會落到這種地步？

明年估計三妹姜慧也要出嫁了，不用想也知道，姜慧肯定能嫁得比她好。姐妹四個裡面，居然是她過得最差勁，這是她完全沒想到，也完全接受不了的。

然而姜歡一心只覺得別人嫁得好、她嫁得差，卻從來沒想過，別人也不是一開始就過得比她好的。

像姜雅，她嫁到吳家，婆婆一開始也對她不滿意，嫌棄她娘被休了，說出去不好聽。相公雖然對她一心一意，可男人也不是一天到晚惦記著情情愛愛的，底下的弟弟們、家裡的生意，樣樣都要他管，他哪裡顧得上婆媳關係不和這點小事？

可姜雅也沒有像姜歡這樣摔摔打打的，而是專心侍奉公婆、料理好家裡、照顧好小叔子，這般樣樣都做到最好，家裡婆婆才慢慢對她改觀。

再像姜錦魚，人人都說她命好，可別人越是這麼說，她就越珍惜現在的日子。因為她知道，自家爹在益縣的時候，忙得三餐都顧不上，樣子都老了好幾歲。娘也沒少操心，為了跟益縣那些當地官員的夫人搞好關係頗費心思，就指望爹在推行政令的時候，能少點人給他找麻煩。

這世間哪有一帆風順的事情？偏偏姜歡一心覺得，別人都是一帆風順，就她什麼事情都不順利，做什麼都出岔子，現在連孩子都生不出來。

越是這麼想，日子過得越磕磕絆絆，她的心情也就越糟糕。
姜歡同章昀如何鬧，姜錦魚是一概不知的，她此時正在家給母兔子餵食。
姜錦魚摸摸母兔子的肚子，圓鼓鼓的，因為懷著孕，便格外警惕心強，一有人近身就抬起頭，見是姜錦魚，才又自顧自啃著乾巴巴的枯草。
這兔子是大伯去看田地的時候，在田壟裡瞧見了，隨手就拎了回來，肥肥嫩嫩一隻，炒了做菜正好。結果姜老爺子一摸，發現懷了崽了，爆炒兔肉泡湯了，懷了崽的母兔子也就成了姜錦魚的小寵物了。
她隨手丟了把水靈靈的小白菜進去，把吃得正歡的兔子挪出來，往窩裡填了用舊了的棉花。舊歸舊，母兔子倒是一點兒也不嫌棄，被送回去之後，便在兔子窩裡打了個滾，舒服愜意的樣子，讓人看了都覺得羨慕。
順手摸了把兔頭，姜錦魚一本正經的「恐嚇」母兔子。「妳可要乖乖生好幾隻小兔子，不然大伯又要惦記著吃妳了。」
摸完，拍去手上沾著的兔毛，她邊轉身邊想：這兔子這麼能掉毛，不如攢起來給奶做件兔毛領子。
她把算盤打到小兔子身上時，沒注意到眼前突然出現個男人，便結結實實撞了上去。
青年長得高，姜錦魚只到他的肩膀甚至還要往下些，腦門結結實實撞在人家肩胛骨那裡，疼得眼淚都冒出來了。

「抱歉啊，我沒注意。」雖說疼得很，可到底是自己先撞人的，姜錦魚揉揉腦袋，邊抬頭邊主動道歉。

一抬頭，就徹底愣住了。

第二十二章

潘衡低頭看了看自己這表妹，確實如自家娘在家裡所說，生得花容月貌，年歲雖小，但已經能看得出日後會長成什麼模樣了。只是，似乎有些呆……

自己在這裡站了這麼久，她絲毫沒有察覺，倒是不嫌髒，把隻髒兮兮的兔子抱在懷裡哄。還能這麼直接衝進他懷裡，把自己腦門磕出個大包。

實在是不大聰明的樣子。

姜二舅舅和二舅母瞧著都是沈穩人，連姜家表哥都是個深藏不露的，倒是這女兒養得也太嬌氣了些。

一邊嫌棄著，潘衡又忍不住伸手扶了一把，輕咳了一句。「表妹還好嗎？」

姜錦魚嚇得抬手就躲開了，瞪大眼睛，腦子轉不過來了，她想不明白，潘衡怎麼會出現在自己家裡。

大抵是這輩子過得很知足的緣故，姜錦魚已經很少會想起上輩子的事情，尤其是潘衡和潘家，她更是一次也沒想到過。本以為這輩子都不會有交集的人，突然出現在眼前，還是有點嚇人的。

「我沒事！我很好！」要是你立刻從我面前滾蛋，我會更好！保證長命百歲給你看！

兩人僵持著沒話說。

姜錦魚完全不想跟潘衡扯上什麼關係，避之唯恐不及。

潘衡倒是想認識認識自己這小表妹，可惜他瞧出來了，小表妹似乎很不想搭理他。

這時，一個嬌滴滴的女聲，打破了兩人之間尷尬的局面。

只見姜慧站在那裡，微微仰著臉，眼裡彷彿放著光，眼尾紅紅的，連唇瓣都是嫣紅的。

唇瓣都是嫣紅的？

姜錦魚仔細打量了一下自家三姐，穿著的是那件平時珍惜得不行的蝴蝶褶緞裙，頭上戴的是一對做工精緻的牡丹簪子，連脖子上都抹了粉，更別提臉上的胭紅和口脂，完全就是出門見客的陣仗。

跟她比起來，姜錦魚倒是素著一張臉，半點脂粉都沒，身上也只有一身青色的襦裙，髮上戴的是自己弄的絹花，簡直被襯成了小可憐。

姜錦魚打量姜慧的時候，姜慧也不動聲色輕瞥了一眼，一眼看過去，差點把自己一口銀牙給咬碎了。

這可真叫人比人，氣死人！明明自己穿著最好、最貴的衣裳，戴著最精緻的首飾，卻是硬生生被素面朝天的四妹給比下去了。

四妹臉上雖然沒抹粉，可白白淨淨的，半點瑕疵都無，樣子水靈靈的，比自己這抹了粉的人還要白。雖然只穿了身簡單的襦裙，可愣是襯得小腰盈盈一握，連她看了都忍不住想上手摟一摟，看看是不是真的那麼細，是不是真的那麼軟。

姜慧斯斯文文咳了一句，掐著嗓子，甜甜道：「表哥，奶和姑母喊你過去呢。」

面對姜慧的示好，潘衡卻是彷彿沒察覺出來，客套的對她點點頭。

姜錦魚饒有興致的看著這兩人的對話，心裡使勁回憶起上輩子的事情，回想那時候的姜慧，有沒有對潘衡表露出好感。

想了片刻，她發現自己上輩子壓根兒沒關注過這事，那時候她一心惦記著嫁給潘衡，一顆心都繫在潘衡身上，哪裡會去關心一個感情不怎麼樣的姐姐。

「表妹，一起去吧。」

潘衡微微側過頭來，露出俊朗的側臉。

不得不說，姜錦魚上輩子對潘衡這麼死心塌地，不過見了幾面便想著嫁，其中很大的一個原因，就是潘衡的長相太合她胃口了。

潘衡生得好，青青如竹、俊眉朗目，時常抵唇淺笑。他若是想取悅一個人的時候，便會帶上漫不經心的笑意，說話時微微垂眸注視對方，語氣不緊不慢，時不時顫動一下長長的睫毛，彷彿是抖在那人的心上。

姜錦魚上輩子真的很吃這一套，婚前完完全全被潘衡這副嘴臉給哄住了，還以為他有多愛自己，等到潘衡那大著肚子的外室上門，她才真正意識到，潘衡怎麼可能愛她？他只愛自己。

見潘衡又對自己使出了同樣的招數，姜錦魚垂下眼眸，面上卻只是抿唇笑了笑，不作聲，只點點頭。

潘衡心中覺得有些奇怪，他知道這世間女子大多看中相貌，憑著他這一張臉，隨隨便便示個好，便能哄得女子生出好感。況且他自認不算濫情，也不是誰都值得他這般對待，只是，以往無往不利的法子，居然在一個初見的小表妹這裡栽了跟頭，心裡不免生出了些好勝心來。

姜慧在一邊等急了，見潘衡只盯著四妹瞧，忙插話道：「咱們快過去吧！別讓姑母等急了。」

潘衡這才回頭，輕笑了下，提步朝前走去。

姜錦魚特意等他走遠了些，才抬步緩緩跟著走，隔了不遠不近的距離。

倒是姜慧，一見潘衡有了動作，隨即抬步追了上去，跟在潘衡身邊表哥長、表哥短的喊著，一路又是問他在哪裡念書，又是問他喜歡什麼糕點。

「我有一句話不知該不該說。」潘衡被念煩了，若是平日裡，他便是不喜一個女子如此作派，也絕不會當面給對方難堪，無非私底下躲著些。可今日不知怎的，他下意識不願同姜慧太過親近，遂停下步子，面上露出淡淡的不耐。

「我的生辰在十二月，何來表哥一說？應當是我喚一句表姐才是，三表姐。」

兩人是同年出生，不過確實如潘衡所言，姜慧還要比他早出生三個月，可表姐、表弟，哪有表哥、表妹聽起來好？所以，姜慧也就厚著臉皮喊表哥了。

哪裡知道潘衡會這麼不顧情面，當面提出來，頓時把姜慧噎住了，她臉上一陣紅、一陣白，半晌才訕笑道：「是嗎？是我記錯了，我還以為表哥……表弟比我大呢。」

前廳，姜老太正一臉不耐煩的招待客人，在她面前坐著的，則是潘衡的爹和娘。

雖然潘衡喊姜錦魚一句表妹，可兩人的關係沒那麼親近。潘衡的娘潘姚氏，並非姜老太的親外甥女，而是姜老太後娘生的繼妹的女兒，要論親戚，倒是也能論，只是對著繼妹的女兒，姜老太可沒那麼多耐心招待了。

但姚氏卻是個會來事的婦人，她當然知道姜老太不喜歡她，可她還是厚著臉皮上門，非但來了，還帶了厚禮，上來就親親熱熱喊姜老太「大姨」。

伸手不打笑臉人，即便是姜老太，也不好開口趕人了。

不過雖然她不喜歡潘家夫妻，對潘衡，倒是還頗為欣賞，問他。「聽你娘說，你還在念書？」

潘衡笑著答。「晚輩現在儒山書院念書。我這個年紀，家裡長輩也不讓我插手生意上的事，只要我一心念書。」

「念書好。」姜老太瞧著潘衡，覺得年輕人高高瘦瘦的，看著便覺得舒服。

姚氏見狀，笑咪咪搭話。「衡兒天賦不夠，不過他肯吃苦，這麼些年念下來，倒是有得了個秀才的功名。」

「喲，還是秀才？」

不說姜老太來了興致，便是一邊聽著的姜慧也豎起了耳朵，盯著潘衡的眼神更是直白了許多，彷彿在放光。

潘衡倒是一臉平靜，自謙道：「區區秀才，哪裡好拿出來班門弄斧？聽說宣表哥才十三時，便中了秀才，那才稱得上一句虎父無犬子。」

這話說得太有技巧了，短短一句話，就誇了姜仲行和姜宣父子倆，一個是姜老太最得意的兒子、一個是她最看重的孫子，頓時把姜老太哄得眉開眼笑，笑出了滿臉褶子，連一邊的潘家夫婦，看上去都沒那麼礙眼了。

等姜仲行出門回來，潘衡向他見禮。

潘衡生得儒雅清俊，讓人一看便容易生出好感來，加之他面對著比自己身分高了不少的姜仲行，也無一絲諂媚之色，比旁邊的潘家夫婦好了不知多少。

姜仲行打量了這青年一眼，對他的觀感還算不錯。

但姜錦魚看在眼裡，心裡倒是淡定下來了。就算觀感不錯，但有她奶那層關係在，上輩子若非她一意孤行追著潘衡，兩人的婚事不可能成。而這輩子她都不主動了，她和潘衡之間，指定沒戲。

中午，潘家人在姜家用了飯。

飯桌上，姜慧眉眼含羞，時不時往潘衡那邊輕瞥，雙目彷彿蘊了水。姜家眾人也不是瞎的，看姜慧這副模樣，便也猜到了一二。

倒是潘衡，從頭至尾都沒往姜慧那邊看一眼，淡定自若，除了長輩問話，他恭敬答話外，倒是同姜宣聊得熱絡，兩人很投緣似的。

飯用完，潘家沒多留，潘姚氏也知道自己不討姜老太喜歡，見好就收，不等姜老太不耐煩，便主動道：「大姨，那我們這就回去了。衡哥兒明日還要去拜訪夫子，他那夫子待他如親子，家裡又只有一個出嫁了的女兒，眼看著要過年了，我們給送些年貨去。」

潘姚氏這話一說，連一向不喜潘姚氏的姜老太，都對她有些改觀，覺得潘姚氏雖然礙眼，可潘衡倒是個知恩圖報、孝敬師長的，能養出這樣的兒子，潘姚氏也算是做了樁好事。

這下她對潘姚氏的臉色也好上幾分。「那你們回去吧，夫子的事情要緊。」

潘姚氏忙帶笑道：「欸，大姨別送了，我們這就走了，下回再來探望您老人家。」

姜老太隨口應了一句，卻沒指望潘姚氏再來。

見潘家人要走，姜家眾人便起身送客，長輩們送一送便可以了，不過潘衡與姜宣聊得很好，姜宣便也送他出門，臨走前還拍拍他的肩膀道：「表弟，路上小心。」

潘衡不經意間回頭看了一眼，果然沒瞧見自己想看的那人的身影，心下稍稍有些失落，連他自己都有些想不明白，自己為什麼失落。可面上倒是很快掛上了笑意，對著姜宣含笑道：「表哥莫送了，今日一見宣表哥，我便覺得投緣。只恨沒有早點相識，下回有空再來叨擾表哥。」

雖說心裡有些私心的小想法，可姜宣的才識，他也的確心悅誠服。

這位宣表哥雖是官員之子，可言行舉止和待人接物，都不見半分倨傲之色，從骨子裡透出的那種溫和儒雅，不是一般人能有的氣質。

潘衡微微感慨一番，跟在潘姚氏身後上了馬車。待坐穩後，馬車緩緩動了起來，不知怎麼的，他忽然伸手掀了一下簾子，還是只看見來送他的幾個姜家人，心底微微劃過一絲失落。

「衡哥兒，我瞧著老太太挺喜歡你的，那宣哥兒對你的態度也不錯。」潘姚氏沒察覺到兒子的想法，面帶激動之色對潘衡道。

潘衡回過神，不像自家娘那樣受寵若驚，面色淡淡道：「嗯，姜家的確是有禮數的人家，尤其是宣表哥一家，不見倨傲之色，倒不大像驟然富貴之人，反倒頗有名士風采。」

潘衡提到禮數，潘姚氏忽然皺眉，一臉嫌惡道：「那個叫姜慧的女孩子，飯桌上一直盯著你瞧，我瞧著實在沒有規矩！」

潘姚氏對自家兒子期望很高，主要是兒子打小就出色，如今都已經是秀才了，相看媳婦時，要求也就更嚴格。尋常時候，對著那些主動黏上來的姑娘家，潘姚氏面上都是笑咪咪的，可背地裡卻是嫌棄得不行。如今對著姜慧，自然也不會有什麼好臉色。

「剛剛要不是老太太她們都在，我險些要變臉了！這麼不知廉恥的姑娘家，合該……」

潘姚氏喋喋不休說著，潘衡倒是沒有在意，稍稍有些走神，忽然脫口而出。「娘，您覺得表妹如何？」

潘姚氏的聲音戛然而止，皺著眉，語氣中充滿了不贊同和不滿，道：「不成！姜慧絕對不行！那樣的姑娘，模樣也沒見得多好，性子又不大氣，家裡父兄也沒什麼出息，對你哪有什麼助力？」

潘衡摁了摁額角，頭疼道：「慧表姐是表姐，什麼時候成了表妹了？」

潘姚氏聽了一頓，兒子的話在腦海中轉了一圈，面上的神色也從不贊同，轉為了沈思，然後露出喜色。「你說的是你二伯家的表妹，叫、叫什麼來著？」

潘衡笑道：「小名喚綿綿的那個。」

他也是方才從老太太那裡聽到這個小名的，頓時覺得再合適不過。那小姑娘軟綿綿的，抱著隻灰毛兔子都能滿臉歡喜。

潘姚氏喜得不行。「這自然好！」

然後仔細一想，越想越覺得合適。家裡爹是縣令、阿兄又是秀才，這條件可以說是很好的。再一個，姜家二房就只有這麼個姑娘，今兒再看二哥的態度，對這個女兒也是寵得不行，嫁妝肯定少不了。

最重要的是，自家兒子居然主動開口，這可是破天荒頭一遭！

潘姚氏琢磨起來，潘衡知道她的性子，忙道：「娘，您先別急著開口。表妹年紀也還小，這事還需循序漸進，急不得。」

聽了這話，潘姚氏冷靜下來，發熱的腦子也恢復了清醒，忙不迭點頭道：「你說得對，我看二房也寵女兒寵得厲害，這事還得慢慢來。最好你明年能考上舉人，這樣這婚事就板上釘釘了。」

潘衡沒答話，可心裡卻是想了許多，只是沒急著和家中爹娘一一言明。

潘家人的心思，姜家全然不知，姜仲行和何氏，更是從沒考慮過把女兒嫁到潘家。別說姜二郎夫婦了，就連對潘衡感覺不錯的姜老太，也從沒想過這事。

可二房沒動靜，大房卻是起了這心思了。

潘家人一走，姜慧便含羞帶怯進了娘孫氏的房間，忸怩道：「娘，妳覺得潘表弟怎麼樣啊？」

孫氏聽得一愣，直接放下手裡的活兒，拉過女兒的手，母女倆坐在榻上，細細問她。

「妳這是……相中了潘衡？這不行啊，妳奶最不喜歡她後娘那邊的親戚，潘衡再好，老太太那一關就過不了！妳別瞎琢磨了，胡家二兒子多好啊，忠厚老實，往後對妳肯定也好。」

本以為娘肯定會站在自己這一邊，結果才開了口，就被否決了。

姜慧心裡不舒服，回嘴道：「娘，忠厚老實有什麼用啊？要說忠厚老實，我爹在全家最忠厚老實，可過得最好的，還不是他們二房？我覺得表弟挺好的，還有學識，今兒二叔不是也誇他了？」

孫氏被說得有些意動，可咬咬牙還是不答應。「不行。老太太不會同意的！咱們現在還沒分家呢，什麼事都得過得了妳奶那一關。」

「奶不是挺喜歡表弟的嗎？」姜慧急了，拽著孫氏的袖子，苦苦乞求道：「您就去問問奶，就算替我問問，也礙不著什麼事。我嫁得好，往後出息了，還不是孝順您和我爹嘛！」

「不行，不行。」孫氏忙搖頭，她可沒膽子去問。

姜慧狠狠一跺腳。「妳不去，我自己去！我就不樂意一輩子被二房踩著，憑什麼她姜錦魚可以做官太太，我姜慧就只能嫁個小地主？我不信這個邪，我哪裡比不過她了！」

說罷，轉身飛奔出去，孫氏追都追不上。

姜慧撂狠話的時候，心裡是帶著氣的，可等出了大房，被冷風一吹，那股氣散了，就開始有點怕了。

她在正小院的院子裡轉了兩、三圈，一咬牙，鼓起勇氣敲門。

姜老太隨口喊了句「進來」，見進來的是三孫女，納悶道：「找我啥事？」

姜錦魚也抽空抬頭看了一眼，見是三姐，轉頭對姜老太道：「奶，三姐找您有事，要不我去隔壁屋子吧。」

反正她在姜老太這兒，也是陪著老人家嘮嗑，順便給姜老太做衣裳，也沒什麼正事，倒是看三姐的表情挺嚴肅的，看著應當是要說正事。

姜老太一聽就不願意，拉著小孫女的手。「這麼冷，隔壁炕都沒燒，妳過去幹啥？凍著了誰給我做衣裳？好好坐著，都是一家人，有什麼不能聽的。」

轉頭又對姜慧招手。「妳也過來坐，臉都凍青了，今兒這麼冷，就穿這一身，妳娘也不管管妳！」

姜慧悄悄撇嘴，奶對她的語氣，咋就比對四妹的差那麼多？

可還是過去乖乖坐下，偷偷往姜錦魚那邊看了一眼，見她微微側頭繡著福字紋，細白的後頸露出一小截，嫩生生的，顯得格外秀氣。

「妳找我幹啥啊？」姜老太一邊說，一邊扒拉褥子，往姜慧身上蓋，嫌棄道：「這麼冷的天氣，臭美個什麼勁兒啊！」

姜慧被問得縮了縮脖子，覥著臉道：「奶，就是我的親事。」

「妳的親事怎麼了？不是說了胡家嗎？妳娘早半個月就和我說了，咋了？」

第二十三章

姜慧訕笑了下，支支吾吾不敢開口。

一邊的姜錦魚倒是猜到了一點，拉了拉滿不在乎的姜老太。「奶。」

姜老太「嘖」了一句，才轉頭看姜慧。「說吧，妳的親事咋了？有話快說。」

「奶，我……我想，我還是想說個讀書人。」姜慧小心翼翼，拐著彎說話，希望姜老太能聽懂她的意思。

可姜老太哪懂得彎彎繞繞，更不知道她的想法，聽得稀裡糊塗，還以為她是瞧不上胡家，虎著臉道：「妳怎麼回事？一天一個樣，之前同意也是妳同意的，現在又看不上人家了？妳以為妳是什麼千金小姐，人家都由著妳挑嗎？」

姜老太活這麼大年紀，心裡門兒清。自己這幾個孫女裡頭，姜歡心氣最高，而姜慧也跟她姐一個樣，兩姐妹都盯著她小孫女綿綿呢！

可這能比嗎？不是她這個做奶的偏心，看看綿綿，去了蠻縣那樣的地方也沒叫苦，回來了還不忘給家裡人分料子，還惦記著給她這個奶做衣裳。

可歡丫頭、慧丫頭兩個，天天在她身邊，可從來沒瞧見這兩個什麼時候孝順過。

她就是偏心，就是覺得歡丫頭、慧丫頭兩個加起來都比不過她的綿綿，就是知道孫氏心裡頭老拿這個罵她，她也就得偏心！

姑娘家臉皮薄，被這麼訓了，臉上一熱，可姜慧到底是豁出去了，咬牙堅持道：「奶，我不想嫁給胡二郎。」

姜老太翻了個白眼。「那妳想嫁給誰？給妳說個皇子、王爺好不好？」

「我想……我覺得潘衡挺好的！」

姜慧石破天驚這麼一句話，非但把姜老太給嚇著了，連姜錦魚都猛然抬頭盯著她。

這……這也太快了吧？今兒才見了第一次，三姐就相中潘衡了？

見沒人搭腔，姜慧也厚著臉皮繼續接著道：「奶，您看潘衡，年紀輕輕就是秀才，比那胡二郎不知好了多少。再說了，潘衡和您又是親戚，這親上加親，豈不是更好？往後潘衡出息了，您老人家不是也跟著享福？」

姜老太反應過來，冷笑一聲。「別，我後娘那邊的福氣，我可享不著！妳自個兒瞧上了，那是妳的事，可別一副為了我的模樣，還什麼親上加親？我和潘姚氏能有什麼親啊？十幾年沒上過門的親戚！」

姜慧沒想到姜老太對後娘有這麼深的隔閡，一聽就急了，轉而看向姜錦魚，眼含乞求。

姜錦魚被這可憐的眼神看得一愣，可這事她是不會插手的，潘衡那個人，姜慧就算是如願了，無非也就是落了個同她上輩子一樣的淒慘下場，推波助瀾的事情，她不想幹，也沒必要幹。

姜慧到底是她姐姐，她沒那麼壞的心思。

姜錦魚撇開頭去，姜慧見狀心都涼了，全家沒一個人肯替她說話，難不成她就只配嫁給地主家兒子嗎？

姜老太卻是懶得和她說了，擺手道：「妳要是來說這事的，那我就一句話，不成、別想了。慧丫頭，做奶的勸妳一句，心氣別太高，要懂得惜福！」

「我……」姜慧還想掙扎一下，可姜老太已經趕人了，瞪了她一眼，冷聲道：「行了，出去吧，妳沒事我還忙著呢，吵得我頭疼！」

姜慧沒法子，還是只能含淚出去了。

姜慧一走，姜老太就嘆了一口氣。「這叫什麼事啊？」

姜錦魚忙從炕桌上，倒了杯紅棗茶。「奶，別生氣了，三姐就是一時糊塗。她會想明白的。」

「哼，她還想明白，我看她是恨上咱倆了！」姜老太沒好氣道：「她肯定覺得咱們老的、小的，沒一個安好心的，就不想讓她嫁個好人家。可她咋不動動腦子想，人家姚氏瞧得上她嗎？」

不是她看不起自家人，姚氏這人她清楚，跟她後娘一個樣，別看不聲不響的，拜高踩低的事情最會。不過是看著她家二郎出息了，才眼巴巴黏上來，別說大房的慧丫頭，姚氏真要挑個媳婦，恐怕那也是盯著二房來的！

想到這裡，姜老太「嘖」了一聲，嚴肅起來，拉著孫女的手，一通囑咐。

「妳三姐稀裡糊塗，妳可不能跟著糊塗，知道不？潘衡是不錯，可那也只是在咱這縣裡不錯。跟盛京的一比，那可就比不上了！」

「奶，我知道。」姜錦魚放下針線，抬頭淡笑著，語氣很尋常，可心裡卻是十分堅定。她道：「您放心，我打小瞧見的就是我爹、我阿兄這樣的人，哪一個不比他潘衡優秀？您孫女的眼光可高了呢！您不滿意的，我肯定不要！」

上回姜雅回娘家，沒把兒子帶上，可回家的時候，卻帶上了姜錦魚準備的長命鎖，還有好幾疋上等的料子。

吳家太太是個懂禮數的，見兒媳婦娘家的妹子這樣客氣，便主動跟兒媳婦商量。說是上回沒把孩子帶回去，這回不如把人請到家裡來。

婆婆這樣看重她的娘家人，姜雅自然覺得有面子，一聽便答應下來了。

準備了幾日，便讓家裡婆子去雙溪村帶了話。

那傳話的婆子也是個會說話的，回來回話的時候，姜雅正好在老太太那裡說話，婆子一進去便感嘆道：「大奶奶那位娘家妹子，那模樣，可真是……老婆子活了這麼多年，還是頭一回瞧見這樣的呢！」

吳家太太最喜歡年輕姑娘，一聽就來了興致。「什麼模樣的？」

婆子回憶了一下，道：「真是生得好，不知道是如何養的，那般的水靈。」
吳家太太指了指婆子，佯裝生氣道：「妳這婆子，平時不讓妳說，妳倒說得起勁！現在讓妳說了，妳倒是好，一棍子打不出個屁來！叫我說妳什麼好！」
說罷，又轉頭對一旁的兒媳婦道：「妳妹妹這樣出色，怎的不早請來家裡？我最喜歡同這些小姑娘說話，光是看著就覺得心情好。」
姜雅如今在家裡地位穩固，不似從前那樣戰戰兢兢了，這雖然離不開家裡二叔官越做越大的緣故，可跟她生了兒子站穩腳跟也有關係。
她故意玩笑道：「我這不是怕婆婆您見了我四妹，就把我這個兒媳婦給忘了唄。」
見婆婆笑得合不攏嘴，然後又正經道：「您有所不知，我這四妹這些年都不在家裡，長年跟著我二叔、二嬸在外頭，連我也難得見她。上回我拿回來的布疋，就是我二叔外派當官的那個縣裡帶回來的，還是當地特有的染織手法呢。」
提起布疋，吳家太太就想起了自家的生意。「妳上回拿回來的那料子，倒是極好的。若是能讓蒼兒進些放在莊子裡賣，指不定能賺一筆。」
姜雅自然也上心自家的生意，不過沒誇下海口，只是道：「這生意上的事情，我也不太懂。回頭我問問我四妹。」
吳家太太聽了，對自己這個兒媳婦也更加滿意了。
她本來覺得，姜雅一個鄉下姑娘，家裡娘還被休了，怎麼看都配不上她家蒼兒。

可現在看，雖說是鄉下來的，可為人老實誠懇，對她家蒼兒也是一心一意的，一進門沒多久就生出個大胖兒子，再加上還有個當官的二叔，倒是越看越覺得好了。

姜錦魚得了二姐的邀請，便開始準備出門了。

何氏得知這事後，特意拿了自己壓箱底的好首飾過來，姜錦魚哪肯收，忙推辭，何氏卻道：「妳同妳娘客氣什麼？我這些東西，難不成會給別人？現在不給妳，往後也還得給妳，我可就妳一個閨女。」

姜錦魚還是有點不好意思收，拉著何氏的手臂道：「娘，我就是去一趟二姐家裡，又不是去外人家裡做客，做什麼要那樣正式，還要您這樣補貼我。這些首飾，您留著自個兒戴唄。」

女兒這樣孝順自己，不似旁人家姑娘那樣，恨不得多從家裡撈點東西，何氏心裡覺得熨貼，更覺得自己真沒疼錯人，可嘴上卻是嚴厲道：「給妳，妳就收著。妳爹做了那麼些年官，我總攢下了點東西的。」

姜錦魚這才乖乖收下。

何氏又起身，幫忙給自家女兒梳頭髮，小桃見狀，便讓到一邊去，識趣的出了門。

何氏便梳著女兒黑軟的長髮，微微嘆了口氣。「一眨眼妳都長大了。我還記得，當年歡丫頭說親事的時候，妳爹被刺激得不行，回來就垂頭喪氣了好久，還跟我說什麼，一定得考功名，日後給妳找個好夫君。妳那時候才多點大，妳爹就操心這些事情了。」

何氏說著說著笑了起來，可姜錦魚卻是聽著聽著，眼睛都濕了，鼻子也酸酸的。

何氏回憶了片刻，含笑道：「都怪妳爹，那麼早就操心這事，我總覺得，一眨眼的工夫，還乖乖窩在懷裡的小女兒，一下子就長成可以嫁人的大姑娘了。」

姜錦魚轉過身，抱著自家娘的腰，悶悶道：「我不想嫁人，我想陪著爹跟娘。」

見女兒說這樣的傻話，何氏好笑道：「妳想陪我，我還不要妳陪呢！妳別看我現在喜歡妳，妳要是真成了老姑娘，我可就不管妳了。」

說罷，又幽幽一嘆。「傻女兒，現在這個家是我跟妳爹作主，妳想怎麼樣就怎麼樣。可我們會老的，等我們走了，日後妳嫂嫂當家，妳在家裡當老姑娘，看妳嫂子給不給妳臉色看？」

姜錦魚聽了抿抿唇，仰面道：「娘，我有點怕。」

自己上輩子遇人不淑，這輩子難道就能遇見好的人？真不是她對自己沒信心，而是知人知面不知心，這世上除了血親，哪有人會一輩子對妳好呢？

大概是重新遇到了潘衡一家人的緣故，姜錦魚感覺自己好像變得有些患得患失了，有時候還會作夢，夢到現在這一切都只是自己的一個夢，夢醒了，她還是那個從潘家拿了和離書出來的姜氏。

何氏摸摸女兒的髮安撫。「別怕，娘在呢。妳爹那個性子，妳還不知道？妳日後若是真嫁了個對妳不好的，他能親自拎著棍子上門。」

母女倆說了一會兒話，何氏又開始替女兒梳頭髮，何氏的手很巧，前些年還是靠刺繡手藝掙錢的，就算現在成了官太太了，也沒把手藝落下，很快就幫女兒梳好了頭髮。

用的是祥雲簪，簪尾是小小的桃花，紅色瑪瑙石做花瓣兒，嵌在簪子上，配上其他髮飾，既顯得大氣，又顯出未出閣女孩兒的那種嬌俏可愛。

待從屋裡出來的時候，小桃就捧著臉道：「嘿嘿，姑娘真好看。」

姜錦魚被她說得臉一熱，輕輕點了點她的腦門。「慣會嘴甜，今日不帶妳出門了。」

小桃明知自家姑娘就是嘴上嚇唬嚇唬，可還是好配合的，一副「我好想跟著去」的表情，雙手合十求饒。

主僕兩人正鬧著，姜錦魚突然感覺到有人彷彿在看自己，回頭便看見不遠處的三姐姜慧，斂了笑意，微笑著點頭。「三姐。」

姜慧走過來，眼神忍不住落在姜錦魚的髮上，看見精緻的祥雲簪，心裡說不上的嫉妒。

見三姐沒理自己，姜錦魚也不大在意，轉身上了等著的馬車。

馬車行了一個多時辰，便到了鎮上的吳家。

姜雅早派了身邊的嬤嬤等著，一見大奶奶娘家妹子們來了，便含著笑意往裡請。

吳家不算什麼大戶，甚至因為從商，名聲還不如姜歡的夫家章家，可論起富貴，吳家卻是勝過章家許多。

姜慧還是第一次來吳家，也是頭一回意識到，從小被自己隨便欺負的二姐，其實嫁得很不錯，至少比她親姐姜歡嫁得好得多。

越是看到這些，她心裡越發的不甘心，連面上的表情都透露出了幾分。

姜錦魚不經意間瞧見姜慧的眼神，微微皺了下眉頭。

「三妹、四妹。」姜雅端莊立在門口，言笑晏晏喚著自家姐妹。

她從小就是個好性子，吃得了苦，不記仇，就是對著欺負她的姜慧，也沒起過報復的心思，還當她是自己的親姐妹。

姜錦魚上前幾步，姐妹幾個敘舊了一會兒，入座後，便聽姜雅道：「我婆婆知道妳們要來，早惦記著了。說一定要讓我帶妳們過去給她看看。」

姜錦魚笑得格外討喜。「應該是我們去看看伯母才是。」

說走就走，三姐妹很快就到了吳家太太的院子裡。

吳太太正期待著，一見兒媳婦帶了人過來，眼睛一亮，招手道：「快過來，快過來。」

姜錦魚和姜慧一同上前，吳家太太仔細打量了一下二人，態度上倒是一視同仁，連連點頭道：「也不知妳們姜家的風水是如何，怎麼養出這麼多出色的女兒？」

「那是，伯母您可把我們姜家最出色的，都給挑走了呢。」姜錦魚皺皺鼻子，故意促狹逗趣，哄得吳家太太搖頭直笑。

接下來，便是陪著吳家太太說話。

別看姜慧在家裡橫，可她出了門，便成了個悶油瓶，彷彿鋸嘴葫蘆一樣，只知道笑，多少顯得不大方。

姜錦魚本不想出頭，可三姐啞巴了，她總不能跟著不吭聲，那可是會給二姐丟臉。於是她便陪著吳家太太說話，她也不多說，那樣顯得人很聒噪，只偶爾來上一、兩句，態度大大方方的，絲毫不小家子氣。

等到了後來，連吳家太太都看得直點頭。

旁邊坐著的那個大的，瞧著是個上不了檯面的。倒是兒媳婦這個四妹，不愧是家裡當官的，說話做事大氣，實在很討人喜歡。

姜錦魚和姜慧這一回過來，很給姜雅討回了不少面子。

以往吳家下人都覺得，姜雅這個大奶奶出身不高，是個鄉下泥腿子出身，可這回看了大奶奶的娘家人，只覺得臉都被打腫了，對著姜雅也更加的尊敬。

姜雅自然也察覺到了下人態度的轉變，面上越發高興了些，等送姜錦魚她們走的時候，還一個勁兒的拉著姜錦魚的手。

「下回再來，今兒也沒顧得上好好招待妳們。」

姜錦魚這邊答應下來了，馬車才緩緩動了起來，走上了回程的道路。

車廂裡只剩下姐妹倆，姜錦魚正合目小憩的時候，突然聽旁邊的姜慧開口了，語氣不算很好。

她道：「四妹，上回我跟奶說話的時候，妳為什麼不肯幫我？奶那麼喜歡妳，妳為什麼不肯替我說話？連一句都不肯。」

姜錦魚睜眼，看氣得瞪著自己的三姐，心裡只覺得莫名其妙。她又不欠姜慧什麼，為什麼要為了姜慧，忤逆對自己那麼好的阿奶？

「三姐，父母之命媒妁之言。奶跟大伯母都是為了妳好。」姜錦魚好心勸了一句。

姜慧聽了這話，卻是一下子爆發了。「妳只會說風涼話，反正妳不用自己爭取，就可以有一個很好的夫婿。是啊，二叔是縣令，妳出身就比我好，地位比我高，連家裡人都更喜歡妳！奶明明不喜歡孫女，可妳小時候，奶就偏心妳，現在大家都長大了，奶還是偏心妳。

「呵呵。妳讓我聽我娘的話，嫁給胡二郎，說得好聽，若是讓妳嫁，妳嫁嗎？」

姜錦魚一向好脾氣，可這回卻是被惹惱了，只冷冷笑著。「我若是妳，為什麼不嫁？」說句不好聽的，姜慧的條件並不算好，不是說她相貌或是家世，光是這樣的性情，也少有人家願意要這樣的兒媳婦。胡家是不知道姜慧的本性，若是知道了，只怕不用姜慧說，胡家早就躲得遠遠的了。

姜慧一肚子的火，都被這麼一句冷冷的話給壓下去了，撇開頭去，心裡卻仍是不肯服輸。

憑什麼都是一家子的姐妹，她這個當姐姐的，還要被個妹妹壓著？

姜慧咬咬牙，腦海中逐漸出現了一個念頭：妳不肯幫我，那就替我嫁了吧！

與胡家這門婚事，姜慧這頭不情不願的，可胡家那邊卻又不一樣了。

胡二郎是個忠厚老實的，甚至有些木訥，可越是這樣，胡太太便越是疼這個兒子，兒子再木訥，那也是自己身上掉的一塊肉，哪能不疼呢？

為著胡二郎的婚事，胡太太也是尋摸了好些人家的姑娘，最後才相中了姜慧。

一是相中了姜慧的樣貌，自家兒子老實，做娘的可不敢給找個貌美如花的，只盼著能找個肯好好過日子的；二是相中了姜慧的家世，姜家算是近些年才發達的，按照胡太太的想法，這姜慧以前也是過過苦日子的，定然不會是那種心高氣傲的人。

結果，胡太太盤算了這麼半天，卻沒盤算出來姜慧是個什麼樣的人。

第二十四章

私下與孫氏透了口風，胡太太就把二兒子喊來了。「娘給你相了個媳婦，是個好人家的姑娘，是你姑姑那村的姜家三姑娘，你可別把你媳婦給記錯了，知道不？」

胡二郎是個老實的，又最是孝順不過，聽了就把胡太太的話給記在心上，心裡也就把姜雅當作自己媳婦了。

胡太太又道：「你明日去你姑姑家一趟，幫娘送點東西過去。」

胡二郎想都沒想，直接就答應下來，壓根兒也沒想到自家娘私底下有其他安排。

等第二日，他就帶著東西去看姑姑了。胡二郎的姑姑也挺看重這個姪兒，看見嫂子送來的東西，立刻明白了嫂子的意思。

胡二郎的姑姑遂打發姪兒。「二郎啊，姑姑不曉得你今兒要來，家裡也沒準備什麼，你去村頭劉大爺家買點酒來。」

胡二郎姑姑家到村頭劉大爺家的路，中間必定要經過姜家，胡二郎姑姑這是變著法子，幫自家姪兒見見未來媳婦。

胡二郎全然沒多想，直接一口答應下來，臨出門還聽到姑姑在身後囑咐。

「二郎啊，你要是找不著劉大爺家，你就找人問問路。對了，這是我新做的餈粑，前些天孫姐還給我送了吃的，咱不好白吃別人的，妳幫我順便捎過去啊。就路上院子最大的那一家……」

「欸，姑姑，我知道了。」胡二郎脾氣好，很有耐心的答應下來。

經過姑姑口中「那座最大的院子」時，胡二郎停下步子，走過去敲敲門，門吱呀一聲開了，露出個圓臉的姑娘。

小桃笑著打量門外的陌生男人，側著頭問：「你找誰？」

胡二郎憨憨一笑。「我找孫嬸，我姑姑是胡玉鳳，讓我給孫嬸子送瓷粑。」

家裡姓孫的，就只有大房的孫氏，小桃開門讓人進來，朝大房那邊指了指，隨口道：「喏，就在那邊，你自己去吧！」

看胡二郎朝那邊走去，敲門後，來開門的是三姑娘，小桃頓時來了興致，摸著下巴往那邊看了一眼，見門都關上了，這才回到二房這邊的屋裡。

「姑娘，我方才見一個男人往三姑娘那邊去了。」小桃性子跳脫，可又是個愛恨分明的性子，對於姜慧，她嘴上恭恭敬敬喊三姑娘，可心裡卻是不待見的。

誰讓她嫉妒自家姑娘，連掩飾都不掩飾！

想著，小桃氣哄哄的扠腰。

姜錦魚轉頭，就看見小桃那副樣子，搖頭道：「做什麼這樣子？快把手放下來，妳這個樣子，讓人看見了，誰還敢跟妳說親事？大房的事情妳別管。也別去外面胡說八道，讓人聽到了不好。」

「喔。」小桃答應下來，轉身出去的時候，正好看見從大房那邊出來的胡二郎。憨厚的男人，看著老實巴交的樣子，小桃惡作劇高聲道：「你耷粑送完了啊？」嚇得胡二郎腳下一個踉蹌，緊緊抓著袖子，回頭看是小桃，又對她尷尬一笑，背影頗有點落荒而逃的感覺。

「切，又沒作賊，這麼心虛幹麼？」

小桃都沒想到，自己隨口這麼一句話，居然還真的說中了。

不過不能說是說中了全部，只能說是中了一半。

胡二郎回了胡家後，立即被胡太太喊到身邊，細細問：「見著姜家三姑娘了沒？你覺得怎麼樣？你要是也覺得好，那娘就替你去姜家提親了。」

胡二郎支支吾吾，沒說好，也沒說不好。

可自己兒子的性子，做娘的最明白，胡太太一看哪裡會不知道，立刻拍板道：「成，那娘明天就去。我就知道我相中的姑娘，我兒肯定也喜歡。」

本來還有點擔心，現在看兒子自己都樂意了，胡太太更沒猶豫，直接喊來大兒媳婦，兩人收拾了一天，第二天就上門去姜家了。

一行人到了姜家，姜老太雖然嫌棄姜慧不懂事，可畢竟是自家孫女，還是出面接待了，孫氏、何氏幾個兒媳婦，也都坐在一邊。

胡太太把訂親的事情一說，姜老太心裡就滿意了一半，再看旁邊憨厚老實的胡二郎，覺得這回大郎夫妻倆總算沒糊塗。

前頭的姜歡嫁到章家，姜老太都覺得孫氏不會挑人，如今的這個胡二郎，她老人家看了倒是滿意。

孫氏也是含著笑跟胡太太說話，談笑間，就見姜慧忽然來了。

鄉下規矩沒那麼大，可畢竟是談訂親的事情，姑娘家親自來聽，總顯得不大矜持，可姜慧哪管這些，進門就對一旁坐著的胡二郎道：「把定情信物拿出來吧。」

坐著的幾人都一頭霧水，唯獨胡二郎臉一紅，從懷裡掏出了張帕子來，囁嚅喊了一句。「姜姑娘。」

孫氏臉都黑了，還以為這是自家女兒給胡二郎的定情信物，倒是胡太太，還幫著給臺階下。「我說我家二郎如何這樣催著我來訂親，原是他這個沒出息的，早就相中了您家姑娘。您放心，我肯定拿您家姑娘當女兒對待。」

胡太太這樣表態，實屬很給姜家和姜慧面子，孫氏也覺得臉上略略好看了些。

可姜慧卻是回頭對眾人一笑，對著何氏笑得尤其燦爛，一字一句道：「我說這是定情信物，可沒說這是我和胡二郎的定情信物！」

「妳胡說什麼！」孫氏這下真的坐不住了，生怕自己女兒在未來婆婆面前胡說八道。

「我沒胡說啊。」姜慧笑了一下，眨眼道：「我親眼看到的，這是四妹拿給胡二郎的。因著這樣，我才急忙趕過來，就是怕搶了妹妹的姻緣。奶、二嬸，妳們可別誤會我啊。」

話音剛落，姜老太已經一個茶杯丟過去了，姜慧險險避開，裙襬卻是濕了，她穩住身子，心裡很怕，可嘴上卻不肯示弱，只道：「奶，我知道妳偏心四妹，可這帕子，就是四妹的東西，妳不信，我們可以喊四妹來，大家當面對質！」

說罷，轉身對胡太太屈膝道：「胡太太，妳若是不信，那咱們大可當面對質。」

胡太太遲疑的望向胡二郎，見兒子呆呆怔怔的，忙問他：「這是怎麼回事？你到底……你上回來是不是認錯人了？」

胡二郎也被這變故給震住了，怔怔搖頭道：「這帕子是三姑娘給我的，怎麼會成了她妹妹的？」

胡太太咬著牙，心裡明白過來了，這姜慧是不願意嫁，所以才推了妹妹出來，被這樣看輕，胡太太也是氣急了。可他們今日上門來訂親，沒瞞著人，這會兒就是要走，也不好走，只能硬著頭皮坐著。

若是四姑娘好，那他們胡家也就認了！

可這姜慧，她是絕對不會輕易饒過的！

旁人都以為胡太太就是個地主婆子而已，可鎮上那些有頭有臉的人家，她都相熟。她不敢誇下海口說能對姜慧如何，卻能保證這姑娘在靈水鎮，是決計找不到比她胡家更好的人家了，這些醜事，她會好好替她宣揚一番！

姜慧還不知自己即將倒楣，正滿心激動，等著來對質的姜錦魚。

「奶……」姜錦魚進來，挨個兒喊人，喊完了才靜靜立著。

她並沒如何打扮，因為知道今日是姜慧商量訂親的日子，還怕搶了姜慧的風頭，特意素雅了些。可氣質畢竟在那裡，端莊大氣，便是一言未發，也讓胡太太看得眼睛一亮。

姜慧捏著帕子，臉上帶著惡意的笑容。「四妹，這是妳的帕子吧？」

姜錦魚淡淡瞥了她一眼，心裡有些想不明白，兩人到底什麼時候結了仇？自己長年在外，究竟哪裡還會惹得三姐要這樣對付自己？

目光落到那帕子上，姜錦魚起先沒作聲，等姜慧露出了快意的神色，才微微搖了搖頭。「不是我的。」

「四妹，妳承認……」姜慧打好的腹稿說到一半，愣住了，有些慌亂道：「怎麼可能不是妳的?!這明明就是妳的帕子！」

這真不是姜錦魚的帕子，要說姜慧也是倒楣，一門心思害人，可連做賊都做不好，這帕子是她偷偷跑去二房拿的，拿了之後藏匿許久，才被她以定情的名義塞給了胡二郎。

她心思不正，可腦子也不聰明，若是真要陷害，拿帕子這種沒有太明顯特徵的東西，起不了什麼作用，倒不如偷根簪子之類的。

但是，二房有石叔和錢嬤嬤守著，首飾盒這種貴重物件，姜慧連沾手都沾不到，只能拿這帕子作文章。

可就連這帕子，也不是姜錦魚的，而是她身邊丫鬟小桃的。

姜慧大概是覺得，這麼好的料子，也只配主子用，全然沒想過，這東西可能是個丫鬟的，連帕子角落那顆水潤潤的小桃子，也被她忽視了去。

帕子既然不是姜錦魚的，那姜慧接下來的打算全都落了空，姜家人自然是覺得荒唐，可最生氣的，莫過於無緣無故倒楣的胡家人。

姜老太起身對著胡太太道：「我家教女無方，這親事便作罷吧，實在對不住了。」

胡太太也是個體面人，雖生氣，可頂多遷怒於大房一家子，對於姜老太，卻還是客客氣氣道：「您不用道歉，也是咱們兩家沒有緣分。」

孫氏還愣愣坐在那裡，被胡太太不著痕跡瞪了一眼，也沒反應過來。

倒是姜老太，雖氣姜慧這個沒良心的，嘴上卻還是對著胡太太求情。「她姑娘家的不懂事，是我們家大人沒教好，還請胡太太別見怪。」

這話是要胡太太高抬貴手，別把醜聞外傳，可胡太太哪裡受得了這口氣，不軟不硬道：「這如何說呢？我來提親，知道的人不少，這事我也無能為力。只是一點，我答應您，肯定不會連累旁人。」

胡太太說這話，也是經過腦子的，她雖然一心想給姜慧一個教訓看看，她也明白，她教訓姜慧，姜家那位做官的二爺可能會袖手旁觀，可真要連累了二房姑娘的名聲，那又是另一回事了。

因而她這麼說著，領著胡二郎和大兒媳婦出了門，臨走前還不忘冷笑著看了姜慧一眼。

姜慧被看得一縮，回頭就見奶冷冽的目光落在自己的身上，彷彿是在看一個陌生人。

她以往雖然埋怨姜老太偏心，可這樣的眼神，還是第一次看到，她縮了一下身子，囁嚅道：「奶……」

「別，妳別喊我，我沒有妳這樣不知羞的孫女！」姜老太冷笑一聲，眼神像刀子一樣。「就因為妳妹妹沒有替妳說話、沒有幫妳勸我，妳就要這樣害她？我問妳，妳二叔一家，究竟哪裡欠妳了？」

「沒有……我不是……」姜慧縮著身子，被嚇得往後退了一步。

恰好撞到愣在那裡的娘孫氏身上，便拉著孫氏的袖子，哭道：「娘，我錯了，我知道錯了——」

孫氏愣愣看向自己女兒，忽然覺得她有些陌生，她現在都想不明白，姜慧怎麼會用那樣的手段，去陷害姪女。但她本能護著姜慧，張嘴想開口。

姜老太只用一個眼神，就止住了孫氏想要開口的想法，一拍桌子，厲聲質問：「慧丫頭，我知道，妳覺得我偏心妳四妹是吧？我問妳，我憑什麼不能偏心她？她打小就知道關心我的身子，連我咳嗽了一句，都要眼巴巴倒了熱水來，妳呢？做過什麼？我今兒就告訴妳，我就偏心她！」

姜慧有些怔，躲在孫氏身後，拉著她的袖子。「娘——」

到底是自己女兒，孫氏就是被嚇壞了，也張了張嘴，道：「娘，她年紀小，犯糊塗了……」

「我教訓孫女，不用妳說話。」姜老太冷冷看過去。「要不是妳這個做娘的不好好教，用得著我費這個勁兒？妳再多說一句，我連妳一起罵！」

大房那邊的姜興等人也聽到了動靜，紛紛聞聲過來，等聽了事情的前因後果，都愣了。姜興不敢置信，看著姜慧。「三妹，妳真這麼做了？這麼做，對妳有什麼好處？」

眾人都對姜慧的行為感到匪夷所思，就連姜大郎都說不出護著女兒的話了。

姜大郎羞愧至極，壓根兒沒臉面對姜仲行了，羞愧低著頭。「二弟，是我沒教好女兒。」

看到所有人都不不站在自己這一邊，姜慧終於崩潰了，大哭道：「你們都護著她！她有什麼好的？裝腔作勢，高高在上，拿些破料子收買人心！」

「三姐，」姜錦魚從護著她的何氏身後走出來，站在姜慧的面前，神色平靜的喊了她一句，道：「胡二郎是個好人，妳會後悔的。」

姜慧有些懵，她腦子裡想的念的都是潘衡，怎麼會在乎那個面對她時會臉紅的憨厚漢子。只是個地主兒子而已，怎麼配得上她？

眼下的她，只是害怕，害怕二叔、二嬸為了這事，而懲罰她，甚至把她嫁給身無分文的閒漢。

姜慧被禁足了，是姜老太發的話，這回連一向疼女兒的孫氏，也沒有半句求情，謹遵婆婆的意思。

姜慧這一禁足，直接禁足到了姜仲行一家人前往盛京後才解禁。

姜仲行這邊剛走，姜老太就發了話，讓姜慧出來。

姜慧戰戰兢兢出門，起先還不敢往外走，可看姜老太沒說話，彷彿是氣消了，便慢慢跟孫氏提了。「娘，我想出去走走。」

孫氏一臉欲言又止的神色，看得姜慧心莫名的直直往下墜。「娘，怎麼了？奶還生我的氣啊？」

「妳還是在家裡待著吧。」孫氏沒說理由，只說了這麼一句。

姜慧弄不明白，咬咬牙，出門去了，她先去尋常都會去的小姐妹家裡，一進院子，她喊道：「嬸子，我來找舒玉。」

然後便看見一向十分客氣的嬸子變了臉色，沒好氣道：「她不在家，妳走吧！」

遭了冷臉的姜慧糊塗了，迷迷糊糊在村子裡走，恍惚間走到了村中大樹旁，聽到在樹下閒聊的嬸子們說話。

「嘖嘖，姜家三丫頭現在在鎮裡可有名了，說她那什麼……什麼囂張跋扈！聽說胡家上回不是來訂親嗎？結果親事沒訂成，還帶了一肚子氣回去。妳猜怎麼著？人家三丫頭瞧不上胡家，還指著胡太太的鼻子罵呢！我看這慧丫頭可真是心氣高了，也不知她想嫁給什麼大戶人家……」

「妳說的這都是老黃曆了，妳聽說沒，隔壁村的那寡婦，她改嫁了！」

「寡婦改嫁咋了？她男人都死了七、八年，要我說啊，是該改嫁！不然這日子咋過？她帶著個女兒，婆家、娘家人都不管，那哪行？」

婦人們還在說著閒話，討論著隔壁村的那個小寡婦，後面的話，姜慧已經聽不進去了，她渾身冰冷，站在那裡，明明晴空萬里，卻覺得徹骨生寒。

胡二郎是個好人，妳會後悔的。

她往後怎麼辦？連寡婦都有人要，可她卻連寡婦都比不上了……

她想起了姜錦魚的那句話，當夜就作了噩夢。

盛京的春天，陽光明媚，馬車從柳樹下經過，柔嫩的柳條拍在馬車的頂棚上，發出窸窸窣窣的聲響。

小桃探頭出去，望著已經在眼前的盛京高大的城牆，興沖沖轉頭道：「姑娘，咱們快進城了！盛京好大啊，連城牆都比蠻縣氣派。」

「是益縣。那是自然，盛京乃天子腳下，自然是氣派得不得了。」姜錦魚隨口糾正道，透過簾子掀起的一角，望見巍峨的城牆、古樸的磚牆、朱紅的魚鱗瓦，接著就是城樓上那兩個龍飛鳳舞的字體「盛京」。

據說，這「盛京」二字，是當今聖上的太傅所寫，不過如今這位帝師早就致仕了。天子腳下，就是守門的侍衛都氣勢很足，見是官員的馬車，不卑不亢上來。石叔過去，把調任的文書和路引給士兵看，檢查無誤後，士兵才擺手對自己人道：「沒問題，讓進吧。」

等馬車走遠了，守門的士兵中有個臉嫩的，湊上來笑嘻嘻道：「頭兒，又是個當官的啊？」

方才檢查文書的那個士兵，慢悠悠打了個哈欠道：「當官的有什麼稀奇？沒聽說一句話嗎？京官不值錢。」

可不是？盛京什麼都多，最多的就是官了，四、五品的都一大把，七、八品的，更是隨隨便便能拉出好幾車來。他們這些守城門的，都見怪不怪了。

姜家的馬車慢悠悠進了盛京，內裡一片繁華，比起城外更甚。

寬闊的大道上，鋪的是青石板，來往行人也穿得體面，口音帶著官話的腔調。

小桃好奇張望著，還是同車的錢嬤嬤輕輕呵斥了一句。「小桃，別掀簾子！」

小桃被嚇了一跳，難得見慈祥的錢嬤嬤這樣嚴肅，吶吶應了一句。

錢嬤嬤看看她，沒解釋，倒是姜錦魚開口道：「盛京貴人多，嬤嬤也是怕給家裡惹麻煩，妳若是覺著新鮮，等咱們安定下來，再帶妳出來走走。」

聽了理由，小桃重重點頭，十分懂事道：「我知道了，姑娘懂得真多。」然後又轉頭對錢嬤嬤道：「嬤嬤，方才是我做得不對。我年紀小，懂得少，往後哪裡做得不對的，您直接教訓我就是。我不怕挨罵，就怕給我們姑娘惹麻煩。」

錢嬤嬤見她這樣受教，又難得忠心，於是緩了面色。

第二十五章

看小桃和錢嬤嬤和睦相處，姜錦魚心裡也覺得更安心了些。

別看兩人只是姜家的下人，可忠僕卻是比遠親還要可靠，兩人能夠處好關係，省去那些勾心鬥角的時間，對姜家而言是好事。

尤其是眼下剛來盛京，自家爹的官職未定，只怕還要好生花費心思經營一番，此時自然是家宅安寧才好。

因為剛來盛京，姜家在盛京並無恆產，所以連住人的地方都沒有。

好在朝廷還是十分優待官員的，特地設了驛館，專門給初來盛京，或是來盛京述職的官員及家眷住。

姜錦魚等人在驛館安頓下來，姜仲行稍微整頓，第二日便去了吏部報到。

何氏則忙著清點財物，相看宅子。

盛京物價昂貴，幸好姜家手裡攢了些銀子，只是還得細細挑選，以免做了冤大頭。

姜錦魚倒是想幫忙，可惜何氏說什麼都不讓她隨意出門，甚至吩咐了錢嬤嬤看著她。

姜錦魚覺得自家娘有些太謹慎了，神色有些鬱悶，錢嬤嬤見狀勸道：「夫人說得對，姑娘還是在驛館待著好。」

盛京貴人多，紈袴子弟也多，老爺又還沒某得官職，萬一哪個紈袴看中自家姑娘的容貌，上門鬧事，那可是惹了一身腥。還是躲著些好。

錢嬤嬤這樣想著，和小桃合力盯梢，姜錦魚只好打消出門的念頭，乖乖在屋裡待著。

不過她雖閉門不出，倒是將驛館上下都打點得極好，待下人也十分和氣，也因此每每送到姜家這兒來的一日三餐，皆精細了不少。

即便是簡簡單單的早膳，白粥不是用大鐵鍋一起熬的，而是用陶罐慢慢煨出來的，入口綿軟，有些微甜。一旁碟子裡的鹹鴨蛋，蛋黃一戳就冒出黃油來，不是齁鹹的那種，配白粥滋味正好。

其餘幾個小菜也是十分清爽。

「阿爹，你今日還要去吏部嗎？」姜錦魚分了一半蛋黃給阿爹，關心的問道。

姜仲行挾了鴨蛋黃配粥，點頭道：「嗯，這幾日吏部的安大人給我們安排了活兒，讓我們幾個幫忙理一理吏部的卷宗庫。今日再忙一陣，我想就能收拾出來了。」

先前在益縣的時候，姜仲行便是個十分盡職的官員，早幾年忙的時候，在縣衙忙到大半夜，都是常有的。

來了盛京，一切都要從頭開始，姜仲行是沒想過同旁人那樣去走門路，一來，姜家也沒其他出息的親戚。二來，姜仲行私下琢磨，他們這些新進的官員，沒直接給他們安排職位，剛來就在吏部做雜務，指不定就有人暗地裡等著看他們的表現。

像旁人那樣高調，未必是件好事，還不如沈下心，沈住氣。

抱著這樣的心思，姜仲行又是個不怕吃苦的，自然每日都去吏部報到。從驛館出發，到吏部只用一刻鐘，進了吏部大門，姜仲行就直接去了存放卷宗的庫房。一直忙到中午，腹中飢餓，才從庫房出來，走沒幾步，便遇到了吏部安大人。

姜仲行忙招呼道：「安大人。」

安江回頭看了他一眼，眸中閃過一絲深意，點頭道：「卷宗可整理出來了？」

這話實在不近人情，不過姜仲行聽了倒沒覺得心涼，只是點頭道：「還有些，下午應該能整理完畢。」

「嗯，那就好。」安江點點頭，沒什麼多餘的話，轉身就離開。

對此，姜仲行卻是心裡越發篤定，來到盛京遭遇的這些事，從被冷落到現在整理卷宗，應當真的是對他們的考驗。

壓下心頭的想法，接下來幾日，姜仲行沒有特意表現，仍舊是按部就班來吏部報到。整理卷宗的任務完成了，安大人派人來驗收，與姜仲行一同的幾人都沒作聲，還悄悄打量他，生怕他跳出來邀功。

可姜仲行不傻，既然知道了有人特意考驗他們，那他們誰做多誰做少，誰用心誰懈怠，自然有人看在眼裡。那也無須他多說什麼，更別提主動邀功了。

姜仲行表現得越發沈穩謙虛，就越是入了安江的眼。

安江這人在吏部彷彿不大顯眼，甚至因為他年輕，並沒有多少人覺得他有多大地位。可只有安江自己和吏部尚書知道，安江是當今陛下插在吏部的一個重要耳目，朝中許多官員的升遷、貶謫，其實都和安江的進言有關。

換言之，他就是陛下放在吏部用來挑選官吏的一雙眼睛。

安江被周文帝召進宮裡，在偏殿等了片刻，才被小太監領著去面聖。

經過正殿的拐角時，與迎面走來的顧忠青相遇，兩人對了對眼，安江口吻隨意的打了個招呼。「顧大人。」

顧忠青自認資歷比安江高，兩人從前同在工部做過同僚，當時他仗著自己年紀大，倚老賣老，可安江壓根兒不吃這一套，所以到現在，顧忠青都還頗為看不慣安江。

他沒打招呼，忿忿哼了一句，甩著袖子走開了。

安江倒是覺得無所謂，顧忠青除了年紀大一點，還真沒什麼可在他面前擺架子的本事。

他掀起嘴角，漫不經心輕笑了下，施施然跟著小太監進了大殿。

姜錦魚總算把阿兄盼來了。

小桃喜孜孜推門進來，滿臉喜意道：「姑娘，少爺從書院回來了。」

因著這回院試，姜宣打算下場一試，故而早早便去了盛京一所書院，平日裡都不大回來。

姜錦魚聽見消息，連忙換了身衣裳，出門迎自家阿兄去了。

小桃去開門，然後便見阿兄姜宣進來了，姜錦魚笑盈盈喊了一句「阿兄」，才瞧見姜宣身後跟著進來的青年。

微微怔了一下，姜錦魚正猶豫著要不要避開，她如今年歲漸長，尤其是及笄後，更是不好隨便見外男。乍一見到陌生男子，即便青年生得十分俊朗，靜靜立著猶如青松、蒼竹，她第一個想法仍是避開。

姜宣見她疑惑的神色，輕笑了一下，悄悄讓開身子，朝著背後的青年道：「我說什麼來著？綿綿必是把你忘了，這回可是你輸了。」

青年神色冷然，眉目冷峻，對著姜家兄妹二人，倒是難得的好脾氣，露出無奈的神色。

「宣弟神機妙算，是我輸了。」

兩人說話如此熟稔，姜錦魚使勁盯著青年的臉看，腦海裡漸漸遺忘的臉，突然便清晰了起來。

她臉上透出一抹薄紅，軟綿綿瞪了一眼自家阿兄，嗔怪道：「哪有哥哥你這樣的，特意看妹妹的笑話。」

然後，便不理姜宣，徑直朝青年福了福身子，俏皮的語氣帶了絲親暱。「方才沒認出顧哥哥，是妹妹的錯，給顧哥哥賠罪了。」

顧衍也沒打算責怪小姑娘，見她給自己賠罪，反倒輕咳一下，大度道：「不怪妳，我也沒認出妹妹。」

三人坐下說了近況，才知道，原來顧衍先前在夏縣念書，姜家人搬走之後，他便與姜宣二人結伴去了錦州府求學，大約三年前，顧衍被顧老太太一封家書給喚回了盛京。

如今姜宣也來了盛京，巧得很，兩人又在書院遇到了。

顧衍冷心冷情，可對著姜家兄妹倒是好脾氣，他極少開口，大多時候只是坐著，聽姜錦魚說些益縣的風俗。

等到聽到姜錦魚已經及笄的事情，顧衍端茶的手一頓，然後又漫不經心的喝茶。

何氏回來後，見了顧衍也很是高興，又是一番寒暄。

見過何氏後，顧衍不久便告辭離開了。回到顧家，一進門，他便讓書僮過來，正色吩咐了幾句。

書僮領命出去，趕忙去顧衍的私庫領了銀錢，帶著銀子跑了出去。

書僮走後，顧衍又去了一趟書房，在書桌前站了一會兒，才拿起筆。待他放下筆時，已經到了晚飯的飯點了，他本打算隨意用些，哪知老太太那裡來了人。

老太太那裡的陳嬷嬷福了福身子道：「老太太請您過去用飯。哥兒難得回來，老太太可盼了許久，就請了您過去，沒旁的人礙眼。」

這話是用心良苦，畢竟顧衍與繼母不和。但要較真，也不能算不和，而是繼母單方面怕顧衍出息了，搶了她兒子的東西，故而時時針對他。

顧老太太也知道，才特地讓陳嬤嬤這樣傳話。

顧衍點頭答應，稍微收拾了下，便去了老太太那裡。

顧老太太挺疼這個孫子，見他來了，滿面喜色。

等菜上來，顧老太太又是拚命給他挾菜。

對於這個孫子，顧老太太總覺得是自家虧欠了他，當年顧葉兩家的恩怨，本就是他們顧家不厚道。可她當時不過是個寡婦，上門鬧事全是族裡那些叔伯們的主意，她就是想攔，也壓根兒攔不住。

後來顧衍的娘病死之後，顧老太太深覺後悔，才把顧衍接到身邊親自扶養。

可就算如此，祖孫的關係也有些微妙，並不算親暱。但相較起顧忠青同顧衍之間的疏離，顧老太太好歹還同他說得上話。

吃完飯，顧衍沒久留，陪著老太太說了會兒話，便回去自己的院子了。

見孫子離開，顧老太太幽幽嘆氣，喚來陳嬤嬤。「妳上回說，胡氏私下在給衍哥兒相看對象，後來可打聽到了什麼？」

陳嬤嬤附耳過去說了幾句，顧老太太聽罷面色發白，氣得手直顫，拍著桌子。

「你去把忠青給我叫來！我倒要問問他，胡氏這樣做，他還管不管了？難不成衍哥兒就不是他的親兒子了？」

陳嬤嬤聽令正要出去。

「等等。」顧老太太又喊住了她。「先別去，容我想想。」

壓著兒子罵胡氏一通，壓根兒什麼作用都起不了，反倒讓胡氏那婦人埋怨上衍哥兒。倒不如她先把人給定下來，逼著兒子答應，她親自上門訂親，訂親、彩禮……都由她來主持，省得胡氏從中作梗。

只是，想是這麼想，老太太多年沒有出去走動了，一時間想要挑個好的，都覺得為難。只能先按下心思，從長計議。

高門多陰私，即便是顧家這樣，在盛京算不得多顯赫的門第，都各懷鬼胎。

姜家最近的日子，終於舒服多了。

何氏挑了半來個月，總算把宅子買下來了，宅子不大，可一家人加錢嬤嬤等人住，倒是剛剛好。

付了銀錢，把宅子的地契和房契拿到手後，姜家便要從驛館搬出去了。

姜家的新宅子在合雅路上，周圍的環境很不錯，院子中間有個不小的池塘，後院還有一大片空地。

姜錦魚一眼便相中了那些空地，打算等天氣再暖一些，就可以撒些中藥種子了。

第二日，姜仲行便去吏部，繼續等著吏部分派職務，何氏和姜錦魚則在家裡收拾著。等到了傍晚的時候，卻見姜仲行喜氣洋洋的回來了，面上帶著笑。

他一進門，姜錦魚便端了水，不等別人問，姜仲行便迫不及待與妻女分享好消息了。等了一個月，他們同批在吏部等待分派的官員，官職終於定下來了。

大部分都被分到六部之外，至於姜仲行，則被留在了吏部。

吏部主管官員任免，實權很大，在六部中地位都算居前列的，且受陛下重視，是個難得的好地方。

姜仲行說罷，又謙虛道：「不過，我官職並不算高，正七品而已。」

姜錦魚卻很高興的道：「爹爹這是什麼話？爹爹先前在益縣的時候，不過八品，如今升官，可是件好事。我們今晚可要好好慶賀一番。」

何氏也是這樣說，立即就讓錢嬤嬤拿了錢，出去買酒、買肉了。

家裡人好生慶賀一回，連石叔、錢嬤嬤等人都高興不已，老爺官職定下來了，且是個很好的去處，這就等於他們已在盛京扎根，徹底安頓下來了。

過了幾日，姜宣又要回書院去了，差不多再一個月就要春闈了。

因著姜仲行如今在盛京做官，作為兒子的姜宣，便可以在原籍和盛京中選擇，若是想回原籍錦州府參加院試，也並無不可。

不過姜宣自己拿了主意，還是決定留在盛京參加春闈，雖說盛京才子多，競爭也大，但可能出頭的機會也大，想出頭，自然得冒些風險。

回書院那日，姜宣提早了幾日，便同顧衍約好時間。出發那一日，便見顧衍帶著書僮來了。

他是來同姜宣一道回書院的，也是順路來給姜錦魚補及笄禮的。

姜宣聽了，心裡微微驚訝，他與顧衍二人算是結交多年，倒是看不出來，顧衍對自家妹妹這樣上心。轉念一想，畢竟是幼時好友，興許是惦記著那時候的舊情吧。

不僅姜宣沒多想，連一向很忌諱男子接近女兒的姜仲行，也是樂呵呵的，還拍著顧衍的肩膀，道：「賢姪太客氣了。」

連被喊出來收禮的姜錦魚也是不明不白。

但及笄禮不過是小事，姜家人都沒如何放在心上。

顧家正宅。

顧忠青的繼妻胡氏撥弄著算盤，她的心腹全嬤嬤進來，全嬤嬤是胡氏的奶嬤嬤，很得胡氏的信任，有些不好讓外人知曉的事情，胡氏都是交給全嬤嬤。

全嬤嬤進門，附耳過去道：「上回大少爺回來時支了些銀子，您不是讓我打聽打聽，用到哪兒去了嗎？」

「嗯，怎麼？可打聽到了？」胡氏打起了精神，這前頭葉氏生的繼子，一直是她的心頭大患。

顧家不似那些大家族，有多深厚的底蘊，顧忠青這些年當官不溫不火的，並無太多進項，只靠著那些年攢下來的鋪子過日子。而顧家兒子輩的幾人，有葉氏生的顧衍、胡氏生的顧軒，還有個庶子顧酉，這幾人可都是要成親生子的，到時候又是一大筆開銷。

胡氏主持中饋多年，一心覺得顧家所有的錢財、鋪子、進項，全都是她兒子顧軒的。這麼些年枕頭風吹下來，也成功讓顧忠青徹底與前頭葉氏生的兒子疏離了，如今顧忠青最看重的，便是顧軒。

可顧衍到底居長，又是嫡子，家裡老太太也偏著他，胡氏只怕這繼子若是出息，往後這顧家落到誰手裡，那還不一定。

故而，她私下派了全嬤嬤盯著繼子院裡的動靜，好在這麼些年下來，繼子並無什麼出色的地方，也只堪堪得了個秀才而已，還是在夏縣那樣的地方得的，聽說在書院念書成績也就爾爾，並不比自家兒子強多少。

全嬤嬤瞭解主子的心意，忙道：「我兒子回來說，大少爺的書僮支了銀子，去了一趟蝶雅軒。」

蝶雅軒是盛京有名的首飾鋪，裡頭的首飾既精緻又大氣。

就是一點，貴得讓人覺得肉疼。就是胡氏這樣的當家夫人，也難得進蝶雅軒。

胡氏憤憤道：「好啊，瑤兒問我要蝶雅軒的頭面，我都沒應下來。我那好繼子，倒是大手大腳，也不知老太太那裡私下悄悄補貼了多少！」

胡氏眼皮子淺，老太太手裡的銀子，她自然也惦記著，可惜這麼些年，老太太並不待見她，她就是惦記，也是白惦記。

全嬤嬤見主子這樣，怕她頭腦一熱，跑去老夫人那裡鬧事，反倒得不償失，委婉提醒胡氏。「夫人，大少爺又未成親，買女子用的頭面做什麼？怕是有什麼用處。」

「妳是說……」胡氏冷靜下來，琢磨了一會兒，喜上眉梢。「妳是說，顧衍怕是被什麼姑娘給迷住了？也對，他那樣的人，平日裡連口都不開，啞巴似的，連我送去的嬌俏丫鬟他都不看一眼。如今這樣眼巴巴拿了頭面去送人，定是被迷住了！」

胡氏越想越高興，巴不得繼子被哪個勾欄裡的狐媚子勾了心神，連念書都沒心思念，若是鬧到老太太跟前，讓老太太厭棄了繼子，這才最好！

胡氏迫不及待問：「可知道那頭面送去哪裡了？」

全嬤嬤是個有手段的，加上顧衍送禮也沒瞞著，倒是被她打聽出來了，道：「送到了個七品小官家中，聽聞那家姓姜，先前在外地做官，剛調到盛京來，家裡有個姑娘。」

「七品小官……」胡氏冷不防笑了起來，搖頭嘲諷道：「我還以為他眼界多高，竟被個七品小官女兒迷了心竅。那姑娘顏色如何？」

「那家也是剛來盛京，那姑娘似乎沒出過門，沒打聽出來。」全嬤嬤搖頭道。

胡氏擺擺手。「算了，沒打聽出來也罷。區區七品小官，盛京隨便伸手一攔，都有十來個。這樣的人家，顧衍可真夠不挑的。」

「夫人，大少爺的妻室身分越低，對咱們而言，就越是好事。」全嬤嬤提點道，然後委婉勸她。「您先前找的那幾個，身分低是低了，可老太太那裡是絕對不會答應的。倒是這個姜家的，大少爺自己喜歡，身分便是低了，老太太那裡也說不出個不是來，誰讓大少爺自己喜歡呢？」

繼子早到了成婚的年紀，前幾年，胡氏一直壓著不提，今年實在壓不住了，才開始相看起來，但她選的都是些門第不高、家世不好，連名聲也都不大好的姑娘。

胡氏自然不惦記著繼子好，可老太太那裡豈會答應。

一來二去，這事情自然是僵持住了。

全嬤嬤一提點，胡氏就醒悟過來，忙吩咐著全嬤嬤，把這事情給透到老太太跟前去。

胡氏日日等著老太太的反應，可等了半個月，都不見那邊有動靜，反倒是院試將近了。

這一回，顧家兩個兒子都會參加院試，除了顧衍，便是胡氏所出的顧軒，故而胡氏就是盼著繼子不好，一時之間也沒有心思盤算那些謀算，只專注盯著顧軒念書去了。

——未完，待續，請看文創風868《好運綿綿》2

2020年6月出版

正妻無雙

文創風 858～860

選夫是門技術活！這一世究竟誰才是容辭的真命天子——
是英挺出色卻無心於她、多情寡斷的顧家無緣夫？
還是貴氣天成又渾身是謎、隱隱和她有著莫名牽連的陌生男子謝睦？

人生狂開掛 花式寵妻贏面大／含舟

新婚之夜乍聽到夫婿坦承另有所愛，許容辭卻出奇淡定，
只因嫁進恭毅侯府後會面臨的一切，重生歸來的她已瞭若指掌！
她知道自己確實嫁了個好夫婿——英挺出色、前程似錦，還很專情，
可惜這份專情屬於他的青梅竹馬，而她這有名無實之妻最終仍孤單病逝……
這憋屈的人生令她覺悟，有緣無分何必強求？不合則分方為上策！
她本有帶孕而嫁的秘密，縱然此事緣由是她不願再提起的惡夢，
可上一世為了圓滿親事而選擇落胎以致遺憾至今，這回她決意生子相伴！
無意和無緣夫多糾纏，變得果決的她時機一到便包袱款款隱居待產去～～
豈料新改變牽起了新緣分，她因而結識隔鄰的神秘男子「謝睦」——
這位俊朗儒雅、款款溫柔的貴公子，寡言沈默卻細心，一路伴她遷入新居至平安生子，
兩人結為至交，卻又極有默契不問彼此避世原因，只是他謎樣的背景頗讓人好奇，
畢竟皇族姓氏加上天生貴氣顯然非泛泛之輩，可為何眉間輕愁總揮之不去？
明明是早該成家的年紀，對她兒又百般疼愛，卻自陳無妻無兒，這可不合常理呀……

未了情緣穿越再續　古今交錯情生意動／灩灩清泉

2020年6月出版

豪門小農女

前生英勇殉職，怎麼再醒來卻變成弱不禁風的農村小丫頭？
連門檻都跨得喘吁吁，手無縛雞之力，怎麼在異世活下去？
而且她不僅自己穿來，連警犬小夥伴與前世戀人也一起來了——

文創風 854 1

夏離沒想到自己為了緝毒而英勇殉職，在別人眼裡是個真英雄，
卻穿到這個不知何處的小農村，只能當個連門檻都跨不過的弱丫頭！
弱就算了，這戶人家雖是孤女寡母，偏又有點銀錢，惹得村裡人人覬覦，
不是想娶她母親當續弦，就是想塞個童養婿給她，連自家親戚都想分一杯羹；
看似柔弱的母親心志雖然堅定，但能支撐多久？不行，自己前世是警察，
雖然沒什麼能在異世賺錢的才華，但總能走穿越女的老路子——做料理！
如願賺到了第一張銀票，她正打算好好來應付家裡的極品親戚，
誰知竟然遇上前世的小夥伴——警犬元帥！原來狗也可以穿越，驚！

文創風 855 2

以為早已失去的愛竟能尋回，對夏離來說比重活一次更教人激動！
只是，眼前的葉風不知是穿越還是投胎轉世？雖是長相一樣，卻又異常陌生，
見他似乎認不得自己，只把她當成一個農村丫頭，夏離的心又酸又澀；
但如今有機會再續前緣，管他是皇親國戚還是大將軍，
自己即使再平凡，也要想個法子讓他上心，成為能配得上他的女子！
不過越是壯大自己，她越是覺得自家疑雲重重，
母親夏氏從不提早逝的父親，對她的教養卻是按照大戶人家的規格，
她出身農村，即使未來經商賺錢也做不了貴女，為何母親如此盡心？

文創風 856 3

雖然早知意外救回的小男孩出身不同，夏離卻沒想到真相竟是如此——
他不但是名門公子，更是她同父異母的親弟弟！
誰會隨手救人就救到自己弟弟，她這手氣……等等，若他倆是姊弟，
那她夏離的父親根本不是什麼京城的秀才，而是鶴城總兵邱繼禮啊！
這下她的身世更曲折了，原來夏氏是生母最信任的丫鬟，
受主子之託，帶著襁褓中的她逃離邱家，隱姓埋名地養育她長大；
那個邱家究竟發生了什麼事，竟逼得主母連女兒都護不住，
而她那個渣爹一得知真相，竟急匆匆地找上門，到底是何居心？

文創風 857 4 完

原來自己不只是當朝將軍之女，因著早逝的母親，還跟皇室有關係呢！
但就算是半個皇家親戚又如何，母親被太后齊氏所害，父親遠遁邊城，
外祖家楊氏一族流放的、死去的，加上被圈禁十多年的大皇子表哥，
她實在看不出自己的身世尊貴在哪裡，根本活得小心翼翼、如履薄冰；
不能曝光她的真實身分，可若是她膽怯了不敢回京，
又要怎麼為冤死的生母復仇、討回公道、洗刷楊氏的冤屈 ?!
只是她身分特殊，當朝的皇子又個個蠢蠢欲動，自己像個朝廷的未爆彈；
眼看朝堂風波將起，她真能藉機為楊家翻案，更為自己正名嗎……

文創風

867

好運綿綿 1

國家圖書館出版品預行編目資料

好運綿綿 / 采采著. --
初版. -- 臺北市 : 狗屋, 2020.07
冊 ; 公分. --（文創風）
ISBN 978-986-509-124-8（第1冊 : 平裝）. --

857.7 109007943

著作者	采采
編輯	林俐君
校對	黃薇霓
發行所	狗屋出版社有限公司
地址	台北市104中山區龍江路71巷15號1樓
電話	02-2776-5889～0
發行字號	局版台業字845號
法律顧問	蕭雄淋律師
總經銷	知遠文化事業有限公司
電話	02-2664-8800
初版	2020年7月
國際書碼	ISBN-13 978-986-509-124-8

本著作物由北京晉江原創網絡科技有限公司授權出版

定價250元

狗屋劃撥帳號：19001626

網址：love.doghouse.com.tw E-mail：love@doghouse.com.tw